새싹 뽑기, 어린 짐승 쏘기

▲

새싹 뽑기,
어린 짐승 쏘기

오에 겐자부로

유숙자 옮김

▲

문학과지성사

옮긴이 유숙자

번역가. 일본문학 연구자. 문학 박사. 지은 책으로 『재일한국인 문학 연구』(학술원 우수학술도서), 『재일한인문학』(공저)이 있으며, 옮긴 책으로 가와바타 야스나리의 『설국』 『손바닥 소설 1·2』 『명인』, 다자이 오사무의 『사양』 『만년』 『달려라 메로스』 『인간 실격』 『디 에센셜 다자이 오사무』 『마음의 왕자』, 나쓰메 소세키의 『행인』(대산문화재단 번역 지원), 『유리문 안에서』, 엔도 슈사쿠의 『깊은 강』, 쓰시마 유코의 『「나」』, 김시종 시선집 『경계의 시』, 사토 하루오의 『전원의 우울』, 가와무라 미나토의 『전후문학을 묻는다』 등 다수가 있다.

문지 스펙트럼 세계 문학

새싹 뽑기, 어린 짐승 쏘기

제1판 제1쇄   2014년 5월 26일
제2판 제1쇄   2018년 11월 5일
제2판 제2쇄   2024년 11월 12일

지은이   오에 겐자부로
옮긴이   유숙자
펴낸이   이광호
주간   이근혜
편집   박지현 김가영
펴낸곳   ㈜**문학과지성사**
등록번호   제1993-000098호
주소   04034 서울 마포구 잔다리로7길 18 (서교동 377-20)
전화   02) 338-7224
팩스   02) 323-4180(편집) 02) 338-7221(영업)
전자우편   moonji@moonji.com
홈페이지   www.moonji.com

ISBN 978-89-320-3502-4 03830

차례

일러두기

1. 이 책은 大江健三郎의 『芽むしり仔撃ち』(新潮社, 1997)를 우리말로 옮긴
   것이다.

2. 인명, 지명 등 고유명사의 외래어 표기는 국립국어원 외래어 표기법에 따
   랐다.

3. 이 책의 각주는 모두 옮긴이 주이다.

4. 원서에서 강조하기 위해 겹격쇠표(《 》)로 묶은 것을 이 책에서는 볼드체로
   표기했다.

제1장
도착

한밤중에 동료들 가운데 소년 두 명이 탈주했기 때문에, 새벽녘이 되어서도 우리는 출발하지 않았다. 그래서 우리는 밤새 채 마르지 않은 뻣뻣한 풀빛 외투를 옅은 아침 햇살에 말리거나, 나지막한 산울타리 옆 포장도로, 그 너머에 있는 무화과나무 몇 그루 맞은편의 적갈색 강을 구경하면서 짧은 시간을 보냈다. 전날의 어마어마한 폭우로 도로에 균열이 생기고 날카롭게 잘려 나간 그 틈새로 청정한 물이 흘러, 강은 빗물과 그 빗물에 녹은 눈, 무너진 저수지에서 흘러든 물로 불어났다. 강물은 엄청난 소리를 내며 콸콸 기세 좋게, 죽은 개와 고양이, 쥐 들을 삽시간에 휩쓸어 갔다.

그리고 도로에 마을 아이들과 여자들이 모여들었다. 그들은 호기심과 멋쩍음, 묵직한 뻔뻔스러움이 담긴 눈으로 우리를 응시하고는, 저들끼리 나직이 신나게 속삭이는가 하면 느닷없이 왁자한 웃음을 주고받아 우리의 분노를 샀다. 우리는 그들에게 완전히 이방인이었다. 우리 중에는 산울타리까지 걸어 나가, 자그맣고 발그레한 살구 열매 같은 아직 덜

성숙한 자신의 페니스를 마을 사람들에게 과시하는 치도 있었다. 떼 지어 킬킬대는 아이들의 웃음과 어수선함을 헤치고 앞으로 나선 마을의 중년 여자가 긴장한 탓에 입술을 뾰족 내밀며 그걸 들여다보고는, 새빨개진 얼굴로 웃으며 젖먹이를 품에 안은 자신의 친구들에게 외설스러운 말로 보고했다. 그러나 우리에게 그런 놀이는 셀 수 없이 많은 마을에서 반복되어온 것이었기에, 감화원의 소년들 사이에 행해지는 일종의 할례와 그렇게 드러낸 성기를 보고는 수치심도 없이 흥분하기 십상인 시골 아낙의 과도한 반응도 이미 우리를 즐겁게 만들지는 못했다.

그래서 우리는 산울타리 건너편에 집요하게 내처 서서 우리를 응시하는 마을 사람들을 아예 무시해버리기로 했다. 우리는 우리에 갇힌 짐승처럼 산울타리 이편을 어슬렁거리거나 햇볕에 바싹 마른 징검다리에 걸터앉아 짙은 갈색 지면 위에 드리운 옅은 나뭇잎 그림자를 응시하고, 간혹 일렁이는 연초록빛 윤곽을 손끝으로 더듬거나 했다.

그러나 내 남동생만은 동백科 식물 산울타리의 딱딱한 가죽 같은 무성한 잎사귀에 매달린 안개 물방울에 웃옷의 가슴팍이 젖도록 몸을 내밀어, 거꾸로 마을 사람들을 지켜보며 관찰하고 있었다. 동생에게는 오히려 마을 사람들이 더없이 진기하고 호기심을 불러일으키는 이방인이었다. 그리고 동생은 이따금 내가 있는 곳으로 달려와서는 감동에

겨운 들뜬 목소리로 뜨거운 숨을 내 귓불에 끼얹었으며, 결막염에 걸린 마을 아이들의 눈, 갈라진 입술, 밭일 때문에 거뭇거뭇 뭉툭해진 투박스러운 손가락 따위에 대해 열띠게 설명했다. 나는 마을 사람들이 주시하는 가운데, 장밋빛으로 반들거리는 동생의 뺨, 촉촉한 홍채의 아름다움을 자랑스레 느끼곤 했다.

그렇다 해도, 포획된 진기한 짐승이나 다름없는 이방인이 자신을 응시하는 타인의 눈앞에서 가장 안전해지려면 돌이나 꽃, 수목처럼 의지도 없고 눈도 없는 존재, 그저 시선을 받는 존재로 있는 것이 바람직하다. 동생은 마을 사람들을 응시하는 눈이 되기로 고집한 탓에 이따금 마을 여자들의 두툼한 황갈색 혀끝에서 둥글게 뭉쳐진 침을 뺨에 맞기도 하고, 아이들한테서 돌팔매질을 당하는 피해를 입었다. 그러나 동생은 얼굴 가득 미소를 띤 채 주머니에서 새〔鳥〕자수가 놓인 큼직한 손수건을 꺼내 뺨을 닦고, 자신을 모욕한 마을 사람들을 경탄스러운 눈길로 줄곧 응시했다.

그것은 동생이 보여지는 존재, 우리 속 짐승의 입장에 제대로 익숙해지지 않았음을 의미하는 것이었다. 이에 비해 동생 이외의 동료들은 완전히 익숙해져 있었다. 우리는 정말이지 참으로 이런저런 일에 익숙해져 있었다. 그리고 우리의 일상에는 몸과 마음에 극도로 상처를 입으면서 익숙해져야만 하는 일이 연거푸 가로놓여, 우리는 그것들과 맞부

덮쳐가는 수밖에 없었다. 된통 얻어맞아 피를 흘리고 쓰러지는 것쯤은 가장 초보적인 관습에 불과했다. 한 달 남짓 경찰견의 사육 당번을 떠맡은 동료는 매일 아침 굶주린 개에게 먹이를 줄 때, 우악스러운 턱에 물려 모양이 뒤틀린 앳된 손가락으로 벽이며 마룻바닥에 외설스러운 조각을 솜씨 좋게 새겨 넣을 수 있었다. 그러나 탈주한 동료 두 명이 그날 아침 늦게 순경과 보호 교관의 뒤를 따라 돌아왔을 때 우리는 역시 동요하지 않을 수 없었다. 그들은 너무나 완벽하게 풀이 죽어 있었다.

교관과 순경이 이야기를 나누는 동안 우리는 실패한 용감한 동료들 주위를 에워싸고 섰다. 그들의 입술은 찢어져 마른 피가 들러붙었고 눈언저리는 거무스름하고 머리카락은 피에 젖은 채 엉겨 붙어 있었다. 나는 휴대품 주머니에서 알코올을 꺼내 그들의 심상찮은 상처를 씻고 요오드팅크를 발라주었다. 그들 중 한 사람, 나이도 더 많고 덩치가 우람한 소년은 안쪽 허벅지에 걷어차인 타박상이 있었지만, 걷어올린 바지 밑의 상처를 치료할 방법을 우리로선 도통 헤아릴 방도가 없었다.

"난 밤새 숲을 빠져나가 항구 쪽으로 도망칠 작정이었어. 배를 타고 남쪽으로 갈 작정이었거든." 소년은 분한 듯 말했다. 우리는 긴장한 채 얼결에, 그러나 목쉰 소리로 웃었다. 그는 언제나 남쪽 지방을 동경했고 그것에 대한 이야기로 자신의 일상을 메우고 있던 터라, 우리는 그를 **미나미**南라 불렀다.

"그런데 농민들한테 붙잡혀 보리타작을 당했지. 난 감자 한 알 안 훔쳤는데 말이야. 그놈들, 우리를 마구 족제비 다루 듯 한다니까."

우리는 미나미 일행의 용기와 농민들의 흉악함에 대해 찬 탄과 분노의 한숨을 일제히 내쉬었다.

"맞지? 우린 조금만 더 가면 곧 항구로 빠지는 길목에 내 렸었지? 화물차에 매달려 숨어들기만 하면 항구인걸."

"으응." 어린 도망자가 힘없이 말했다. "조금만 더 가면."

"네가 복통을 일으키는 바람에." 미나미는 상처 난 입술을 핥으며 말했다. "모든 게 끝장이야."

"으응." 여전히 끈질긴 복통에 괴로워하며, 창백해진 소년 이 창피함에 눈을 내리깔고 말했다.

"농민이 너를 때렸어?" 동생이 눈을 반짝이며 말했다.

"어? 때리는 정도가 아니라니까." 미나미는 자랑스러움과 경멸이 뒤섞인 목소리로 말했다. "내 엉덩이를 괭이로 두들 겨 패려고 거품을 무는 녀석을 피하느라 녹초가 됐어."

"아아." 동생은 꿈을 꾸듯 멍하니 말했다. "네 엉덩이를 괭 이로."

순경이 산울타리 건너편에 떼 지어 있는 사람들을 내몰자 교관이 우리를 불러 모았다. 교관은 먼저 미나미와 복통에 시달리는 그 공범자의 찢어진 윗입술에 주먹을 날려 그들의 턱을 새로운 피로 적시고는 하루 동안의 금식을 명했다. 그것은 관대한 조치였고 그의 구타 방식에는 간수답지 않은, 우리 식 표현대로 말하자면 사내다운 멋진 구석이 있었기 때문에 우리는 그를 포함해서 다시 긴밀하게 하나의 집단을 회복했다.

"너희들, 더 이상 어설픈 탈주는 하지 마." 교관이 혈기 넘치는 목을 부풀리며 홍조를 띠고 말했다. "이런 골짜기 마을에 들어오면, 어디로 도망치건 시내에 도착하기도 전에 농민들에게 붙잡히고 말아. 그 사람들은 너희를 전염병처럼 싫어해. 죽일 수도 있어. 너희는 형무소에 있는 것보다 탈주하기 힘들어."

맞는 말이었다. 우리는 마을에서 마을로 이동하는 동안, 빈번히 반복된 탈주와 실패를 체험하면서 우리가 엄청나게 넓고 거대한 벽에 둘러싸여 있다는 사실을 실감했다. 농촌에서 우리는 피부와 살에 박힌 가시 같은 존재였다. 순식간에 우리는 사방팔방에서 빽빽이 뭉쳐드는 살집의 싹에 에워싸여 질식하고 짓눌린다. 농민들은 그지없이 배타적인 단단한 갑옷을 제대로 차려입고 그 안으로 기어 들어가기는커녕 그곳을 빠져나가는 것조차 거부한다. 외지에서 온 사람을 결코 받아들이지 않고 튕겨내는 바다를, 작은 집단을 이루어 간신히 표류하고 있는 것이 우리들이었다.

"너희를 감금하는 가장 좋은 방법을 찾아낸 셈인데, 전쟁도 때론 쓸모가 있어." 교관은 탄탄한 치아를 드러내며 말했다. "나조차 미나미의 앞니를 부러뜨릴 정도로 때리진 못해. 대단히 훌륭한 주먹을 가진 농민이 있지."

"괭이로 얻어맞았어." 미나미가 기쁜 듯 말했다. "피부가 쭈글쭈글한 늙은이에게."

"함부로 끼어들지 마." 교관이 호통을 쳤다. "5분 내로 출발 준비. 저녁 무렵 목적지에 도착 예정이다. 꾸물꾸물하다간 밥도 못 먹는다, 서둘러."

우리는 환성을 지르면서 흩어져 자신의 짐을 챙기기 위해 단 하루 숙소로 사용했던 낡은 양잠교육소 창고로 뛰어갔다. 5분이 지나 우리가 출발할 때, 미나미와 공모한 어린 탈주 미수자는 희미한 신음 소리를 내며 산울타리 한쪽 구석에서 연신 묽은 분홍빛 오물을 토해댔다. 우리는 그의 복통 발작이 가라앉을 때까지 도로에 정렬한 채, 여성적인 육감으로 채워져 느릿느릿하고 창피스러운 우리 감화원의 노래를 합창하고 종교적인 은유가 밀치락달치락하는 기다란 후렴구를 외쳤다. 풀빛 방수포로 만든 외투를 걸치고 노래하는 열다섯 명의 영양불량 소년들을, 마을 사람들이 현기증이 날 만큼 감탄하며 에워싸고 있었다. 우리는 일상적이 되어버린 굴욕과 어두운 분노에 가슴이 미친 듯 날뛰었다.

토하고 나서 콧구멍에 걸린 보리 알갱이를 소리 내어 들이마시려 하면서 소년이 대열로 돌아오자, 우리는 부랴부랴 3절째 후렴을 떠나가라 외치고 타닥타닥 헝겊신 소리를 내며 출발했다.

살인의 시대였다. 지루한 홍수처럼 전쟁이 집단적인 광기를 인간의 정념 구석구석에, 몸의 빈틈없는 구석구석에, 숲이며 도로, 하늘에 범람시키고 있었다. 돌연 하늘에서 내려온 군인이, 비행기의 반투명 동체 안에서 외설스러운 모양으로 엉덩이를 쑥 내민 젊은 금발 군인이 우리가 수용되었던 고풍스러운 벽돌 건물의 안뜰에까지 허둥지둥 기총소사를 하거나, 작업을 위해 아침 일찍 정렬해서 문을 나설 즈음, 악의에 가득 찬 가시철조망이 뒤엉킨 문 바깥에 굶어 죽은 지 얼마 안 된 여자가 기대어 서 있다가 냅다 인솔 교관의 코앞에 쓰러지기도 했다. 거의 밤마다, 때로는 정오까지 공중폭격으로 인한 화재가 온통 마을 하늘을 환히 밝히고 더러 거무스름한 연기로 더럽혔다.

거리에서 미치광이 어른들이 광분하고 있던 그 시대에, 온몸의 피부가 매끌매끌하고 밤색으로 빛나는 솜털밖에 없는 이들, 대수롭잖은 악행을 저지른 이들, 그중에 비행소년이 될 경향을 지녔다고 판정되었을 뿐인 이들을 줄곧 감금하는 기묘한 정열이 있었다는 사실은 기록해둘 만하리라.

공중폭격이 격렬해지고 말기적인 증상을 보이기 시작하

자 마침내 우리 감화원에서도 원생들을 부모에게 인도하는 일이 시작되었지만, 대다수 가족은 결코 자신들의 거추장스러운 못된 혈육을 맞으러 나타나지 않았다. 그리고 교관들은 자신들의 포획물을 지키기 위해 보이는 편집광적인 결의로 원생들의 집단 소개疎開를 기획했다.

출발 날짜까지 2주일간의 여유가 있어 그동안에 부모 품으로 인도를 요청하는 마지막 편지가 보내지고, 원생들은 그 편지에 엄청난 기대를 걸었다. 첫째 주에, 예전에 나를 고발한 아버지가 군화를 신고 징용 일꾼 모자를 쓰고 남동생을 데리고 나타났을 때, 나는 환희에 휩싸였다. 그러나 아버지는 동생을 소개시키기 위한 지역을 찾다 못해 결국은 감화원의 집단 소개에 동생을 떠맡겨야겠다고 생각한 것이었다. 나는 실망감에 풀이 죽었다. 그럼에도 아버지가 돌아간 뒤에 나와 동생은 서로를 부둥켜안았다.

동생은 우리 소년 범죄자들 사이에 들어와 그 제복을 입었다는 사실에 호기심과 기쁨을 느껴 처음 2, 3일 동안은 이상할 정도로 흥분했다. 그리고 넘치는 존경심으로 눈물을 글썽이며 동료들에게 쉴 새 없이 말을 걸어 그들의 범죄에 대해 솔직히 이야기해달라고 졸라대고, 밤이 되어 나와 한 담요 아래서 잘 때도 그가 새로 전해 들은 흉악한 체험을 한참 동안 반추하며 숨을 헐떡거렸다. 그리고 이젠 동료들의 번쩍거리며 피비린내 나는 역사를 완전히 암기해버린 탓에 자신이 상상해낸 악행을 검토하는 데에 푹 빠져 있었다. 그는 이따금 불쑥 내게 달려와서는 자신이 고무총으로 여자애의 눈을 관통시켰다는 식의 착상을 뺨을 발그레 물들이며 이야기했다. 그 결과 동생은 우리 동료들의 생활 속으로 물처럼 유연하게 들어왔다. 그 살인의 시대, 광기의 시대에 우리네 아이들만이 긴밀한 연대를 조성할 수 있는 유일한 요소였는지도 모른다. 그리고 기대와 실망의 2주일이 끝나자, 동생을 포함한 우리 부대는 기묘하게 자랑스러워하며 굴욕적인 여행을 출발했다.

출발. 우리는 믿을 수 없을 만큼 기묘하고 허름한 감빛 담장 안에서 출발했는데, 그 결과로 우리가 얼마간의 자유를 얻었느냐 하면, 그렇지는 않았다. 우리는 두 개의 움막을 잇는 지하수로를 행진하고 있는 것과 다름없었다. 안절부절못하게 하는 감빛 담장의 소실은 그 대신 우락부락한 농민의 팔을 가진 수많은 새 간수들의 출현과 맞바뀌었다. 여행하는 동안 우리가 누린 정도의 자유라면, 담장 안에도 있었다고 할 수 있다. 담장 밖으로 나옴으로써 얻은 새로운 즐거움이라면 참으로 많은 **청정**한 소년들을 볼 수 있고, 그들을 비웃을 수 있다는 것 정도였다.

우리는 출발 이후 지칠 줄 모르는 탈주 시도를 반복했고 마을들, 숲, 강, 밭의 구석구석에서 악의에 불타오르는 마을 사람들에게 붙잡혀 거의 초주검 상태로 끌려 되돌아왔다.

먼 도시에서 온 우리들에게 마을은 투명한 고무 재질의 두꺼운 벽이었다. 그곳을 기어들어 가봤자 이윽고 질질 끌려 나와 떠밀쳐진다.

따라서 우리가 누릴 수 있는 자유라면, 때로는 심한 흙먼지가 풀썩이고 때로는 진흙탕에 복사뼈까지 푹푹 빠지는 마을 길을 걷고, 또한 절이나 신사, 헛간 귀퉁이에서 잠자는 동안 교관의 눈을 피해 마을 어른들에게 허둥지둥 거래를 시도해 물물교환으로 소량의 음식을 얻거나, 여행 동안 꼬질꼬질해진 감화원 제복을 절망적으로 신경 쓰면서 마을 소녀들에게 유혹의 휘파람을 불어보는 정도였다.

우리의 여행은 일주일로 끝났어야 했다. 그러나 우리를 인솔하는 교관과 인수할 예정인 촌장의 협상이 하나씩 무너져가면서 이미 3주째였다. 그리고 우리는 마지막 예정지인 산골짜기 벽촌에 그날 오후 중으로 당도하고 싶다고 생각했다. 탈주자가 없었다면 우리는 벌써 도착해 마을 책임자 측과 인솔 교관의 담판을 지켜보며 자리를 잡고 앉거나, 혹은 땅바닥에 쭉 뻗고 엎드려 휴식을 취할 수 있었으리라.

탈주자를 중심으로 휘몰아친 감정의 흥분이 냉각되자, 우리는 잠잠해져 휴대품 주머니를 허리춤에 단단히 붙들어 매고 몸을 숙인 채 서둘러 걸었다. 복통에 신음 소리를 내면서 걷는 소년은 물론이고 거의 모두가 언짢은 감정, 가슴속에서 부글부글 끓어올라 목구멍까지 치밀어오는 감정을 함께 나누며 깊은 생각에 잠긴 채 걸었다.

우리의 여행은 거의 끝나가고 있었다. 그것이 어두운 지하수로 속을 이동하는 것에 지나지 않는다 해도 여행이 계속되고 있는 동안은 그나마 끝없이 탈주를 시도할 기회가 있는 셈이었다. 그러나 끝없이 더 깊은 곳에 들어가 첩첩산중 골짜기 저편의 마을에서 정주할 장소를 발견해버린다면, 우리는 처음에 감화원의 감빛 담장 안쪽으로 송치되었을 때보다도 한층 두꺼운 벽 저편, 깊은 늪 바닥에 갇히고 말았다는 느낌이 들겠지. 그리고 맥이 탁 풀리고 말겠지. 우리가 계속 여행해온 수많은 마을이 순식간에 견고한 하나의 원을 닫아버린 뒤에 그곳을 빠져나올 수 있으리라고는 생각지 않는다.

미나미 일행이 시도한, 어쩌면 마지막이 될 탈주가 좌절되어버린 것, 그것이 우리의 묵직하고 불쾌하고 화가 치미는 공통된 기분의 뿌리가 되었다. 그리고 우리가 기대를 걸었던 마지막 탈주를 복통이라는 하찮은 사정 때문에 엉망진창으로 망쳐버린 소년에게, 우리는 미나미와 똑같이 화를 내고 악의를 품었다. 그가 걸으면서 복통에 신음하면 우리는 무관심을 과장하기 위해 일부러 휘파람을 불었고, 괴로워하는 소년의 작은 엉덩이에 자갈을 던지는 녀석까지 있었다.

다만 내 동생만이 우리의 울적한 분노와는 상관없이 그소년을 위로해주거나, 미나미에게 탈출 모험의 자세한 내용을 캐묻기도 했다. 그러나 동생의 일상적인 흥분과 발랄함도 우리 모두를 뒤덮은 침울한 기분을 흔들어 떨치지는 못한다. 결국은 동생도 걷기에 지쳐버렸고, 우리들 볼품없는 색깔과 모양의 옷차림을 한 무리는, 도로 양쪽에 이따금 나타나는 농가에서 달려 나와 우리를 지켜보는 농부와 그 가족, 짖어대는 개에게도 심드렁한 채 고개를 늘어뜨리고 계속 걸어갈 뿐이었다. 오직 혼자서 우리를 인솔하는 꿋꿋한 교관만이 가슴을 활짝 펴고 걸었다.

그런 식으로 무기력한 행진을 계속했더라면 새벽녘까지 걸어도 우리는 결코 목적지에 당도할 수 없었으리라. 그러나 홍수에 휩쓸려 간신히 걸려 있는 위험한 다리를 조심조심 건너고 샛길을 더듬은 끝에 이웃 현縣의 드넓은 포장도로로 나왔을 때, 우리는 매우 엄숙하면서도 싱싱한 정욕이 넘치는 복장의 청년들, 해군 하사관 학교의 병사들이 수없이 무리 지어 있고 그 옆에 세워진 풀빛 줄무늬 트럭에는 총을 그러안은 중년의 헌병이 서 있는 것을 보았다. 우리는 금세 생기를 회복하고 환성을 지르며 그들에게 가까이 달려갔다.

병사들은 우리의 환성에 일제히 뒤돌아봤지만 우리에게 응답하지 않았고 긴장한 모습이었다. 그들은 짤막한 검으로 무장하고 딱딱하게 굳은 뺨과 반쯤 벌어진 입술, 곧추선 잘생긴 두상을 지니고 있어 정성껏 조련된 말처럼 아름다웠다. 우리는 그들에게 1미터 남짓까지 다가가 탄성을 올리며 그들을 응시했다. 우리는 누구 하나 그들에게 말을 걸지 않았고, 그들도 몹시 지친 듯 우울한 낯으로 침묵하고 있었다. 그리고 소나무 뿌리를 캐내어 건류한 냄새 지독하고 끈적끈적한 기름을 만들기 위해 일하고 있을 때의 그들, 무지하고 외설스러운 대화와 고상한 복장으로 시내를 휘젓고 다니는 그들보다도, 지금 키 작은 낙엽수들이 듬성한 숲의 완만한 경사를 비추는 저녁 해에 입을 꾹 다문 채 부드러운 얼굴 윤곽을 반들거리며 어쩔 바를 모르는 듯 잠자코 있는 그들 젊은 병사 쪽이 더욱 강한 매력을 체취처럼 온몸으로 발산하고 있었다.

"있잖아, 난 말이야," 미나미가 내 귀에 입술이 닿을 정도로 바싹 머리를 갖다 대고 말했다. "이 녀석들을 위해서라면 치질이 찢어지건 통통 부어 꽉 막히건 언제든지 같이 자줄 수 있어. 건빵 한 줌만 주면 돼."

미나미는 입술이 젖혀 올라간 양쪽 가장자리에 침이 고인 채, 윤기를 띠고 반짝반짝 빛나는 눈으로 병사들의 늠름하고 다부지게 살짝 벌어진 엉덩이를 응시하며 한숨을 쉬었다.

"내가 붙잡힌 건 바로 이런 녀석과 같이 자고 있던 참이었어." 그는 다짜고짜 억울함이 가득한 표정으로 말했다. "응? 건빵 한 줌 가지고 매춘이라고 할 수 있어?"

"그 녀석들은 남색男色을 붙잡는 거야" 하고 나는 말했다. "매춘이 아니더라도."

"흠." 미나미는 건성으로 말하고 그가 수감되기 이전의 거래 상대들을 더 잘 보기 위해 동료들을 헤치며 앞으로 나갔다.

교관과 헌병이 이야기하는 옆에서 열심히 이야기를 듣고 있던 동생이 나를 뒤돌아보고는 흥분한 나머지 어깨를 부들부들 떨면서 헐레벌떡 달려오더니, 비밀을 속삭일 때처럼 거드름을 피우며 말했다.

"도망쳤어. 해군 하사관 학교 병사가 숲속으로 도망쳤어. 다들 찾고 있어. 우리가 숲으로 들어가면 총에 맞을 거야."

"왜?" 깜짝 놀라 내가 말했다. "왜 도망쳤지? 어째서 숲으로?"

"도망쳤어." 흥분해 어쩔 줄을 모르는 동생이 되풀이했다. "도망쳤어. 숲속에 있어."

우리 주변에 동료들이 모여들자 동생은 노래하듯 몇 번이고 자신의 정보를 전했다. 우리는 헌병들에게 다가갔다. 교관은 팔을 휘둘러 나무 한 그루를 가리키며 우리에게 대기하도록 명령했다. 그리고 그는 열심히 우리가 행진해 온 길의 상태에 대해 의견을 말하고, 헌병이 좀더 질문해주었으면 하는 몸짓을 내비쳤다. 우리는 나뭇가지만 쩍 벌어진 나직한 녹나무 밑동에 몰려들어 감정을 한껏 흥분시키면서, 우울하게 가라앉은 해군 하사관 학교 생도들, 엄숙하게 교관에게 질문하는 헌병, 도망친 병사가 숨어 있을 법한 곳, 해질 녘 메마른 나뭇잎이 자줏빛으로 반짝이는 갈색 산등성이를 번갈아 응시해가며 목구멍을 그렁거리거나 제자리걸음을 했다. 그러나 헌병들의 회의 상황을 전혀 모르는 채 오랜 시간이 지났기 때문에 우리는 마침내 흥분이 식어 언짢아지기 시작했다.

제법 싸늘해진 밤공기의 첫 도래로 헌병들의 표정에 그림자가 한층 짙어지면서, 개 머리통만 한 커다란 회중전등의 흐릿한 불빛을 밝히며 구식 자전거를 탄 남자가 찾아왔다. 그는 헌병들과 이야기를 나누고는 자신의 자전거를 트럭에 올려 실었다. 헌병이 큰 소리로 외치고 해군 하사관 학교 병사들이 정렬하자, 이윽고 교관이 우리를 향해 뛰어 돌아왔다.

"너희들을," 하고 그가 말했다. "목적지까지 트럭으로 태워준다고 한다."

우리는 단박에 들뜬 기분을 회복하고 아우성치면서 트럭에 기어올랐다. 무지근한 엔진 소리를 내면서 트럭이 출발할 때, 우리는 완전히 밤이 된 포장도로에 정렬한 해군 하사관 학교 병사들이 우리와는 반대 방향으로 걷기 시작하는 것을 문득 감동에 휩싸인 채로 보았다.

트럭은 격렬하게 흔들리고 숨 가쁜 소리를 내면서 밤길을, 상당히 경사가 가파른 좁다란 길을 올라갔다. 홍수로 인해 군데군데 땅이 꺼진 곳에 도달하면 우리는 트럭에서 내려 앞질러 가서는, 전조등이 빛을 뿌리는 부드러운 진흙탕 길에 서서 불빛에 부신 눈을 가슴츠레 뜨고 트럭이 위태롭게 지나가는 것을 지켜보며 대기해야만 했다. 그러나 골조가 굵은 구식 자전거를 가로눕히고 그 위에 걸터앉아, 말린 야생초 잎으로 만든 맵싸한 담배를 피우고 있는 중년의 마을 사람은 결코 내려오지 않았다. 그리고 그는 우리와는 전혀 상관없다는 태도를 유지하면서 침묵하고 있었는데, 충혈이 심한 눈을 참으로 께느른하게 움직여 우리의 가냘픈 어깨며 무릎에 시선을 쏟으며 관찰을 시도하기도 했다. 그러고는 곧장 다시 느릿느릿 시선을 돌려버렸다. 트럭이 차츰 속도를 떨어뜨리고 엔진의 회전음을 밤의 두터운 공기층에 사정없이 울리며 울퉁불퉁 험한 산길을 달리자, 눈에 띄게 좁아진 도로 폭과 양쪽에서 다가드는 정체를 알 수 없는 거무스름하고 자잘한 나뭇잎, 게다가 안개를 촉촉이 머금고 있어 차갑게 뺨을 때리는 바람이 우리의 흥분을 깊숙이 억눌러 연소되지 못하게 지속시켰다.

더구나 황량한 바람에도 아랑곳없이 입술을 꾹 다문 채 오른쪽 무릎을 꿇고 왼쪽 무릎을 세운 자세로 트럭의 가장 후미에 앉아 있는 헌병의 벌어진 어깨는 동료들끼리의 속삭임조차 내치는 강한 압박을 우리에게 가하고 있었다. 그러므로 우리의 밤의 질주는 복통에 시달리는 동료의 신음 소리를 제외하고는 완전한 침묵 속에서 행해졌다. 그러나 우리는 트럭 전조등이 이따금 급격히 불어나는 강 수면에 반사된 듯 어둑한 수목으로 뒤덮인 계곡을 비추거나, 숲 깊숙한 데서 돌연 울부짖는 밤 짐승 소리를 쫓아 고지대를 비출 때마다, 눈을 예리하게 응시해 그곳에 숨어 있을지도 모르는 탈주병을 찾았다.

그리고 지루한 여행의 피로, 허무한 흥분, 트럭의 진동과 헌병의 감시, 이러한 것들이 한데 뒤엉켜 우리를 한결같은 무거운 잠 속으로 끌어들였고, 우리는 딱딱하고 까칠까칠한 판자 바닥 위에 그대로 자그마한 머리를 갖다 댔다. 나는 금세 숨소리를 내는 동생의 어린 잠을 보호하기 위해 잘생긴 머리를 팔로 껴안아주었지만, 그러는 중에 나 자신도 동생의 몸 위로 포개져 잠들고 말았다.

얕은 잠에서 깨어날 무렵의 요란한 웅성거림과 몸을 난폭하게 흔드는 팔. 거듭되는 공습으로 거의 일상적이 된 불쾌한 느낌에 신음 소리를 내며 눈을 떠보니 나는 트럭의 판자 바닥에 뻗어 엎드려 있고, 동생이 진지하게 입술을 비쭉 내민 채 나를 흔들어 깨우고 있었다. 동료들은 모두 트럭에서 내린 뒤였고, 마을 남자가 트럭 후미에 걸린 자전거 앞바퀴를 빼내기 위해 작달막한 몸을 한껏 내뻗으며 끙끙대고 있는 참이었다. 나는 재빨리 몸을 일으켜 옷을 털고, 차갑고 축축한 자전거 핸들을 들어 올려 마을 남자를 도와주었다. 자전거는 굉장히 무거웠고, 힘을 주느라 떨리는 내 팔 너머로

24

마을 남자는 둔중하지만 상냥한 미소를 보내주었다. 그가 자전거를 땅에 내려놓자 나는 뛰어내렸으나 동생은 머뭇거리고 있었다. 그리고 마을 남자의 우람한 두 팔이 가뿐하게 동생을 안아 내리자 동생은 쑥스러워서 수줍어하는 웃음소리를 냈다.

"고맙습니다." 동생이 금세 맺어진 친밀함에 어울리는 나직한 목소리로 말했다.

"그래." 자전거에 팔을 걸치면서 마을 남자가 말했다.

어두운 밤공기가 중첩되는 저편, 갑작스레 좁아진 길이 연이어 하얗게 떠오르는 저편에 모닥불과 수많은 사람들이 무리 지어 있었다. 그리고 그곳으로 헌병들과 교관이 다가가고 있었다. 자전거 위에서 허리를 어색하게 오르락내리락하면서 뒤쫓아 가는 마을 남자. 우리는 추위 때문에 목덜미에 소름이 돋은 채 그들을 지켜보면서 트럭 옆에 모여 있었다. 추웠다. 그곳에는 이질적인 추위, 완전히 달라진 기후 속으로 들어온 듯 감정의 구석구석까지 깊숙이 스며드는 새로운 추위가 있었다. 정말로, 완전히 산속으로 들어와버렸군, 하고 나는 생각했다. 우리는 빈약하고 좁은 어깨를 서로 기대며 개처럼 몇 번이고 몸을 부르르 떨었다. 그것은 또한 건너편의 큼직한 모닥불 주위에 숲의 수목들처럼 빽빽이 들어차 있는 일종의 엄격한 긴장이 우리 무리에 미묘한 공명진동을 불러일으키기 때문이기도 했다. 나는 그들 속으로 헌병들이 들어가고 회의가 시작되는 것을 말없이 지켜보았다.

헌병들을 둘러싸고 성급한 토론이 이루어졌지만, 그것은 절망적으로 쫑긋 세운 우리 귀의 신경까지 도달하지는 않았다. 다만 어둠에 익숙해진 우리의 눈에 모닥불이 순간적으로 번뜩이거나 불꽃이 타오를 때마다 수많은 해군 하사관학교 병사들, 그리고 기다란 죽창, 괭이 따위를 손에 든 마을 사람들의 느릿한 움직임이 보였다. 그곳에서 작은 전쟁이 벌어지고 있는 것 같았다. 우리는 뻣뻣하게 굳은 몸으로 그것을 응시했다.

토론에 열을 올리는 그 어른들 틈에서 짐받이 가득 장작을 쌓아 올린 마을 남자가 돌아왔다. 그는 자전거에서 장작을 던져 내리고는 아무 말 없이 되돌아가더니, 이번엔 기름을 지글지글 뿜어내며 활활 타오르는 생나무를 들고 왔다. 그가 자전거를 나무 그늘에 기대어 세우는 동안 우리는 장작을 쌓아 불을 붙였다. 불은 좀처럼 장작에 옮겨붙지 않았다. 우리는 컴컴한 숲속으로 주뼛주뼛 뛰어 들어가 메마른 낙엽을 한 아름 날라 오거나, 날카로운 소리를 내며 단번에 꺾이는 마른 가지를 불 언저리에 가지런히 늘어놓았다. 연기 속으로 머리를 들이밀고 열심히 불을 피우려 애쓰는 마을 남자의 햇볕에 몹시 그을린 적갈색의 굵고 짧은 목, 피둥피둥 살이 쪘는데도 기름기 없이 억세고 무기물 같은 느낌을 주는 목에는, 작은 불꽃이 발작처럼 퍼지면서 수축될 때마다 무수한 화상 흉터가 보였다.

우리가 에워싼 모닥불이 은근한 불소리를 내며 안정감 있는 연기가 피어오르기 시작했을 때, 우리와 마을 남자는 불을 피우는 참을성 있는 작업을 통해 서로 일종의 긴밀한 친근감을 느끼기 시작했다. 더구나 싸늘했던 피부 밑으로 속도감 있게 뭉글뭉글 피가 돌기 시작하면서 근질근질한 쾌락을 불어넣는 바람에, 우리의 뺨이며 입술은 절로 벙긋 벌어지고 말았다. 그것은 마을 남자도 마찬가지였다. 우리는 의미도 없이, 순식간에 불기운이 거세진 향긋한 모닥불 주위에서 서로 미소를 지었다.

"아저씨, 대장장이 맞죠?" 동생이 나직한 목소리로 말했다. "그렇죠?"

"그래." 마을 남자는 기쁜 듯이 말했다. "난 너만 한 나이에 낫을 두드려 만들었어."

"대단해요." 동생은 솔직하게 감탄하며 말했다. "나도 할 수 있을까요?"

"연습하기 나름이지." 마을 남자가 말했다. "너 내 자전거, 봤지? 페달은 내가 다시 만들었어. 튼튼하게 바꿔 달았지."

대장장이는 몸을 일으켜 나무 그늘에서 자전거를 가져오더니 거뜬히 무릎 위에 옆으로 눕히고, 경탄하며 쏠린 우리의 시선 앞에 투박하고 거칠거칠한, 그러나 괭이나 낫처럼 인간적인 페달의 지나치게 굵은 굴대, 낡아빠진 받침 기둥

등을 피부가 갈라진 엄지손가락으로 쓰다듬어 보이면서 짧게 웃었다.

"대장장이가 자전거를 새로 만들다니." 동생이 말했다. "난, 몰랐어요."

"그렇지?" 대장장이는 모닥불의 열기로 모락모락 김이 피어오르는 거무스름한 흙 위에 자전거를 내려놓고는 장작을 두세 개 불 속에 던져 넣고 되풀이했다. "다들 그렇게 생각할 테지."

우리는 모두 입을 꾹 다물고 기름이 튀어 오르는 소리, 낮은 공기 소리, 잿덩이가 떨어지는 소리, 마을 남자의 목구멍 안쪽에 언제까지나 계속 남아 있는 웃음소리를 들으면서 아주 잠시, 우리들의 감화원에 딱 한 대 있던 자전거에 대해 생각했다. 그 자전거는 지금 벽 안쪽에 기대어 세워진 채, 흙으로 지저분해진 타이어의 썩은 고무에는 작은 금이 어지러이 나 있겠지……

건너편의 모닥불 주위에 우렁찬 웅성거림이 일었다. 탁트인 목소리로 남자가 구령을 붙이고 있었다. 우리는 머리를 치켜들어 짙은 어둠을 깊숙이 응시하고, 거기서 사람들이 정렬하기 시작했음을 확인했다.

"저들은 해군 하사관 학교 병사들이죠?" 동료 하나가 대장장이에게 물었다. "다들, 연습하러 온 거예요? 아니면 탈주병을 찾으러?"

"음." 대장장이는 더없이 수월하게 동료의 질문에 대답했다. "산 사냥이지. 해군 하사관 학교 병사뿐만이 아니야, 마을 사람들이 총동원된 산 사냥이지. 벌써 사흘째 산을 마구 휘젓고 뛰어다니는데도 안 붙잡혀. 병사가 이쪽으로 도망쳐 들어와 봤자, 여기까지가 막다른 곳인 셈이지. 골짜기 건너편의 우리 마을에 가려면 궤도 광차鑛車*를 타고 건너는 수밖에 없어. 홍수 때문에 산사태가 나서 골짜기를 가로지르는 건 불가능해. 그런데 이 언저리를 샅샅이 뒤져도 못 찾았어. 우리는 이제 산 사냥을 중단하고 골짜기 건너편으로 돌아갈 참이야. 병사는 골짜기로 떨어져 계곡에 빠졌을 테지."

산 사냥, 죽창을 들고 괭이를 든 마을 어른들이 침묵한 밤의 산 사냥, 쫓기어 숲을 내달리고 홍수로 불어난 골짜기의 계곡에 떨어져 익사하는 병사. 우리는 하나같이 깊은 한숨을 내쉬었고 온몸을 소스라치게 하는 산 사냥의 피비린내 나는 이미지에 잠겼다. 우리는 정말로 전쟁의 소용돌이 속에 있었다. 그리고 우리에게 어마어마한 위기가 짐승처럼 시커먼 대가리를 바싹 들이민다. 아아, 산 사냥.

"굉장했겠네요." 내가 말했다. "산 사냥, 굉장했겠어요."

"끔찍해, 멧돼지 사냥보다 끔찍해." 대장장이가 말했다. "마을 사람들이 사흘 동안 마시지도 먹지도 못하고 덤불을

* 광산에서 캐낸 광석을 실어 나르는 지붕 없는 화차.

쑤시면서 달리지." 환한 모닥불 빛 속에서 대장장이는 그 쓰라린 표현에도 불구하고 쾌활한 표정을 지었다. 축축하고 두툼한 입술에 어른거리는 불꽃이 반사되어 번쩍이면서 그는 참으로 느긋한 말투로 되풀이했다.

"끔찍해, 온몸이 긁힌 상처투성이야. 그래도 토끼 한 마리 나오지 않았어."

"산 사냥으로 토끼를 잡기도 하나요?" 동생이 놀라움을 감추지 않고 말했다. "산토끼?"

"나오면 잡지." 대장장이는 진지하게 말했다. "비둘기건 꿩이건, 토끼건."

동생이 몸을 쑥 내밀며 자신이 좋아하는 어린 동물에 대한 질문을 대장장이에게 쏟아내려고 했을 때, 교관과 덩치 큰 마을 남자가 우리 모닥불 쪽으로 잰걸음으로 다가왔다. 대장장이가 입술을 굳게 다물고 무릎을 그러안으며 동생과의 대화를 끊는 태도를 보이자, 우리도 긴장을 되찾았다.

"너희가 신세를 지게 될 촌장님이시다. 차렷, 경례!" 교관이 안도하는 목소리로 말했다.

"좋아."

우리는 두꺼운 면 작업복에 귀까지 푹 덮는 털모자를 쓴, 턱이 뾰족한 거구의 남자를 주목하고 서 있었다. 그는 아래 눈꺼풀이 축 늘어진 눈, 그러나 예리한 갈색빛을 띤 눈으로 우리를 응시했다.

"너희를 받아들일 준비는 사흘 전에 이미 다 마쳤다." 뻣뻣한 수염이 눈에 띄는 입술 언저리의 피부를 마치 낟알을 꼭꼭 씹듯 움직이며 촌장이 말했다. "안심해도 좋아."

"여기서 나는 너희를 촌장님께 인도한다." 교관이 말했다. "제2부대를 호송하기 위해 나는 군 트럭에 합승해서 이제 곧 돌아가기로 했다. 너희는 책임 있는 행동을 하도록. 알겠나?"

일제히 터져 나온 우리의 응답에 덧씌워져 촌장의 목소리가 울렸다.

"너희가 어떻게 나오느냐에 따라, 우리 마을 사람들도 생각하는 바가 있다."

"성가시게 굴지 말 것, 규율을 어긴 자는 반장이 기억해 둘 것. 소개가 완료되었을 때 처벌하겠다."

이런 식의 절차가 우리들 구석구석에 늘 따라붙어 행동을 구속하고 지연시키고, 우리를 피로와 초조감의 무거운 혼돈 속으로 빠뜨리고 만다. 명부 인계, 인원 점호, 반장 지명, 그리고 감화원 노래의 맥 빠진 합창, 신기한 광경인 양 공복에 시달리는 우리들의 합창 주변에 서서히 모여드는, 지저분한 얼굴, 찢어진 옷옷, 그리고 무기를 움켜쥔 농민들. 우리 모두는 초라하고 주뼛주뼛 겁먹은 채 감정을 곤두세우고 있었다.

건너편 모닥불 앞에 정렬한 해군 하사관 학교 생도들이

트럭을 타기 위해 행진해 왔다. 우리는 트럭이 어마어마한 소리를 내며 방향을 바꾸는 동안 생도들을 지켜보았는데, 그들은 지쳐 시름에 잠긴 표정으로 다들 시무룩하게 입을 꾹 다물고 있어 결코 싱싱하지도 아름답지도 않았다. 그들 역시 산 사냥 때문에 비가 막 그친 산길, 산사태가 난 골짜기를 이리저리 내달리느라, 그들이 평소 지녔던 정욕적이고 동물적인 늠름한 아름다움을 녹초로 만들고 만 것이다.

우리는 해군 하사관 학교 생도들과 트럭에 올라타는 교관을 남기고, 죽창이며 괭이로 무장한 채 침묵하는 농민들에게 에워싸여 더없이 좁다랗고 경사가 가파른 산길을 올라갔다. 어둑한 관목 덤불이 양쪽에서 좁혀 와, 추위에 얼어붙은 우리의 피부를 상처 입혔다. 손가락, 뺨, 귓불에서 목덜미에 걸쳐 피부에 닿아 상처를 내고 피를 흘리게 했다. 트럭 근방에서의 술렁거림이 사라질 무렵, 우리는 고요해진 밤의 숲 깊숙이에서 울리는 세찬 물소리를 듣고 귀를 기울이면서 몸을 앞으로 숙인 채 서둘러 걸었다. 마을 어른들의 침묵이 우리에게까지 감염되어, 숲을 빠져나가 차갑고 거친 바람이 세차게 휘몰아치는 골짜기의 드높은 벼랑 끝, 그 좁디좁은 포석의 평면으로 나올 때까지 우리들 중 어느 누구도 말 한 마디 내뱉지 않았다.

어두운 포석 끄트머리에, 희뿌옇게 아주 작은 빛을 반사하는 튼튼한 목조 틀이 있었다. 그리고 거기에는 목재 운반

용 광차가 골짜기를 향해 뻗은 궤도를 타고 정차해 있었다. 우리는 촌장의 지시에 따라 거기에 올라탔다.

"움직이지 마, 절대 움직이지 마." 촌장은 골짜기 맞은편에 있음 직한 궤도 광차 운전사에게 큰 소리로 신호를 보낸 뒤 우리에게 거듭거듭 경고했다. "누구 한 사람이 몸을 잘못 움직였다간 너희들 모두, 추락해 죽어. 움직이지 마, 절대 움직이지 마."

안절부절못하는 촌장의 무거운 목소리는 윙윙대는 벌레의 수런거림처럼 쏟아져 내리고 때가 꼬질꼬질한 우리들 몸 위에 고여, 희미한 물소리와 뒤엉켰다. 물소리는 어둡고 깊은 골짜기 아래에서 슬며시 올라왔다. 들개 사냥꾼에게 포획된 개들처럼, 우리는 생석회가 들러붙어 있는 좁은 광차 나무 상자에 맥없이 이리저리 포개어 자리 잡고 앉아 꼼짝 않고 출발을 기다렸다. 움직이지 마, 절대 움직이지 마. 누구 한 사람이 몸을 잘못 움직였다간 너희들 모두, 추락해 죽어. 움직이지 마, 절대 움직이지 마.

그리고 광차는 움직였다. 우리를 태운 광차는 조용히 떨면서 어둡고 깊은 골짜기에 걸려 있는 궤도를 천천히 나아가 골짜기 건너편, 골짜기 바닥보다도 어두운 숲이 펼쳐진 그 속으로, 그곳에서 훅 끼쳐오는 나무껍질과 나무 새싹들의 강렬한 향기 속으로 나아갔다. 그리고 겨울밤의 건조하고 딱딱해진 공기가, 좁고 불안정한 궤도를 미끄러지는 나무 상자와 그 안의 한껏 풀이 죽어 있는 어린 사람들, 그들을 끌어당기는 철사 로프를 단단히 감싸고 있었다.

나는 빽빽이 웅크리고 앉은 동료들의 몸 사이로 팔을 내뻗어, 동생의 자그맣고 부드러운 손바닥을 더듬어 찾고는 단단히 거머쥐었다. 가녀린 힘을 주어 되잡는 동생 손가락의 따스함과 더불어, 그 어린 맥박이 다람쥐나 토끼의 그것인 양 나에게 재빠르고 탄력 넘치는 생명감을 전해주었다. 그리고 그것은 또한 내 손바닥에서 동생에게로 전달되는 것이기도 할 터였다. 나는 내 입술을 움찔움찔 떨게 만드는 끝없는 불안이 피로와 한데 뒤엉켜 온몸으로 퍼져 나가, 꼭 잡은 그 손에서 동생에게로 흘러드는 것을 염려했는데, 어쩌면 동생도 그것은 마찬가지였으리라. 저항력을 잃은 개처럼 마구 부려져 위험한 운반에 몸을 내맡기고 있는 우리 동료들 모두가 불안감에 입술을 앙다물고 견디고 있었다.

골짜기 양쪽에서 이따금씩 험악한 사투리를 쓰는 어른의 목소리, 울분을 풀 수 없어 안절부절못하는 외침이 골짜기 바닥에 반향하면서 날뛰었다. 그러나 그것은 우리에게 전혀 의미를 전해주지 못했다. 밤의 숲에서 부풀어 오르는 풍성한 향기와 궤도의 삐걱거림 이외의 모든 것은 고개를 떨군 우리의 작은 머리 위 아득한 곳에서 태풍이 치는 밤바람 소리처럼 휘몰아치고 있었다.

골짜기까지의 지루한 행진 동안 줄곧 복통에 시달려온 소년이 또다시 꽉 깨문 이빨 깊숙이 신음하기 시작했다. 그는 몸이 뒤틀리는 아픔을 절대로 옴짝달싹도 않고 견디려고 노력하며, 간신히 가물거리는 신음 소리만 내뱉고 있었다.

"야! 내 어깨 위에 토하지 마." 미나미가 쌀쌀맞게 말했다.

신음 소리가 짓눌리면서 으응, 하고 탄식하듯 그 신음의 주인공이 나직이 말했다. 나는 서로 포개진 동료의 몸 깊숙이에서, 자신의 입을 손바닥으로 단단히 누르고 있는 자그맣고 하얀 얼굴을 보고 다시 눈을 내리깔았다. 어떻게 하면 좋단 말인가. 사람을 가득 실은 수레가 골짜기를 완전히 건널 때까지, 우리는 그대로 자세를 움직여선 안 된다.

그리고 마침내 가벼운 충격음을 내며 광차가 멈추자, 새 나뭇결이 선명한 굵은 나무 굴대에 감긴 로프 위에 올라선 젊은 농부가 몸을 내뻗어 수레를 멈추는 가로대를 재빨리 꽂아 넣으며 우리에게 소리쳤다.

"도착했어. 빨리 내려!"

제2장
최초의 작은 작업

무기를 손에 들고 침묵하고 있는 마을 사람들에게 에워싸여, 우리는 어둡고 축축한 숲속의 좁은 비탈길을 내려갔다. 숲 깊은 곳에서 나무껍질이 얼어붙어 갈라지는 소리, 달아나는 조그만 동물들의 희미한 술렁거림, 새된 소리로 외치는 새들의 울음과 느닷없이 퍼덕이는 날갯짓이 우리를 엄습해와, 우리의 발걸음을 종종 멈칫거리게 했다. 밤의 숲은 고요히 미쳐 날뛰는 바다였다. 마을 사람들은 우리가 포로인 양 앞뒤에서 에워싸고 있었는데 그럴 필요까지는 없었다. 우리 가운데 가장 물불을 안 가리는 소년조차도, 그 바다처럼 미쳐 날뛰었다가 잠잠해지는 거대한 숲으로 뛰박질해 달아날 만큼의 용기를 갖고 있지 않았다.

숲을 빠져나오자 어슴푸레한 어둠의 바닥에 오랜 시간 비바람을 맞아 동글동글해져 발바닥에 기분 좋은 느낌을 주는 자갈이 깔린 길이 완만한 경사로 뻗어 있었다. 그리고 그 건너편에 구부정한 좁은 골짜기를 따라 자그마한 촌락이 있었다.

그것은 어두운 골짜기의 수목들처럼 시커멓게 서로를 향해 문을 닫고 무리 지어 있었다. 골짜기의 다소 고지대에서부터 깊숙이 팬 곳까지 촌락이 늘어서 있고, 도중에 끊어졌다 다시 이어져 밤 짐승처럼 웅크리며 침묵하고 있었다. 우리는 멈춰 서서 그 광경을 내려다보고 작은 감동을 가슴에 키웠다.

"등화관제로 불을 끈 거야" 하고 촌장이 우리에게 설명했다. "너희 숙소는, 저기 모여 있는 집들보다 조금 더 올라간 곳, 경종警鐘* 망루의 오른쪽 절이다."

우리는 바로 맞은편 산 쪽으로 비탈이 시작되는 한층 어두운 고지대에 엉성한 철골로 지어진 나직한 탑이 마치 식물인 양 뒤쪽의 숲과 어우러져 서 있는 것을 유심히 살피며 확인하고 그 오른쪽 아래, 골짜기 밑의 촌락 집들보다 큰 단층집, 그리고 서로 마주 보고 있는 역시나 큰 이층집을 내려다보았다. 이층집은 좀더 나지막한 몇 개의 부속 건물에 둘러싸여 있고 그 주변에는 토담이 쳐져 있었다. 우리는 낮은 토담 벽이 희미하게 반짝이는 것을 보았다.

"난 저기 이층에 살고 싶어." 동생이 이렇게 말하자, 우리 가까이에 있던 마을 사람들 틈에서 헛웃음이 일었다. 그것

---

* 마루에 매달아놓고 화재나 홍수가 나거나 도둑이 들었을 때와 같이 비상시에 울리는 작은 종.

은 강렬한 조소의 의지를 담고 있었다.

"너희 숙소는," 하고 촌장이 되풀이했다. "그 맞은편 단층 집이다, 알겠나?"

"아아." 동생이 실망스러움이 역력한 목소리로 말했다. "그럴 줄 알았어."

우리는 다시 걷기 시작했고, 골짜기의 촌락은 자갈길 양쪽으로 우뚝 솟아 거뭇거뭇하게 하늘을 가르는 고목들의 그늘에 가라앉아 있었다. 우리는 그 뒤로도 한참 동안 걸어야만 했다. 그리고 마침내 골짜기 밑으로 내려갔는데 그곳은 뜻밖에 널찍하면서 어수선했고, 집들 사이에는 겨우 한 뼘 될까 말까 한 밭이 있어 수확되지 않은 채 서리를 맞은 채소가 하얗게 반짝이고 있었다. 집들은 판자문을 닫고 고요히 잠들어 있는 것 같았지만 우리는 판자문 틈새, 창문 귀퉁이에서 반짝반짝 빛나는 사람의 눈이 엿보고 있음을 금세 눈치챘고, 그들을 무시하기 위해 눈을 내리깔아야만 했다. 개가 마구 짖어댔다.

우리의 행렬은 비탈을 완전히 내려간 곳에서 방향을 틀어 마을 사람들 절반가량을 그곳에 남기고, 콧구멍에 훅 끼치는 퀴퀴하고 곰팡내 나는 오물 냄새 속에서 좁고 가파른 길을 올라, 야외 우물 옆을 지나서 다른 자갈길로 나갔다. 왼쪽에 광장과 창문이 많은 건물이 있었다.

"분교장이다." 촌장이 말했다. "지금은 폐쇄되었지. 홍수로 시내에서 들어오는 지름길이 막혔거든. 교사가 오질 않아. 휴교 말고는 별도리가 없어."

우리는 분교장 또는 나태한 교사들이나 뜻밖의 긴 방학에 기뻐할 마을 아이들에게까지 흥미를 갖기에는 너무 지쳐 있었다. 우리는 아무 말 없이 고개를 숙이고 걸었다. 비탈길 끝까지 오르자 창고 같은 건물이 있었고, 짧은 돌계단 너머에는 우리가 지나온 길 양쪽에 있던 동물처럼 초라하고 허술한 집들과는 달리 본격적인 건축법을 따른 집이 담장에 둘러싸여 나타났다. 그 건너편에는 폭 좁은 정원과 드넓게 하늘을 가리는 차양을 친 절이 있었다. 우리는 정원에 정렬하여 새로운 주거지에 들어가기 전에 따분하고 자질구레한 절차를 마쳤다. 건물 안에서 불을 피우지 말 것, 변소를 더럽히지 말 것, 식사는 당분간 마을 사람들이 지급한다. 이러한 훈사를 듣고 고분고분 고개를 끄덕여 간단히 끝냈다.

"너희가 할 일은 소나무 산을 개간하는 것이다. 게으름 피우지 말도록!" 촌장은 연설 끝에 대뜸 목청을 드높여 소리쳤다. "도둑질, 방화, 폭력을 저지르는 녀석은 마을 사람들이 죽도록 패주겠다. 너희는 애물단지라는 사실을 잊지 마. 그런 줄 알고 먹여주는 것이다. 이 마을의 성가신 애물단지임을 항상 기억해둬, 너희들."

우리들, 해면이 물을 빨아들이듯 쑥쑥 잠을 흡수하는 지친 어린 자들은 목소리를 낼 수조차 없을 만큼 기진맥진하여 차갑고 어두운 정원에 서 있었다. 더구나 실내에 들기 전에는 발을 씻어야 했고 또 신체검사를 받아야만 했다.

마지막 마을 사람이 자리를 뜨면서 실내의 작은 알전구를 껐기 때문에, 우리는 어둠 속에 웅크리고 앉아 손에 거칠게 닿는 소쿠리의 감자에 제각기 짭짤해지고 타액에 젖은 손가락을 더듬더듬 내뻗어 참을성 있게 한밤중의 식사를 계속했다. 우리는 아무 말 없이 입안 점막 가득 푸석푸석하고 꺼끌꺼끌한 덩어리를 느끼면서, 이미 차갑게 땀이 밴 감자를 계속 먹어댔다.

기나긴 여행 끝에 우리를 기다리고 있었던 저녁 식사, 그것은 얼마나 가난한 음식과 식기로 우리에게 제공되었던가. 소쿠리 세 개에 담긴 말라빠진 감자와 딱딱한 돌소금 한 줌. 우리는 실망하다 못해 화가 났다. 그러나 우리에겐 달리 할일이 없었으므로 꾹 참고 꾸역꾸역 감자를 먹었다. 우리는 좁은 토방과 변소를 판자문으로 막아놓은, 하얀 벽과 굵은 가로대로 둘러쳐진 본당의 축축한 다다미 위에 앉아 있었다. 그리고 그것만으로도 절 내부는 온통 사람의 훈김으로 가득 채워지고 말았다. 그 건물에는 다른 방도 없었고 따로살고 있는 마을 사람도 없었다.

감자는 아직 남아 있었지만 마침내 우리의 위장은 초라한음식을 더 이상 받아들일 수 없게 되었고, 졸음과 포만감에서 오는 애매한 슬픔이 우리의 부드러운 머리를 물처럼 흠뻑 적셨다. 우리는 한 사람씩 소쿠리에서 물러나 바지의 엉덩이께에 쓱쓱 손가락을 문질러 닦았고, 몇 명은 얄따란 이불 한 장을 같이 덮고 천장을 보고 드러누웠다. 어두운 공기속에 훤히 드러난 대들보가 어둠에 익숙해진 우리들 눈에 들어왔다.

여행 내내 줄곧 복통에 시달린 소년의 신음 소리가 좁은 실내를 구석구석 채우고 있었지만, 우리는 누구 한 사람 주의를 기울이지 않았다. 우리는 잠자코 어둠 속에서 눈을 부릅뜨고 귀를 쫑긋 세우고 있었다. 정체를 알 수 없는 짐승의 울부짖음, 나무껍질이 쩍쩍 갈라지는 소리, 느닷없이 바람이 일으키는 파도치는 소리, 이러한 소리들이 문밖에서 우리를 엄습했다.

동생이 내 등에 이마를 바싹 붙이고 잠든 자세에서 벌떡 상체를 일으켰다. 그는 잠시 머뭇거렸다.

"왜 그래?" 나는 낮게 가라앉은 목소리로 말했다.

"목말라." 동생이 주뼛주뼛 목쉰 소리를 냈다.

"마당에 우물이 있었지? 마시러 갈래."

"내가 같이 가줄게."

"괜찮아." 동생은 감정이 상한 게 역력한 열띤 어조로 말했다. "하나도 안 무서워."

나는 막 일으키려던 몸을 다시 눕히며, 동생이 토방으로 내려가 문밖으로 통하는 쪽문을 열려고 애쓰는 소리를 들었다. 잘 열리지 않는 모양이었다. 동생은 허무한 시도를 몇 번이고 거듭하더니 끌끌 혀를 차고는 당혹스러운 표정으로 되돌아왔다.

"밖에서 자물쇠를 채웠어." 동생은 맥이 빠져 말했다. "어떻게 해야 좋을지 모르겠어."

"자물쇠를 채웠다고?" 미나미가 다짜고짜 방 공기를 긴장시키는 우락부락한 목청을 드높였다. "내가 때려 부수고 말겠어."

그는 토방으로 뛰어 내려가 난폭하게 쪽문을 공격했으나, 우리의 기대와는 달리 걸걸한 욕지거리를 사방에 마구 내뱉을 뿐이었다. 우리는 미나미가 과감하게 몸을 쪽문에 내던져 부딪치는 소리, 그것이 완강하게 다시 튕겨 오르는 소리를 들었다. 일은 뜻대로 되지 않았다.

"못된 놈들." 미나미는 느릿느릿 토방에서 올라와, 동료들의 이불 속으로 파고들면서 언짢게 말했다. "저놈들은 우릴 가둬둘 속셈이야. 물도 못 마시게 하고, 돼지한테 줄 만큼만 감자를 던져주고."

공통된 발작인 듯 갈증이 우리 모두의 목구멍을 옥죄었다. 입술 안쪽에서 타액이 끈적끈적 굳어지기 시작하고, 혓바닥이 욱신거리며 오그라들었다. 우리는 잠을 자야만 했다. 그리고 추웠다. 더구나 갈증이 우리를 막무가내로 옭아맸다. 우리는 지칠 대로 지친 몸 구석구석의 힘을, 갈증이 극심한 나머지 무감각해지기 시작한 목구멍에서 흐느낌이 치밀어 분출하는 것을 간신히 억누르는 데만 죄다 쏟고 있었다.

아침에 우리는 바깥에서 판자문을 열러 온 마을 남자들, 올이 거친 천에 싸인 식사를 날라 온 마을 여자들, 그리고 나무 그늘이나 벽 귀퉁이에 숨어 이쪽을 살피는 마을 아이들에게 감시받으며 딱딱한 갈색 주먹밥을 먹고, 찐 채소를 덥석 손으로 집어 우물거리고, 불그스름한 구리 용기에 담긴 차를 마셨다. 그건 결코 훌륭한 식사가 아니었고 양도 모자랐다. 그러나 우리는 묵묵히 그걸 먹었다.

식사 후 엽총을 어깨에 멘 대장장이가 비탈을 올라오자 다른 어른들은 물러났다. 하지만 마을 아이들은 열심히 우리를 지켜보며 꼼짝도 않는다. 우리가 그들에게 팔을 흔들거나 말을 걸어봐도, 흙빛 피부에 밋밋한 무표정을 띤 그들은 완강하게 침묵했다.

대장장이는 잠깐 우리를 둘러보더니 뭔가 계산을 하는 듯했다. 그리고 그는 어젯밤부터 복통 때문에 기진맥진하여 머리맡에 놓인 음식에 손끝도 안 댄 동료에게로 갔다. 쭈그리고 앉아 병들어 지친 어린 동료를 응시하는 그에게 우리의 소리 없는 눈길이 쏠리자, 대장장이는 떡 벌어진 어깨를 휙 돌려 보이며 당혹스러운 옅은 웃음을 입술 가득 머금고 말했다.

"이 녀석 외엔 모두 작업에 나가도록."

"작업?" 내가 말했다.

"아침부터 일을 시켜?" 농치듯 미나미가 말했다. "오늘은 휴양 좀 합시다."

"너희가 오늘 하는 건," 당황한 대장장이가 말했다. "작업이라 할 것도 없어. 뭘 좀 파묻는 거다."

"뭘 파묻어요?" 흥미를 띤 동생이 말했다.

"일일이 말대꾸하지 마." 버럭 화를 내며 대장장이가 가로막았다. "밖으로 나가 정렬해."

우리는 웅성거리며 신발끈을 매고 마당으로 뛰어나갔다. 대장장이가 여전히 드러누워 있는 아픈 소년에게 집요하게 말을 걸다가 서둘러 밖으로 나오자, 우리는 그를 따라 비탈을 내려갔다. 우리한테서 조금 떨어져 한 무리를 이룬 마을 아이들이 뒤쫓아 왔다. 그러나 우리가 으름장 놓는 몸짓을 하며 뒤돌아보면 그들은 냅다 뒷걸음질 치다가도 다시 주의 깊게 우리를 감시하면서 따라왔다.

아침이었다. 화창하게 갠 멋진 겨울 아침이었다. 잘게 부순 자갈을 깐 길 한복판, 양의 등처럼 불룩 솟아오른 부분은 바싹 메말라 먼지가 일었으나, 줄기가 누렇게 메마른 잡초가 무성한 길 양쪽 끄트머리에는 밟으면 뽀득뽀득 저항하다가도 금세 맥없이 무너지는 서릿발이 남아 있었다. 그리고 딱딱하게 언 말똥, 그 어렴풋이 퀴퀴한 추위가 화살처럼 주변 일대의 공기 속에 박혀 있었다.

비탈을 다 내려가자 귀퉁이가 마모된 벽돌 크기만 한 돌을 깐 다소 널따란 포장도로와 작고 나지막한 집들이 나타났다. 그것은 깊은 밤중에 우리가 어두운 공기 너머로 본 것들이었다. 그러나 지금 거기에는 오전의 햇살이 넘쳐 초가지붕과 토담 벽이 부드러운 황금색으로 반들거리는 빛을 되비추고 있었다. 그리고 밤새 우리를 겁먹게 한 산, 골짜기의 길이 가로지르는 얕은 숲과 그 옆으로 이어지면서 구불텅하니 마을을 에워싼 경사가 가파른 잡목림은 파릇파릇한 빛을 출렁이거나 엷은 갈색으로 반짝이고, 그러한 모든 광경에서 어린 새 소리가 밀려들었다. 우리의 감정은 조금씩 고양되기 시작했고 그것은 불현듯 부풀어 올라 우리는 거의 노래를 부르고 싶을 정도였다. 우리는 남은 겨울과 그 후 이어지는 몇 계절을 보낼 마을에 도착해 일을 할 참이었다. 일한다는 건 좋은 거였다. 다만 지금까지 우리에게 제공된 일은 으레 장난감 하청 일, 못 쓰는 땅에 헛되이 감자 심기, 그리고 기껏해야 판자 밑창을 댄 슬리퍼 만들기였다. 등을 구부린 채 바삐 걷는 대장장이의 침묵에서는 보람 있는 멋진 일이라는 냄새가 풍겼다. 우리는 기대감에 콧구멍을 벌렁대며 차가운 공기를 힘껏 빨아들이고 몸을 떨었다.

"개가 죽어 있어!" 동생이 외쳤다. "이것 봐, 아직 강아지야."

동생이 달려간 살구나무 밑둥치, 키 작은 잡초 더미 속을 우리도 걸어가며 보았다.

"이 녀석은 배탈이 나서 뻗은 거야." 동생이 발그레한 뺨으로 돌아보며 외치자 어린 동료 두세 명이 그곳으로 뛰어갔다. "배가 불룩해."

"이봐." 대장장이가 무표정인 채 그들에게 의미 없이 팔을 휘두르며 호통을 쳤다. "멋대로 행렬을 벗어나지 마."

동생과 동료들은 당혹감을 물씬 드러내며 행렬로 돌아오려 했다. 나는 동생이 어젯밤 대장장이에게 품은 친근감을 배반당해 불만을 감추지 못하고 있다고 느꼈다.

"그 개를 끌고 와." 다시 뛰어 돌아오는 동생에게 그다지 특별한 판단을 거치지 않은 듯한 극히 애매한 목소리로 대장장이가 말했다. 우리는 웃었고 동생은 어쩔 바를 몰랐다. 하지만 대장장이는 진지하게 되풀이했다. "새끼줄을 걸어서 끌고 와."

동생은 더 이상 머뭇거리지 않고 재빨리 풀숲에서 꽁꽁 얼어붙어 딱딱한 새끼줄을 주워, 죽은 개 앞에 웅크렸다. 환성을 지르며 어린 동료들이 힘을 보태러 갔다.

"저걸 구워서 우리한테 먹일 테지." 미나미가 의기소침한 몸짓을 과장스레 내보이며 낮은 목소리로 말했다. "큰코다치게 될걸."

"넌 고양이라면 먹잖아." 내가 말했다. "쥐든 뭐든."

"여기 고양이가 죽어 있어!" 미나미가 어이없다는 듯 소리를 질렀다. 정말로 그의 발치에 뒤엉킨 풀 사이로 북슬북슬하고 보드라운 고양이 다리가 보였다. "얼룩 고양이야."

"그것도 새끼줄로 끌고 와." 대장장이는 차갑게 말했다. "꾸물꾸물하지 마."

우리는 애매하고 개운치 않은 기분으로, 배가 불룩하고 커다란 입을 앙다문 개와 고양이의 사체를 새끼줄에 묶어 끌고 갔다.

조잡한 분교장 건물 옆, 더러워진 눈이 조금 남아 있는 풀이 무성한 샛길을 빠져나가자, 거기서부터 주머니 밑바닥처럼 막혀서 좁은 골짜기로 급경사가 내리 이어졌다. 그리고 반대쪽 경사면의 다소 높은 곳에 몇 군데 열려 있는 폐광 같은 동굴, 그리고 무리 지어 있는 볼품없는 집들.

우리는 종종걸음을 치면서 골짜기를 내려갔다.

서리가 녹아 질퍽해진 풀숲으로 샛길이 사라지는 곳에 헛간과 가축우리가 있었다. 거칠게 깎은 통나무로 엮은 헛간 입구로 대장장이가 어깨를 들이밀면서 외쳤다.

"자네 집에서 뭔가 나왔나?"

"한 마리도." 굵은 목소리가 낮게 말했다. 헛간의 어둑한 안쪽에서 몸을 일으키는 낌새가 있었다. "아직은 한 마리도 없어."

"괭이 좀 빌리겠네." 대장장이가 말했다.

"그러게."

대장장이가 토방 안으로 들어가 괭이 몇 자루를 그러안고 와서는 축축한 땅바닥에 동댕이쳤다. 그것은 짧고 굵직한 손잡이에 두툼하고 뭉툭한 쇳덩이가 박힌 산지용 괭이, 가장 튼실한 괭이였다. 우리는 서로 질세라 괭이를 집어 들어 어깨에 들쳐 멨다. 도구를 제공받는 것, 게다가 단단하고 남자답고, 더없이 인간적인 느낌을 주는 농기구를 제공받는 것, 그것은 우리를 자긍심으로 채우고 북돋았다.

그러나 대장장이의 방식은 그다지 인간적이지 않았다. 그는 도구를 집어 들고 어깨에 멘 우리에게 자신의 가슴에 지닌 총을 주의 깊게 들이대고 있었다. 토방에서 나온 마을 남자는 전혀 표정을 바꾸지 않은 채 우리와 우리가 끌고 온 사체를 보았다. 우리는 그의 무반응에 조금 충격을 받았지만, 흘러내린 눈곱이 들러붙어 주머니처럼 축 늘어진 그의 눈 밑 피부는 자칫하면 치켜 올라가 눈을 덮고 졸음을 불러일으킬 것처럼 보였다.

"오늘 아침은 이것뿐인가?" 마냥 지루한 듯 남자가 느릿느릿 말했다.

"다음은 자네 소가 될 테지." 대장장이가 말했다.

"소가 당하는 건 못 참아." 남자는 버럭 화를 냈다. "우리 소까지 당하는 건 못 참아."

대장장이는 말없이 머리를 흔들고는 풀 더미에서 내려오라고 우리에게 신호를 보냈다. 그는 무기로 사용할 수도 있는 농기구를 지닌 우리에게 등을 보인 채 앞장서는 것을 경계하고 있었다. 우리는 햇빛에 가물가물 반짝이는 아주 좁다란 계곡이 있는 골짜기 막다른 곳까지 뛰어 내려갔다. 거기에는 아주 조금, 마을 안 공기보다 무겁고 진한, 뜨뜻미지근한 바람이 떠돌고 있었다.

우리는 뒤돌아서 골짜기에 이르는 경사를 올려다보았다. 종종걸음으로 내려오는 대장장이 뒤로 마을 아이들, 그리고 밑에서 올려다보니 비탈에 새 떼처럼 눌러앉은 마을 집들, 차갑고 단단한 푸른 하늘. 대장장이는 크게 팔을 흔들어 우리에게 오른쪽으로 이동하라고 신호했다. 줄기가 까칠까칠한 들풀에 피부가 찢기고, 이미 식물처럼 조용하게 굳어진 개와 고양이의 사지에 진흙과 자잘한 갈고리 털이 난 콩과科 풀 열매를 덕지덕지 묻히며 우리는 걸었다.

그리고 우리는 문득 우뚝 솟은 기묘한 퇴적물 앞에서 놀란 나머지 숨이 가빠지고, 흙탕물에 푹 빠져 진흙투성이가 된 묵직한 구두에 단단히 힘을 주며 멈춰 섰다.

개, 고양이, 들쥐, 염소 그리고 조랑말까지 온갖 동물의 사체가 작은 둔덕처럼 겹겹이 쌓여 고요히 끈기 있게 부패해가고 있다. 짐승들은 이빨을 앙다문 채 눈알이 풀어지고 다리가 뻣뻣하게 굳었다. 진득한 점액으로 바뀌어 흘러내리면서 주변의 누렇게 마른 풀과 진흙을 끈적끈적하게 만드는 죽은 동물들의 피와 가죽, 그리고 그 부분만 기묘하게 생기를 띠고 격렬히 도발하는 듯 부패를 버텨내는 수많은 귀.

동물들에게는 통통하게 살진 겨울 파리가 검은 눈처럼 내려 쌓여 줄곧 낮게 날아다니며, 깜짝 놀라 감각을 잃기 시작한 우리의 머릿속에 침묵으로 가득한 음악을 넘치도록 채웠다.

"아아." 동생이 탄식했다. 겹겹이 쌓인 이러한 짐승들 사체 앞에서는 동생이 새끼줄에 걸어 끌고 온 한 마리 붉은 개 따위 풀이나 흙처럼 그저 흔해빠지고 무의미해 보였다.

"구덩이를 파고 이걸 묻는 거다." 대장장이가 말했다. "멍하니 보고 있지만 말고 일해."

그러나 우리는 짐승들의 사체 더미에서 줄기차게 분출되어, 진한 액체층처럼 콧구멍은 물론 얼굴 피부에까지 훅 끼치는 악취 속에서 그저 망연자실한 채 서 있을 뿐이었다. 맹렬히 뿜어 나와 출렁대는 악취는 우리를 도발하는 요소를 품고 있었다. 발정한 암캐의 뒷다리에 자그만 코를 바싹 갖다 대고 열심히 그 냄새를 맡은 적이 있는 아이들, 흥분한 개의 등을 당혹스럽게 쓸어주면서 짧은 시간이긴 해도 위험한 그 쾌락을 향수할 용기와 앞뒤 가리지 않는 욕망을 지닌 아이들만이 짐승들의 사체가 뿜어내는 악취에서 부드러운 인간적인 신호와 유혹을 받아들일 수 있다. 우리는 눈이 터져라 크게 부릅뜨고 쿵쿵 소리 내어 콧구멍을 벌름거렸다.

"여기도 한 마리 있어"라며 조금 겁먹은 듯하고 몹시 부끄러운 듯한, 또한 반대로 다소 위협적인 목소리가 우리 뒤에서, 입술을 작게 벌려 모음을 발음하는 오물거리는 사투리로 말을 건넸다.

우리가 뒤를 돌아보자 조금 동떨어진 둔덕에 무리 지어있는 마을 아이들 중 하나가 배가 불룩한 작은 쥐를 손끝에 대롱대롱 늘어뜨리고 있었다.

"이 녀석. 거기에 손대지 마. 잊었어?" 대장장이가 목에 혈관이 불거지도록 소리쳤다.

"가서 손 씻어."

마을 아이는 튕기듯 몸을 부르르 떨며 생쥐를 내던지고 마을에 이르는 비탈을 뛰어 올라갔다. 우리는 격노하는 대장장이의 진지한 얼굴이 마을 아이를 배웅하는 것을 당혹스럽게 지켜보고 있었다.

"저걸 주워 와." 대장장이가 애써 분노를 억누른 어조로 말했다.

그러나 우리들 누구도 쥐를 주우러 가려 하지 않았다. 우리는 그 쥐에게서 **이상한** 징후를 냄새 맡고 있었다.

"자, 어서 주워 오라고." 억지로 상냥한 척하며 대장장이가 말했다.

나는 달려 나갔다. 마을 아이들이 비명을 지르며 뿔뿔이 도망친 뒤에 나는 몸을 웅크리고 딱딱하게 쪼그라든 쥐의 꼬리를 손끝으로 집어 들고 돌아왔다. 어렴풋이 비난하는 기색을 내비치는 동생의 시선을 무시하고 나는 그것을 줄곧 끝없는 침묵으로 호소하는 짐승 더미에 던져 올렸다. 쥐는 털이 완전히 다 빠지고 비를 맞아 허옇게 변색된 고양이 등 위에서 가볍게 튀어 올랐다가 다른 짐승들 위를 주르륵 미끄러지면서 불룩 튀어나온 염소의 벌거숭이 엉덩이 밑으로 숨어들고 말았다. 우리들 무리에 웃음의 물결이 일고, 그것은 단박에 긴장감을 와르르 무너뜨렸다.

"자아, 시작해." 기운을 낸 대장장이가 말했다.

우리는 괭이를 휘둘러 마른 풀과 낙엽이 들러붙은 갈색 땅을 파헤쳤다. 흙은 부드러워 파기 쉬웠다. 희끗한 주황빛으로 오동통하게 살이 오른 애벌레, 겨울잠을 자는 개구리, 뒤쥐 등이 파헤쳐지면 순식간에 우리의 괭이가 빈틈없이 겨냥해 힘껏 내리쳐서 때려잡았다. 골짜기를 엷게 적시고 있던 안개가 재빨리 걷히고 있었다. 그러나 층층이 쌓아 올려진 짐승들의 사체가 새로운 안개처럼 결코 지워지지 않는 악취로 그 뒤를 가득 채웠다.

우리는 정확하게 가로 2미터 세로 3미터 길이의 직사각형 구덩이를 팠다. 부드러운 층에 이어 단단하고 하얀 자갈을 포함한 조금 굳은 층이 나왔다. 그리고 그곳에 괭이를 힘껏 내려칠 때마다 차가운 물이 배어 나왔다. 옅은 겨울 햇살 탓에 일하는 우리들의 이마며 뺨에 땀이 맺혔다. 구덩이가 점점 깊어질수록 그 안에서 일할 수 있는 사람 수에 한계가 생긴다. 나는 괭이를 내던지고 이마의 땀을 닦았다. 마을 아이들은 또다시 주뼛주뼛 가까이 다가와 있었다. 하지만 내가 일을 그만둔 것을 보고는 기겁을 하고 달아날 태세를 갖추고 있었다. 나는 목덜미에 때가 끼어 거뭇거뭇한 여자아이를 발견했지만, 그 뾰족한 입술, 조그마한 코, 그리고 병에 걸린 듯 축축한 눈은 여자애들을 골려주면서 장난치고 싶은 내 기분을 깡그리 빼앗기에 충분했다. 여행하는 동안 죽 거쳐 온 여러 마을에서 나는 지겨울 정도로 그런 여자아이들을 골려먹었다. 그 애들이 오줌을 누려고 작고 울퉁불퉁한 엉덩이를 훤히 드러낸 채 쪼그리고 있으면 느닷없이 소리치면서 덮치는 것이다. 그러나 그런 놀이도 생각만큼 재미가 오래 지속되지는 못했다. 나는 마을 아이들을 충분히 경멸하고 꺼렸다.

"이봐, 게으름 피우지 마." 다가온 대장장이가 말했다.

"네." 나는 일을 다시 시작하지는 않고 말했다. "그 엽총, 구경이 크네요."

"곰을 쏘는 거야, 사람도 쓰러뜨리지." 그쪽으로 내뻗으려는 내 손을 피해 총을 거두면서 대장장이는 위협하듯 말했다. "소란 피우면 쏴 죽인다. 마을 사람들한테 너희를 죽이는 것쯤은 아무 일도 아냐."

"알았어요." 감정이 상한 내가 말했다. "죽은 쥐를 마을 아이들이 만지면 세균이 옮는다, 그런데 우리가 만지는 건 괜찮다, 뭐 이런 얘기겠죠?"

"뭐?" 당황한 대장장이가 우물거렸다.

"동물들한테 전염병이 돌고 있는 거죠?" 나는 파헤친 구덩이에 짐승들의 사체를 던져 넣기 시작한 동료들을 턱으로 가리키며 물었다. "무슨 전염병이에요?"

"내가 알 턱이 있나." 대장장이가 교활하게 말했다. "의사도 몰라."

"동물이 죽는 건 아무것도 아니지. 기껏 해봤자 말이 제일 손해가 크겠죠?" 내가 대장장이보다 한층 교활하게 질문을 던지자 대장장이는 순순히 걸려들었다.

"사람도 죽었어." 그가 단숨에 말했다.

"조선인이 죽었어." 호기심에 정신이 팔려 겁이 없어진 마을 아이가 대장장이 뒤에서 머리를 내밀고 소리쳤다. "저기, 깃발이 세워져 있지?"

우리는 골짜기 맞은편 산 중턱에 한 무리를 이루고 있는 극도로 허름한 집들을 올려다보았다. 그 가운데 맨 귀퉁이에 있는 한 채에서 색 바랜 붉은 종이 깃발이 바람에 펄럭이고 있었다. 골짜기에는 바람의 흐름이 없지만 산 중턱에는

54

신록의 잎이며 흙냄새 나는 바람이 온종일 불고 있으리라. 그곳에는 개들이 썩는 악취 따위 없겠지……

"저기?"라고 되묻는 내게 마을 아이는 쑥스러워하며 굳게 입술을 닫았다. "저기에 조선인이 죽어 있어?"

"조선인만 사는 부락이야. 딱 한 사람 죽었지." 대장장이 가 아이 대신 대답했다. "짐승들 병하고 똑같은지 어떤지는 알 수 없어."

나의 동료들은 복부가 터져 물컹물컹한 살점과 피, 체액 이 한데 녹아 흘러내리는 묵직한 송아지를 옮기고 있었다. 그 우람한 송아지를 덮친 맹렬한 질병은 또한 사람의 숨통 도 손쉽게 옭아매 버릴 것 같았다.

"흙광 안에서 피난 온 여자가 죽어가고 있어." 다른 아이 가 흥분한 나머지 들뜬 목소리로 말했다.

"썩은 채소를 주워 먹은 탓이야. 다들 그렇게 말해."

"전염병이라면 격리병동에 넣어야 하는 거 아닌가?" 내가 말했다. "퍼지기 시작하면 엄청날걸. 깡그리 죽고 말아."

"격리병동은 없어." 대장장이가 불쾌한 듯 말했다. "그런 건 없어."

"마을에 전염병이 돌 때, 당신들은 어떻게 하죠?" 내가 물 고 늘어졌다.

"마을 전체가 도망치지. 환자를 놔두고 피난해. 그게 규칙 이야. 우리 마을에 전염병이 돌면 인근 마을에서 우리를 돌

봐줘. 반대로 다른 마을에 전염병이 돌면 우리 마을로 도망쳐 오는 이들을 먹여주지. 20년 전 일인데, 콜레라가 돌았을 때 우린 석 달이나 이웃 마을에 있었어."

20년 전, 그것은 전설처럼 엄숙하고 단순하여 나를 꿈꾸게 한다. 20년 전, 역사의 어둠, 그곳에서 신음하며 괴로워하는 환자들을 내버려 두고 마을 사람들이 도망친다. 그때 살아남은 자가 체취가 느껴질 만큼 지척에서 내게 이야기하고 있다.

"이번엔 왜 도망치지 않아요?" 나는 숨이 가빠지는 걸 간신히 억누르며 물었다.

"응?" 대장장이가 말했다. "이번? 딱히 전염병이 돌고 있는 게 아니잖아. 짐승이 죽었고, 환자 두 명이 나와서 한 사람 죽었어. 그뿐이야."

그리고 대장장이는 입술 언저리의 피부를 경직시키며 입을 꾹 다문 채 나한테서 얼굴을 돌렸다. 나는 동료들에게 달려가 작업을 거들었다. 우리는 자그만 개를 비롯해 참으로 다양한 동물들을 날라 구덩이 안을 빽빽이 채운 같은 무리 위로 내던졌다. 대부분의 짐승이 썩어 있어서 손에 잡은 뒷다리 가죽이 주르륵 벗겨지기라도 하면 나는 그 짐승으로부터 어마어마한 위력을 지닌 병균이 떼 지어 달려들 것처럼 느껴져 등에 식은땀이 흘렀다. 그러나 그것도 콧구멍의 점막이 악취에 무감각해져버릴 즈음에는 내 의식에서 완전히 무너져 내리고 말았다. 짐승들을 죄다 나르고 그 위로 흙을 뿌려 일을 끝낸 뒤에 하릴없이 하늘을 올려다보니, 양쪽에서 밀려드는 산에 가려진 좁은 하늘에서 햇살이 반짝이며 급격하게 정오다운 충만한 볕이 쏟아져 내렸다.

"점심 식사가 끝나면 땅을 다진다." 대장장이가 말했다. "계곡에서 손을 깨끗이 씻고 와."

우리는 환성을 지르고 골짜기에 팬 가느다란 개울로 진흙 투성이 팔을 휘두르며 달려갔다. 그곳에는 마른 이끼로 뒤덮인 미끌미끌한 돌과 그 사이를 흐르는 맑고 깨끗한 물이 조금 있어, 거기에 손가락을 담그자 극심한 통증이 온몸을 휘저었다. 그러나 추위에 빨갛게 부어 마비된 손가락을 쓱쓱 문지르고 있으니 손 갈퀴 사이로 아주 잠깐 생기는 작은 무지개, 햇살이 아롱거리는 반짝임 따위가 우리들 목구멍에 쾌활한 웃음을 연달아 불러일으켰다.

"깨끗이 씻어, 세균 천지야." 내가 큰 소리로 말했다. "안 씻는 녀석을 만지면 전염병에 걸려."

"병든 개, 병든 쥐." 미나미가 우스꽝스럽게 소리치며 물을 사방으로 튕겼다. "병든 고양이, 병든 하늘소."

다들 소리 내어 웃고 왁자하게 떠들었으나, 동료 하나가 문득 입을 다물고 긴장으로 뺨이 굳은 채 물속을 들여다보았다. 그의 침묵은 삽시간에 동료에게 전염되어 우리는 저마다의 등에 서로 층을 이루며 흥분으로 떨리는 동료의 손가락 끝이 가리키는 것을 응시했다.

"게!" 동생이 감탄하여 외쳤다.

게였다. 옅은 하늘색 물 건너편, 황갈색 모래 위 바위틈에서 아이 손바닥만 한 게의 딱딱한 다리가 엿보였다. 다리 하나하나의 뒤에는 까칠한 흙빛 털이 있는 둥 마는 둥 한 물살에 하늘거린다. 동생이 멈칫멈칫 손바닥을 물에 적시고는 게의 다리에 가까이 가져갔다. 그리고 손가락이 닿았나 싶자 순식간에 물은 흙과 모래 소용돌이를 일으키며 흐려져 그것이 가라앉은 뒤에는 무엇 하나 남지 않았다. 우리는 목을 그르렁거리며 웃고, 회복되기 시작한 콧구멍 점막으로 개울 냄새, 모래와 물의 순수한 냄새를 맡았다.

"모여, 모여! 너희들 뭐 하는 거냐." 대장장이가 초조하게 소리쳤다.

비탈의 마른 풀을 짓밟고 올라가 돌이 깔린 마을 길로 절을 향해 돌아가는 도중, 우리의 행진은 흙광 비슷한 건물 앞에 무리 지어 있던 마을 사람들에게 가로막혔다. 그들은 흙광의 열린 문 안쪽을 열중해서 지켜볼 뿐, 멈춰 선 우리 행렬에는 주의를 기울이지 않았다. 마을 아이들이 흠칫거리며 우리 옆을 달려 지나가 어른들 무리 속으로 끼어들었다. 흙광 안에서 어린 여자아이가 흐느껴 우는 소리가 들려와 우리는 숨이 막혔다.

그리고 흙광 문에서 낡고 불룩한 검은색 가죽 가방을 든, 기묘하게 벗어진 이마와 옆으로 벌어진 튼튼한 귀를 지닌 남자가 나왔다. 그가 머리를 다소 세차게 흔들자 마을 사람들 사이에 긴장된 웅성거림이 일었고, 마을 사람 몇몇이 흙광으로 들어갔다.

"어떤가요, 선생님?" 대장장이가 마을 사람들의 무거운 침묵 속에서 부자연스럽게 들뜬 목소리로 물었다.

"응?" 그 남자는 거만스레 말했지만 직접 대장장이의 질문에는 대답하지 않은 채 마을 사람들을 헤치고 우리에게 다가왔다.

그는 우리를 꼼꼼히 둘러보았다. 피로에 절어 갈색으로 탁해진 그 남자의 시선을 받는 것은 유쾌하지 않았고, 그가 등 뒤에 남기고 흙광에 가두고 나온 것의 이상한 느낌이 그를 통해 그대로 우리를 겁주는 것 같았다.

"반장이 누구냐?" 남자는 낮고 거칠거칠한 목소리로 말했다. "너희들 반장은."

나는 동료들의 시선에 재촉받고 부추겨져 몹시 허둥대며 우물우물 대답했다.

"난데, 누구건 상관없어요."

"너냐?" 남자가 말했다. "너희들 동료 환자를 보고 왔다. 내일이라도 이웃 마을로 약을 가지러 와. 지도를 그려주지."

그는 불룩한 가방에서 수첩을 꺼내 연필로 자잘하게 써

넣은 다음 찢어서 내가 내민 손에 쥐여주었다. 나는 혹시나 싶어 그걸 가슴 주머니에 쑤셔 넣기 전에 미리 읽어둘까도 생각했으나, 그 단순한 지도는 내게 그다지 뚜렷한 의미를 띠지는 않았다.

의사로 보이는 그 남자에게 동료의 상태를 물어보려 했을 때, 울부짖는 소녀를 끌어안다시피 한 촌장이 흙광에서 나와 그대로 함께 비탈을 내려갔다. 온몸의 피부가 타는 듯한 소녀의 울부짖음이 우리에게 충격을 주었고 우리를 짐승처럼 입 다물게 했다.

제3장
엄습하는 전염병과 마을 사람들의 퇴거

오후에 우리는 짐승들을 파묻은 구덩이의 흙을 다지는 작업을 할 참이었다. 하지만 우리가 초라한 식사를 마치고 절의 비좁은 툇마루에 걸터앉아, 께느른한 몸에 옅은 겨울 햇살을 받으며 오래도록 기다려도 작업을 지휘할 대장장이는 마당 저편의 비탈을 올라오지 않았다. 그리고 거기에는 표정이 거의 없는, 하나같이 꾀죄죄한 마을 아이들이 팔짱을 낀 채 서서 우리를 열심히 응시하고 있다. 우리가 위협을 하면 개처럼 허둥지둥 도망치며 흩어졌다가도 금세 또다시 모여든다. 우리는 이런 일방적인 술래잡기에 금방 싫증이 나서 마을 아이들을 나무나 풀 보듯 무시하고 우리들만의 놀이에 몰두했다. 결국 마을에 온 뒤 첫 휴양인 셈이었다.

우리들 중 어떤 아이는 휴대품 주머니를 정리하며 햇살이 비치는 장소에 자신의 귀중품, 정체를 알 수 없는 튜브나 청동 손잡이, 피가 밴 무기용 금속 고리, 그리고 방탄유리 파편 따위를 늘어놓고 천으로 닦았다. 또한 부드러운 나뭇조각으로 만드는 비행기 모형 조립에 열중하는 아이도 있었다. 그리고 미나미는 어떤가 하면, 그의 희생적인 사랑의 결과로 만성 염증을 일으킨 작은 항문을 치료하기 위해 휴대품 주머니 깊숙이에서 꺼낸 셀룰로이드 용기에 든 얼마 남지 않은 약을 그의 온순한 동생뻘에게 손끝으로 문질러 바르게 했다. 그는 환부를 제대로 지탱하기 위해 배설하는 새끼 동물 같은 굴욕적인 자세를 취해야만 했는데, 그걸 누가 놀리기라도 하면 바지를 끌어 내린 채로 지체 없이 달려들어 무례한 적을 흠씬 두들겨 팼다. 우리는 빈둥거리며 며칠 만에 처음으로 완전한 무위의 오후를 보냈다. 여행 동안 복통으로 고생한 소년만이 이제는 이미 신음할 기력조차 없이 창백한 낯으로 기진맥진하여 하늘을 보고 누워 있었는데, 이 마당에 우리가 무엇을 할 수 있었겠는가.

급격히 공기가 싸늘해지고 바람이 일더니 하늘을 가리는 숲 꼭대기에서 낮은 하늘로 황혼이 번졌다. 그리고 입을 꾹 다문 마을 여자들이 저녁 식사를 날라 오고, 황급히 식사가 끝난 뒤 또다시 모든 판자문이 닫히고 바깥에서 자물쇠가 걸렸다. 식사 때 함께 있던 대장장이는 굳은 표정으로 침묵을 지킬 뿐 우리의 유혹에 가득 찬 질문 공세에도 무덤덤했다.

우리만 어두운 실내에 갇히자 오전 작업을 통해 우리들의 몸, 옷, 그리고 무엇보다도 우리들의 정신에 찌든 특별한 냄새가 환기가 안 되는 방 공기 속으로 스멀스멀 기어올라 뒤섞여갔다. 우리는 이와 함께 몸을 적시는 피로에 짓눌리고 무거운 공기 밑바닥에 파묻혀 가로누운 채, 잠을 자신의 내부와 눈꺼풀 위로 불러들이려고 노력했다.

하지만 병든 동료의 헐떡이는 가냘픈 호흡과 판자문 밖 밤의 숲속 짐승들 울음소리, 수목들이 갈라지는 소리가 우리를 꽉 붙잡아 좀처럼 잠들지 못한다. 그러다 은밀하고 숨 가쁜 쾌락의 동작의 낌새가 여기저기서 일어나기도 했으나, 나로 말할 것 같으면 너무나 지친 나머지 그것조차 받아들이지 못했다.

그리고 한밤중에 오래도록 고통을 겪어온 동료가 죽었다. 그때, 우리는 불현듯 눈을 떴다. 그것은 격렬한 소리나 갑작스러운 존재감에 자극받았다기보다 이와 완전히 반대되는 원인에 의한 것이었다. 우리들 옅은 잠의 무리 중에서 희미한 소리 하나가 사라지고 존재 하나를 잃었다. 이처럼 기묘하고 이질적인 느낌이 우리를 똑같이 사로잡았다. 우리는 어둠 속에서 윗몸을 일으켰다. 갑자기 어린 동료가 가냘프게 흐느끼는 소리가 어두운 공기를 흔들었다. 그는 울면서 동료에게 일어난 변사를 우리에게 전했다. 우리는 즉시 이해했다. 우리는 어둠 속을 손으로 더듬으며, 바로 밤의 길목까지 함께한 우리 동료, 그리고 지금은 급격히 차가워지고 딱딱해져버린 시신 주변으로 모였다. 우리는 서로의 뜨거운 몸을 밀어 헤치면서, 그 안쪽의 체온을 잃은 피부를 만지고는 튕기듯 팔을 움츠렸다.

그리고 나서 갑자기 동료 몇 명이 바깥으로 나가는 판자
문에 매달려 소리치기 시작했다. 그것은 우리 모두에게 전
염되어 공통된 발작을 일으켰고, 우리는 시신으로부터 가능
한 한 멀어지려는 듯 판자문에 몸을 밀어붙인 채 문을 두드
리며 외쳤다.

"이봐, 이봐, 누가 좀 와줘, 문 좀 열어줘, 이봐, 환자가 죽
었어!"

이봐, 이봐, 하고 우리는 소리쳤지만 우리 모두의 외침이
서로 엉키고 울리는 통에, 밤 숲의 짐승 소리처럼 의미가 분
명하지 않았다. 그리고 이러한 소리가 겹쳐지고 엎치락뒤치
락하는 가운데 슬픔만이 강력한 광채를 띠고 하늘 꼭대기,
골짜기 깊숙이로 퍼져가는 듯이 느껴졌다.

긴 시간이 지나 우리의 외침이 피로와 걸걸해진 목구멍
탓에 가냘프고 둔탁해지고 나서, 마당 앞길에 엄청나게 어
수선한 발소리가 일더니 판자문 자물쇠가 묵직한 소리를 냈
다. 우리는 침묵한 채 기다렸다. 그러나 마을 어른들은 들어
오기 전에 머뭇거리다가 판자문 바깥에서 회중전등을 안으
로 비추었다. 나는 눈앞에서 눈부시게 눈물로 얼룩진 동생
의 얼굴을 보았다. 그리고 촌장과 대장장이가 총을 허리에
차고 주의 깊게 우리를 감시하며 들어오는 걸 보았다. 우리
는 아무 말도 하지 않았다. 그리고 거칠게 숨을 내쉬었다. 촌

장 일행은 입술을 꾹 깨물고 콧구멍을 벌름거리며 죄수의 폭동을 진압하는 무장 간수처럼 긴장하고 있었다.

"뭐야! 이 녀석들, 뭐야." 으르렁거리듯 촌장이 말했다. "소란을 피우다니, 대체 무슨 일이야?"

나는 사정을 설명하려고 걸걸한 목구멍을 열기 위해 침을 삼켰지만 그럴 필요가 없었다. 대장장이의 왼팔에서 흔들거리는 회중전등이 시신을 포착하고 거기에 고정되었다. 그리고 우리가 말없이 주시하는 가운데 몹시 의아한 듯 뺨이 경직된 촌장과 사람들이 신을 신은 채 우리의 죽은 동료에게 가까이 다가갔다. 그들은 회중전등을 비추며 웅크리고 앉아 시신을 살폈다. 둥그런 담황색 불빛 속의 창백하고 볼품없는 조그만 머리, 푸르스름하게 과일 껍질처럼 뻣뻣해진 피부, 짧은 코 아래 조금 말라붙은 피. 그리고 투박한 손가락에 뒤집히는 무거운 눈꺼풀, 배 언저리에서 접혀 겹쳐진 두 팔.

보기 흉했다. 그리고 그걸 줄곧 훤히 비추며 거칠게 검토를 계속하는 마을 남자들에 대한 어둡고 축축한 분노가 우리들 사이에 솟구쳐 오르기 시작했다. 그들이 조금이라도 더 시신에 대한 무례한 신체검사를 계속했다면 우리는 누구랄 것 없이 맹렬히 으르렁거리며 달려들었으리라. 하지만 마을 사람들은 불쑥 자리에서 일어나 시신을 남겨둔 채 마당으로 나갔다.

늦은 달이 막 떠오른 참이었다. 우리는 조금 열린 판자문 틈새로, 촌장과 대장장이를 사이에 두고 나직이 이야기를 나누는 거무튀튀한 수많은 마을 남자들 무리를 보았다. 그들의 열띤 토론은 아마도 흥분한 탓에 거의 의미를 알 수 없는 심한 사투리로 이루어져, 우리는 요란스레 짖어대면서 북적거리는 개 떼를 보듯 마을 어른들을 지켜볼 수밖에 없었다.

촌장이 격한 어조로 명령하듯 소리치고, 그러고는 무거운 침묵이 이어졌다. 다시 촌장이 소리치자 마을 어른들 무리가 흩어지면서 마당을 가로지르기 시작했다. 대장장이가 툇마루로 뛰어올라 판자문을 닫으려 했을 때, 나는 그에게 질문을 던지려 했다. 그는 달빛을 등지고 있어 시커멓고 우람해 보였고, 나를 받아들일 의지를 전혀 내비치지 않은 채 판자문을 닫았다. 그러나 자물쇠를 채우지는 않고 황급히 떠났다. 우리는 시신으로부터 가능한 한 멀찍이 떨어진 구석진 곳에 무릎을 그러안고 모여 앉아 마을 어른들의 멀어지는 발소리를 들었다. 그리고 우리들 몸속에서 흥분이 가라앉아 사라져가는 것을 소리처럼 듣고 있었다. 우리는 우리가 왜 소리를 지르고 판자문을 두드렸는지 지금은 알 수 없었다. 아이들에게는 이미 죽어버린 사람을 어떻게 할 방도가 없다.

판자문 옹이구멍으로 들어온 불빛에 동생이 온통 기름과 재로 지저분해져 쇳빛이 된 얼굴을 내보였다. 동생은 눈물과 겁먹은 기색이 남아 있는, 까치밥나무 열매처럼 암갈색으로 반짝이는 눈으로 나를 또렷이 바라보았다.

"왜?" 내가 말했다.

동생은 혀로 입술을 핥아 선명한 빛깔과 탄력을 금세 회복시키면서 말했다.

"나, 추워."

"왜 그래? 웃옷도 입지 않고." 나는 떨고 있는 동생 어깨에 팔을 둘렀다.

"저 애한테 빌려줬어, 추위를 타니까." 동생은 시신 쪽으로 고개를 돌리며 말했다.

"낮에?"

"응."

"이젠 입혀줘도 소용없어." 나는 동생에게 화를 내며 말했다. "찾아와."

"어." 동생은 애매하게 말하며 눈을 내리깔았다.

"내가 가져올게." 나는 몸을 일으켰다. 그러자 뒤에 남겨지는 게 두려운 듯 동생이 재빨리 뒤따랐다.

동생의 풀색 웃옷을 벗기기 위해서는 죽은 사람의 무거운 몸을 상당히 거칠게 밀어 움직여야만 했다. 이리저리 흔들거리며 위를 보고 누운 시신의 등에서 웃옷을 벗겼을 때, 나는 어둠 속 동료들의 시선을 온몸에 느꼈다. 하지만 달리 어떻게 할 방도가 없었다.

동생의 웃옷은 약품을 사용해 급격히 부패시킨 과일의 악취, 부식균의 오랜 노력에 의해서가 아닌 한층 무기적인 부패의 악취가 났다.

동생은 웃옷에 팔을 넣지 않고 그대로 어깨에 걸친 채 쭈그리고 앉아 희멀겋게 떠오른 시신의 얼굴을 응시했다. 그러고 나서 조용한 오열이 그의 몸을 흔들었다.

"친구였는데. 아아, 친구였는데." 동생이 흐느끼며 되풀이했다.

나는 동생의 어깨 너머로 긴 여행을 함께해온 동료의 똑바로 누운 채 굳은 작은 새 같은 얼굴, 거기에 분명히 크게 부릅뜬 어둡고 차가운 눈을 보았다. 눈물이 내 뺨을 따라 흘러 동생의 어깨로 떨어졌다.

나는 동생의 어깨를 안아 일으켜, 눈을 뜬 채 시신으로 변한 우리의 동료를 버려두고 방 건너편 구석으로 되돌아갔다. 거기에 무리 지어 있는 동료들 틈에 앉은 뒤에도 동생은 가늘게 떨리는 오열에 어깨를 연신 움칠거렸고, 그것이 나와 내 동료들 마음에 슬픔을 회복시켜 마구 휘저었다.

우리는 그대로 입을 다문 채 한참 동안 가만히 있었다. 그리고 경종이 울려 퍼졌다. 우리는 동요하며 귀 기울였지만, 곧 경종은 그치고 잠시 뒤 비탈 아래 언저리, 마을의 자갈길 부근에 심상찮은 술렁거림이 일었다. 그것은 파도처럼 그곳을 중심으로 마을 구석구석으로 전해져가는 것 같았다. 우리는 그 소리에 귀를 기울이며 입안에 침을 가득 물고 대기했다. 사람 발소리와 가구인 것 같은 물건이 맞부딪는 소리, 느닷없는 말 울음소리. 그리고 개가 끊임없이 짖는 소리와 어린아이의 짓눌린 비명.

이윽고 그것은 비탈 아래에 집결하여 천천히 이동하기 시작하는 것 같았다. 나는 어둠 속에서 미나미의 얼굴을 찾았고 미나미 역시 나를 찾고 있는 걸 발견했다. 우리는 이마가 부딪칠 정도로 가까이서 서로의 눈을 응시했다.

"어이." 미나미가 낮지만 힘 있는 목소리로 말했다.

"가보자." 내가 말했다.

우리는 벌떡 일어나 대장장이가 자물쇠를 채우는 걸 잊어버린 판자문을 어깨로 힘껏 밀어붙였다. 소리를 내며 판자문이 열리고, 나와 미나미가 맨발인 채로 차가운 마당으로 뛰어내리자 동생이 뒤따랐다. 그 뒤로 황급히 몸을 일으키려는 동료들을 미나미가 윽박지르는 목소리로 호통쳤다.

"너희들, 안에 있어. 안에서 죽은 저 녀석을 잘 지켜. 승냥이가 먹으러 오니까."

"꼼짝 말고 기다려!" 나도 소리쳤다. "멋대로 나오는 녀석은 가만 안 둬."

동료들은 불만을 드러냈지만 나오려고 하지는 않았다. 미나미와 동생과 나는 마당을 가로지르는 비탈길을 뛰어 내려갔다.

우리가 맨발로 차가운 자갈 위를 달려 나지막한 돌담 사이를 빠져나가 널찍한 돌길이 내려다보이는 모퉁이까지 왔을 때, 묵직하게 억제되었으면서도 높아지는 술렁거림과 발소리가 안개를 품은 밤바람에 실려 전해졌다. 그리고 우리는 돌길을 이동해 가는 무리를 얼결에 보고는 충격으로 숨조차 제대로 쉴 수 없었다.

짙은 회청색으로 그늘진 어두운 달빛 속에 거뭇거뭇한 사람들, 무거운 짐에 등을 구부린 채 서로 뒤엉킨 사람들이 천천히 걸어가고 있다. 아이, 여자, 노인 들도 우람한 성인 남자들과 마찬가지로 등짐을 지고 양손에 보따리를 들고 있었다. 그리고 짐수레가 돌을 짓이기는 소리와 여자들이 끌고 가는 염소와 소. 불룩 솟은 염소 등의 희고 빳빳한 털에 달빛이 촉촉한 윤기를 더하고, 달빛은 또한 아이들의 머리에도 똑같은 효과를 드리웠다.

그들은 무리 지어 돌길을 올라가고 그들 뒤로 총을 지닌 남자 두 명이 따랐다. 아마도 호위하기 위해 뒤따르는 거겠지만, 그것은 마치 물고기를 그물망으로 몰아넣듯 마을 사람들을 뭔가 정체를 알 수 없는 막다른 곳으로 유도하는 것 같았다. 마을 사람들은 아무 말 없이 앞으로 몸을 숙인 채 열심히 걷고 있었다. 그리고 그들이 이동한 뒤의 돌길과 그 양쪽의 자그마한 집들은 달빛 속에서 무척이나 공허해 보였다.

"아아." 동생이 소스라치게 놀라 거의 기절할 것처럼 맥없이 탄식했다.

"아아." 미나미도 신음 소리를 냈다. "저놈들."

"염소까지," 동생이 말했다. "소까지 데리고."

"도망치는 거야, 저놈들." 미나미가 불현듯 알아차리고 분노가 담긴 목소리로 말했다. "이 한밤중에, 도망친다."

"그래." 내가 말했다. "도망친다."

우리는 그대로 입을 꾹 다물고 돌담에서 뛰어내려 좁다란 밭을 가로질러 돌길 쪽으로 내달렸다. 안개를 품은 겨울 한밤의 차가운 공기가 딱딱한 가루처럼 눈꺼풀이며 뺨을 아프게 했지만, 우리는 취한 듯 뜨거운 피가 들끓어 정신이 없었다. 돌길에는 도망치는 마을 사람들의 행렬이 떨어뜨린 낟알이 흩어져 희미하게 달빛을 반사했다. 그리고 이미 마을 사람들의 행렬은 보이지 않았다. 우리는 발소리를 죽이고 서둘러 늙은 살구나무의 키 작은 나뭇가지에 숨어 마을 사람들이 휘어진 돌길의 높다란 곳을 걸어가는 걸 배웅했다. 또 한 번 그들이 모습을 감추자 우리는 다시 작은 동물처럼 내달려 그들의 후미가 보이는 장소로 이동했다.

"저놈들, 도망친다." 동생이 미나미의 말투를 그대로 되풀이했다. 동생은 분노에 치를 떠는 듯 목쉰 소리를 냈지만 묘하게 가냘팠다. "염소까지 데리고."

"도망친다." 미나미도 말했다. "어쩌지?"

나는 입술 양쪽 끝이 말려 올라간 틈으로 침을 튀기며 어린애처럼 눈이 휘둥그레진 미나미와 마주 보았다. 그의 눈은 놀라움 외엔 아무것도 담고 있지 않았다.

"몰라. 짐작도 못 하겠어." 나는 경계하면서 거짓말을 했다.

미나미는 초조한 듯 손톱을 물어뜯으며 끙끙거렸다. 저 멀리 위로 나아가는 마을 사람들 무리에서 아이의 비명 소리가 새어 나오고, 분명히 그 작은 입을 어른의 손바닥이 틀어막았다. 개가 처량하게 짖어대고, 동생은 어깨를 움찔 떨었다.

"우리도 도망쳐서 저놈들한테 낄까?" 미나미가 말했다.

"교관이 다음 부대를 인솔해서 이 마을에 올 거야." 내가 말했다.

"상관없어. 마을 사람들이 도망치고 있어. 우리도 저놈들한테 끼자."

그러나 미나미도 나도 만약 마을 사람들에게 우리를 끼워줄 의향이 있었다면, 우리를 결코 어둑한 절 안에 가둬두지는 않았으리라는 걸 알고 있었다. 그들이 우리를 끼워줄 생각 없이 달빛 속에서 묵묵히 도망치고 있다는 걸 알고 있었다. 그런 까닭에 나는 동료들을 부르러 돌아가는 대신, 길 양쪽의 나무 뒤에 몸을 숨기며 계속 추적을 했다. 이 외에 달리 무엇을 할 수 있으리.

불쑥 돌길을 뛰어 내려오는 다급한 구둣발 소리가 나고,

우리가 안개 물방울이 가득 달라붙어 있는 성긴 관목 숲으로 달아나 숨자마자, 달빛이 비추는 바로 눈앞을 대장장이가 뛰어 지나갔다. 그는 등 뒤로 둘러멘 엽총이 덜렁거리는 걸 막기 위해 허리 위로 총대를 꽉 잡고, 몸을 비틀면서 뛰어 내려갔다. 희망이 우리의 피부를 온통 달구었다. 마을 사람들의 중심 대열은 돌길이 숲으로 들어가는 지점에서 대기하고 있는 것 같았다. 아직 시간은 있어, 하고 나는 생각했다. 이제 전염병이 창궐하는 골짜기에 우리들만 달랑 남겨지는 처지를 겪지 않아도 돼.

하지만 기대는 어이없이 무너져 내렸다. 거의 순식간에 대장장이가 오른팔에 큼직한 바구니를 그러안고 다시 뛰어 돌아온 것이다. 그는 밤눈에도 똑똑히 보이는 하얀 입김을 힘차게 내뿜고 있었다. 그리고 우리는 그의 바구니 안에서 허둥지둥 날뛰고 있는 하얀 토끼를 보고 완전히 얼이 빠졌다. 마을 사람들 무리가 또다시 움직이기 시작하는 술렁거림이 있었지만, 우리는 그대로 주저앉아 꼼짝도 하지 않았다. 맨발은 완전히 무감각해지고 퉁퉁 부은 것 같았다. 그리고 달아오른 몸에 추위가 조용히 밀려와 퍼져간다. 미나미가 나를 돌아보았다. 나는 미나미의 섬세하고 병적인 난폭함과 천진난만함이 신기하게 뒤섞인 새끼 짐승 같은 얼굴이 온통 경련하고, 벌어진 입술에서 소리가 나오지 않는 것을 보았다. 미나미의 눈에 서서히 눈물이 그렁그렁해졌다.

"나는," 미나미는 간신히 목구멍에서 새어 나오는 열띤 목소리로 말했다. "모두에게 알려줄 거야. 우리가 달랑 남겨졌다는 걸 알려줄 거야."

그러고 나서 그는 외설스럽고 익살맞은 몸짓을 하더니, 수풀에서 뛰어나갔다. 나는 동생의 어깨를 안고 천천히 몸을 일으켜 그곳에서 나왔다. 우리는 달빛에 온몸을 내놓고 있었지만, 숲으로 들어가는 돌길에는 이미 마을 사람들이 보이지 않았고 단지 숲 건너편에서 이따금 개 짖는 소리가 들려올 뿐이었다. 그리고 미나미가 정신없이 돌길을 뛰어가는 자박거리는 소리.

우리는 숲길 입구까지 무작정 걸어가서 나지막한 제방에 걸터앉았다. 달은 거의 숲의 나무들에 가려지고, 두툼한 잿빛 하늘에는 오히려 새벽이 안쪽에서 진주 빛깔의 광택을 선사하고 있었다. 그리고 몹시 추웠다. 짙어지기 시작한 안개가 시야를 가렸다. 나도 동생도 무얼 해야 할지 알 수 없었다. 뛰어 돌아가서 동료들과 야단법석을 피워봤자 그것은 아무 의미도 없다. 게다가 나는 너무나 지친 나머지, 더 이상한 걸음을 내딛는 것조차 지독히 성가시게 느껴졌다.

"잠깐 자." 나는 눈물 탓에 촉촉해진 목소리로 말했다.

"웃옷에서 냄새가 나." 동생은 내 옆구리에 뺨을 부비고 몸을 둥글게 말아 기대며 말했다. "난 이 옷, 입기 싫어."

"해가 뜨면 개울에서 씻자." 나는 동생을 격려할 셈으로 말했지만, 그 좁고 자그만 개울에서 무얼 씻을 수 있을까.

"응." 동생은 몸을 움직여 바짝 밀어붙이며 말했다. "씻자."

"바람이 불기 시작하면 금방 말라." 이렇게 말하며 나는 동생의 등에 손을 올리고 가볍게 흔들어주었다.

"마파람이 좋아."

"아침이면 금방 말라." 동생은 잠결에 흐물흐물해진 목소리로 힘없이 말하며 작게 하품을 하더니, 어느새 부자연스러운 자세로 깊은 잠에 빠져들었다.

그리고 나는 지칠 대로 지치고 짓눌린 채 완전히 혼자였다. 나는 동생에게서 손을 떼고 무릎을 그러안으며 이마를 숙였다. 동생의 몸을 덮은 웃옷은 역시 알게 모르게 두둥실 떠도는 듯 시신의 악취를 지니고 있었다. 아침이 되면 웃옷을 빨아 마파람에 말려야지, 하고 나는 힘껏 생각했다. 무엇이건, 힘껏 생각할 필요가 있었다. 버림받은 것에 대해서는 생각하고 싶지 않았다.

제4장
폐쇄

새벽녘, 마을은 죽은 듯 고요하고 닭이나 가축들이 우는 소리도 없었다. 그리고 움직임을 잃은 쇠약해진 마을 집들, 수목들, 도로 등을 감싸는 골짜기의 움푹 팬 곳을 부드러운 가루 같은 하얀 아침 햇살이 적셨다. 그것은 맑은 물처럼 마을을 적시고, 느릿느릿 돌길을 걸어 비탈을 오르내리는 우리들, 뒤에 남겨진 소년들의 발치에는 거의 그림자를 떨어뜨리지 않았다.

우리는 어땠는가 하면, 역시 수목이나 집들처럼 소리 없이 똑바로 누운 채 축축한 악취를 내뿜고 있는 동료의 시신에서 멀어지기 위해서라도, 어둑한 절 안쪽에 숨어 있을 수는 없었다. 따라서 우리는 수면 부족으로 충혈된 눈을 하고는 웃옷 주머니에 손을 넣고 몸을 구부정하니 숙인 채, 거친 바다의 한쪽에 있는 모래사장처럼 인적 없고 황량한 마을 길을 천천히 걸어 다녔다.

우리는 불안에 짓눌려 있었으나 사방에 서리가 내린 마을 길을 아무 말 없이 삼삼오오 떼 지어 다녔고, 다른 동료들이

지긋지긋하다는 표정으로 높은 데서 내려오는 걸 마주치기라도 하면, 묘하게 쿡쿡 치미는 우스움을 어쩌지 못하고 침묵의 미소를 나누거나 휘파람으로 신호를 보냈다. 우리는 마을 사람들이 완전히 없어진 마을, 공허한 껍질로 남은 마을에 좀 짓눌리고 있었고, 우리가 빠져든 상황에 마치 학예회에 출연했을 때처럼 흥분하고 있었다. 마을 사람들의 퇴거를 알았을 때와 그 뒤 한 시간 남짓 이어진 극심한 흥분은 이미 사그라지고, 지금은 침묵하는 것으로 공허한 마을이라는 이상한 존재에 대해 경의를 표할 뿐, 주의 깊게 어금니를 꽉 물고 있지 않으면 칠칠맞지 못하게 웃음이 터져버릴 것만 같았다. 그리고 감독자가 없는 지금, 우리는 아무 할 일이 없었다. 무얼 해야 좋을지 알 수 없었다. 그래서 우리는 천천히 끈기 있게 마을 길을 오가고 있었다.

마을은 고요하고 골짜기를 덮은 하늘은 눈물겹도록 선명한 담청 빛깔로 쾌청했다. 폐광이 있는 골짜기 정면의 산에 바람이 일면 관목 잎사귀가 은회색으로 일제히 뒤집어지면서 마치 무수한 새끼 물고기들이 힘껏 헤엄치는 것 같았다. 그리고 잠시 후 우리가 걸어 다니는 돌길 위의 넓디넓은 숲이 술렁거리기 시작해 바람이 실려 왔다는 걸 알렸다. 그러나 바람은 우리의 머리나 낮은 어깨까지는 내려오지 않았고 햇살은 따스했다. 집들은 제각기 투박한 쇠 자물통이나 쇠사슬을 칭칭 감은 빗장이 걸린 채 죽은 듯 침묵하고 있었다.

우리는 이러한 풍경 사이를 천천히 걸었다.

해가 산 능선에서 멀어지자 금세 낮이 왔다. 우리는 길을 걸으며 사람 없는 폐쇄된 집 안에서 괘종시계가 시간을 알리는 것을 들었다. 그리고 갑작스럽게 공복이 우리를 위협했다. 우리는 숨죽인 채 겁을 먹고 건빵이 들어 있는 휴대품 주머니를 가지러 죽은 동료가 누워 악취를 풍기는 방까지 돌아갔다가 분교장 앞의 광장으로 되돌아와 거기서 식사를 했다. 모두들 그곳으로 모여든 것은 단지 거기에 힘주어 펌프질하면 희뿌연 물이 아주 조금 나오는 작은 야외 펌프가 있었기 때문이다. 특별한 이유라고는 할 수 없다. 그리고 우리가 부자연스러운 서먹서먹함이 감도는 기묘하고 우스꽝스러운 침묵을 계속 지키고 있었던 것도 이유는 극히 애매했다. 마을에, 침묵한 마을에 있는 것은 아마도 우리들뿐이었고, 우리는 같은 놀라움에 짓눌린 공통된 마음을 갖고 있었다. 똑같은 상황에서 똑같은 마음을 지닌 이들에게 굳이 서로 의논해야 할 게 무엇이 있겠는가.

그러나 식사가 끝나자 어떤 이에게는 포만감이 초조한 피로와 슬픔을 가져오고, 어떤 이에게는 어설픈 만족감을 불러일으켰다. 따라서 우리는 대립된 기분 속에서 입술을 움직이기 시작했다.

"그놈들, 어째서 도망친 거지?" 동료 하나가 내게 물었다. "왜 그랬는지 몰라?"

"어째서일까?" 나와 나란히 무릎을 그러안고 있던 동생도 고개를 갸웃하며 말했다.

"난 몰라." 내가 말했다.

또다시 께느른한 침묵이 우리들 사이에 원을 그리며 마을과 골짜기로 퍼져가고, 거기서 반향이 돌아왔다. 우리는 포석 위에 드러눕거나 나뭇등걸에 기대어 묘하게 머리 깊숙이 스며드는 하늘을 올려다보면서 한참 동안 멍하니 있었다.

"너, 너 말이야." 미나미가 대뜸 몸을 일으키고는 나를 응시하며 말했다. "넌 이 우물물 마시지 않았지?"

"으응." 나는 허둥지둥 말했다.

"어째서지?" 미나미는 진지하게 연거푸 말했다. "난 알고 있어. 전염병이 무서워 그러지? 마을 사람들도 전염병이 무서워 도망친 거야. 우리를 병균이 우글우글한 한가운데에 달랑 남겨두고."

모두에게 동요가 일었다. 나는 그들에게 조금 버거운 균형감을 돌려줘야 한다고 생각했다. 그러지 않으면 다들 자포자기하여 난폭해지고 말겠지. 이것은 또한 나 자신의 문제, 아주 긴급한 나 자신의 문제이기도 했다.

"전염병?" 나는 미나미를 극도로 경멸하는 듯 입술을 일그러뜨리며 말했다. "난 그런 건 생각도 안 해봤어."

"마을 여자가 흙광에서 죽었지? 그다음엔 우리 동료." 미나미가 말했다.

"우리 동료는 여기 오기 전부터 아팠잖아." 내가 말했다. "그렇지? 맞지?"

"동물은 또 어떻고." 미나미는 잠깐 생각하고는 말했다. "그렇게 많은 동물이 죽었는데."

동물의 사체, 바로 어제 파묻은 높다랗게 쌓인 덩어리의 이미지와 악취에 대한 기억이 순식간에 되살아나 나를 동요하게 했다. 그것은 정말이지 무엇 때문이었을까……

"병든 쥐, 발정 나고 병든 토끼." 나는 조소하듯 과장해서 말했다. "그게 무서운 녀석은 마을 사람들 꽁무니를 따라 도망가라고."

"도망갈 거야." 미나미가 휴대품 주머니를 어깨에 걸치고 기세 좋게 몸을 일으키더니 결심을 굳힌 듯 말했다. "난 죽고 싶지 않아. 너는 교관이 다음 부대를 데리고 올 때까지 전염병에 골골거리면서 기다리기나 해."

그를 따라 동료들이 줄줄이 일어서고 나와 동생만이 남았다. 나와 동생은 서로 눈을 응시했다. 동생의 입술 양쪽 끝의 매끌매끌한 피부가 긴장 탓에 떨리고 있었다. 미나미와 동료들이 무리 지어 돌길을 걷기 시작하자, 우리는 일부러 휴대품 주머니를 뒤에 남겨둠으로써 우리들의 비평적 위치를 내보이고 그들을 뒤따랐다.

구부러진 비탈길과 그 뒤로 이어지는 숲속의 축축한 낙엽이 쌓인 길을 나와 동생은 미나미 무리와 조금 거리를 둔 채 어깨동무를 하고 걸었다. 우리는 미나미 일당에게 대항해 형제의 연대를 과시할 작정이었으나, 나 역시 그들이 떠난 뒤에도 마을에 계속 남아 있을 수 있을지 자신이 없었다. 그래서 동생이 내 옆구리에 두른 팔에 힘을 주면서 뜨거운 눈길로 나를 올려다보았을 때 매몰차게 그걸 무시했다. 동생의 눈은 묻고 있었다. 정말로 전염병이 아닌 걸까? 뒤쥐도 죽었잖아? 그리고 나는 입안에서 되풀이했다. 알 게 뭐야. 그런 걸 내가 알 게 뭐야.

미나미 일행은 숲을 벗어나 광차 궤도가 시작되는 곳에서 망연자실하여 걸음을 멈추었고, 나와 동생도 그곳으로 정신없이 달려갔다. 우리들 사이의 작은 분열은 이미 모습을 감추고, 우리는 완전히 한 덩어리, 망연자실한 이들의 한 무리가 되어 궤도 저편을 응시했다. 그리고 우리는 일제히 뜨거운 한숨을 내쉬었다.

골짜기를 건너는 광차 궤도의 맞은편 산 가까이에 나무 그루터기나 판자, 침목, 그리고 바위 등으로 만들어진 악의에 가득 찬 일종의 바리케이드가 우리를 차단하고 있다. 좁다란 궤도 위에 우뚝 쌓아 올려진 그걸 타 넘으려 시도한다면, 곧바로 무너지는 바위나 나뭇조각 따위에 발이 뒤엉켜 골짜기 바닥으로 추락하기 십상이리라. 그 바리케이드는 참으로 튼튼한 옹벽처럼 가로막고 있고, 게다가 위험하기 짝이 없는 올가미로서 거기에 있었다. 그리고 깊은 골짜기 바닥에서 전해지는 세찬 물소리는 강 상류에서 집요하게 점점 불어나는 물의 여운을 싣고 날뛰고 있다. 처음에 우리를 사로잡은 것은 어쩔 바를 모르는 감정, 망연자실한 놀라움으로 인한 짧은 판단정지 상태였다. 골짜기를 건너 퇴거할 생각이 없었던 나도 거기에 휘말려 가슴이 먹먹한 채 침묵할 수밖에 없다.

이윽고 우리는 건너편 기슭의 광차 오두막에서 남자가 나타나는 것을 메마른 교목 나뭇가지 너머로 보았다. 처음에는 미나미가 소리쳤고, 그 뒤를 이어 우리 모두가 목청껏 소리쳤다.

"어이, 어이!" 우리는 멀리 건너편 기슭에 있는 남자의 주의를 끌기 위해 팔과 막대기를 휘두르며 소리쳤다. 우리의 목소리는 골짜기에 몇 번이고 서로 겹쳐서 울려, 우울한 합창 같았다.

"어이, 어이! 우리가 남아 있다, 어이!"

건너편 기슭의 작은 갈색 얼굴이 분명히 우리를 알아보았다. 그리고 그는 엽총을 어깨에서 가슴으로 내리고, 오두막 왼쪽의 높은 곳으로 재빨리 이동했다. 우리는 팔을 축 늘어뜨리고 슬슬 목이 아파오자 소리 지르는 걸 그만두었다. 우리는 이해했다. 그 남자가 궤도를 따라 건너편 기슭으로 향하는 절망적인 모험심에 가득 찬 이들을 지켜보기에 딱 좋은 위치로 옮겼다는 것을. 우리를 거부할 작정으로 바리케이드를 쌓고, 게다가 문지기까지 세워놓았다는 것을. 우리가 그만 갇혀버리고 말았다는 사실을.

급격한 분노가 우리 모두의 몸을 뜨겁게 했다. 우리는 길길이 날뛰며 골짜기 저편으로 욕지거리를 퍼부었다. 하지만 그것은 잎을 떨어뜨린 떡갈나무 숲 비탈에 사격 자세를 취하고 앉아 궤도로 총을 겨눈 남자에게 전해지기도 전에 골짜기로 떨어져 골짜기 바닥의 계곡 물소리에 지워졌다. 우리는 분노로 가득 차 고독했다.

"저놈들, 더러운 짓거리를 벌이고 있어." 화가 치밀어 들뜬 목소리로 미나미가 말했다. "엽총으로 겨냥해 쏠 작정인 거야, 다리를 건너가는 녀석을. 치사한데."

"어째서? 어째서 쏘는 거야?" 동생이 눈물이 그렁그렁한 채 말했다. 동생의 목소리는 앳되고 떨렸다. "우리를 쏘다니……"

"적도 아닌데." 다른 동료도 동생의 떨리는 목소리에 덩달아, 역시 글썽이며 말했다. "우린 적이 아닌데."

"가둬놓으려는 거잖아!" 미나미가 호통을 쳤다. "훌쩍거리지 마. 우릴 가둬놓을 작정인 거야. 알았어?"

"왜 가둬놓는 거지?" 동생이 난폭한 미나미의 목소리에 기가 죽어 힘없이 말했다.

"너도 나도, 전염병에 걸렸기 때문이야." 미나미가 말했다. "저놈들은 우리가 병균을 퍼뜨리는 걸 무서워해. 그래서 우릴 가둬놓고, 우리가 개나 뒤쥐처럼 죽는 걸 지켜보는 거야."

"우린 전염병에 걸리지 않았어." 나는 미나미를 째려보고는 오히려 다른 동료들에게 들리도록 말했다. "저놈들이 그렇게 생각하고 있을 뿐이야. 오늘 아침부터 누구 토한 녀석 있어? 온몸에 빨간 두드러기가 돋거나 새까맣게 이가 들러붙은 녀석 있어?"

다들 말이 없었다. 나 또한 내 목소리의 짧은 반향 속에서 굳게 입술을 깨물었다.

"돌아가자." 잠시 후 미나미가 말했다. "난 총 맞는 것보다 전염병에 당하는 편이 낫겠어."

그러고 나서 미나미는 괴성을 지르며 앞에 있는 소년의 엉덩이를 발로 차더니 그대로 냅다 달렸다. 나는 그를 뒤쫓아 숲을 가로지르는 길을 뛰어 내려갔다. 나는 전속력으로 내달리는 미나미를 뒤따라 숨을 헐떡거리며 정신없이 달려가, 숲 출구에서 녹초가 되어 달리기를 멈춘 미나미를 따라 잡았다. 잠시 동안 나도 미나미도 목구멍에서 소리를 내지 못하고 그르렁거릴 뿐이었다. 어린 동료들은 우리한테서 멀찍이 뒤처져, 태풍의 전조인 느닷없는 돌풍처럼 숲을 들썩거리며 달려온다. 그들이 지르는 소리는 오히려 비명처럼 불안에 사로잡혀 있다.

"너, 전염병 이야기는 절대 하지 마." 나는 미나미에게 목쉰 소리로 말했다. "너 때문에 저 녀석들이 시끄럽게 울부짖기 시작한다면 가만 안 돼."

미나미는 나의 협박 투 말에 반발해 턱을 삐죽 치켜들었으나 굳이 거스르지는 않았다. 그는 초조하여 어쩔 바를 모르는 옆얼굴을 보이며 잠자코 있을 뿐이었다.

"알았지? 나도 말 안 해." 나는 말했다.

"어어." 미나미가 애매한 소리를 냈다. 그는 내 말보다도 오히려 딴생각에 열중하고 있는 모양이다. 그러고 나서 그는 갑자기 위압적인 자세가 되었다.

"우리가 도망치려 마음먹으면 간단하지. 광차 궤도만 지켜봤자, 우린 구멍 속에 있는 게 아니니까."

그러나 나는 미나미가 허세를 부리고 있다는 걸 잘 알고 있었다. 나는 옆얼굴에 미나미의 초조한 시선을 느끼면서 아무 말도 하지 않았다. 탈주한 해군 하사관 학교 생도를 산 사냥한다는 마을 사람들의 말, 우리가 직접 눈으로 본 골짜기의 깊이와 세찬 계곡은 내게 탈출의 불가능성을 납득시키기에 충분했다.

"반대쪽 산을 죽죽 올라가면 돼." 미나미가 내 침묵의 부정에 대항하듯, 그러나 이미 위압적인 기세를 잃은 목소리로 말했다.

"산 건너편 마을 놈들에게 반죽음을 당하고 말겠지." 내가 말했다. "탈주했을 때 네가 당한 것처럼."

광차 궤도가 가로막혀 있다는 건 하나의 **상징**이었다. 그것은 우리가 갇힌 골짜기 마을을 겹겹이 중첩해 둘러싼 여러 마을 농민들의 결집된 적의, 그들의 완강하고 두꺼운, 결코 빠져나갈 수 없는 벽을 가리켰다. 우리에겐 그것에 맞서, 그곳으로 머리를 들이밀고 가는 것이 분명히 절망적으로 불가능했다.

"반죽음이라." 미나미는 신음하듯 말했다. "난 세 번 탈주해 세 번 반죽음이었어. 그것보다 이번엔 엽총을 들고 지키는 놈이 있으니까. 난 병든 소나 개 따위를 죽이는 일을 거든 적이 있어. 알아? 병들어 골골거리는 송아지를 말이야, 머리통만 한 쇠망치로."

"그만해! 나한테 된통 얻어터지고 싶지 않으면." 나는 발끈해서 소리를 질렀다. "두 번 다시 그런 말 하지 마."

"너도 곧 알게 될 거야." 미나미는 내 공격을 경계하면서 말했다. "쇠망치로 잘 때리기 위해서 말이야, 세 사람이 달려들어 병든 송아지를 일으켜 세워. 물이나 풀로 유혹하는 사람이 나였어."

나는 미나미의 목을 향해 달려들 참이었다. 그러나 미나미의 눈에 순식간에 눈물이 그렁그렁했다. 나는 숨을 헐떡거리며 가만히 있었다.

"알아?" 그는 손등으로 눈물을 훔치고는 말했다. "난 진짜로 했어."

"그게 우리가 갇혀버린 거와 무슨 상관이냐고. 우린 누구

한 사람 병들지 않았어." 내가 말했다.

"잘 말할 수는 없지만," 미나미는 초조한 듯 말했다. "난 송아지를 죽일 때 일이 생각났어. 단박에 생각났어."

나는 미나미를 덮친 슬픔으로 가득한 초조함에 휘말려들 것 같았다. 이미 화 때문만은 아닌 입술의 떨림을 감출 수 없었다.

"그래도, 어쩔 수 없잖아." 나는 말했다. "훌쩍거리지 마. 갇혀버린 거야. 어쩔 수 없잖아."

동생을 포함한 동료들이 우리를 뒤쫓아 왔다. 동료들에게 둘러싸인 나와 미나미는 사이좋은 친구처럼 서로의 눈을 응시하고 있었다.

그날 오후 늦게 우리가 하기 시작한 행동에 대해 나는 정당화할 의지가 없다. 우리 중 누구 한 사람도 이에 대해 결의하거나 판단하지 않았다. 불쑥 아이의 허벅지 길이를 늘여버리는 급격한 성장의 한 시기처럼, 이상스럽긴 해도 아주 자연스럽게 시작되었다.

우리가 맨 처음 한 일은 제각기 집 한 채씩 혹은 두 사람이 함께 집 한 채를 고르는 일, 그리고 폐쇄된 대문을 난폭하게 열어젖히는 일이었다. 우리는 도적질을 할 때의 두근거리는 가슴의 고동과 정신의 고양을 전혀 느끼지 못하며 은닉된 음식물을 뒤져 찾았다.

나와 동생은 골짜기로 난 돌길의 가장 외진 데 자리한 격자무늬 벽이 있는 집을 골랐다. 내가 판자문에서 자물쇠를 뜯어내고 동생이 날라 온 돌로 빗장을 때려 부수자, 동생은 날쌘 물고기처럼 민첩하면서도 주의 깊게 어둑한 토방으로 뛰어 들어갔다.

그곳은 어둡고, 사람한테 버림받은 숲의 일부를 닮았다. 그곳에는 아름다운 **생활**의 훈훈함이 없고 다만 인간의 냄새가 이미 부패하면서 남아 있을 뿐이었다. 허름한 벽에도, 훤히 드러난 시커먼 대들보 바닥에 깔린 다다미에 기우뚱하니 처박힌 묵직한 가구에도, 우리가 남의 집에 몰래 들어갈 때 집 내부의 모든 구석구석에서 우리를 지켜보는 타인의 눈이 들러붙어 있지 않았다. 그곳에는 타인이 없었고, 무엇보다도 인간이 없었다. 그곳은 인간으로부터 버림받았다.

나와 동생은 나지막한 다다미 바닥이나 마루방 등에 어지러이 흩어진, 허겁지겁 빠져나가느라 미처 챙기지 못한 속옷 따위를 무감동하게 짓밟고, 길가의 풀꽃을 잡아 뜯듯 구석구석에서 숨겨진 쌀자루, 말린 생선 조금, 그리고 주둥이가 깨진 옛날 병 바닥에 있을까 말까 하게 아주 조금 남은 간장 따위를 발견하고는 바깥의 도로에 옮겨놓았다. 나도 동생도 잠자코 느릿느릿 일했다. 몇 번째인가, 돌길 위에 수북이 쌓인 음식물들 위로 내가 콩가루가 든 깡통을 던져 올리러 갔을 때, 모퉁이의 작은 초가집에서 역시 뭔지 모를 식량이 들어 있는 자루를 그러안고 빠져나오던 미나미가 얼굴을 찌푸리며 말을 건넸다.

"난, 이렇게 시시한 도적질을 해본 적이 없어." 그는 분통을 터뜨렸다.

"너의 그곳 상태는 어때?" 나는 물건을 훔칠 때마다 멋진 발기를 경험한다는 사실을 늘 뿌듯해하는 미나미에게 소리쳐 물었다.

"여자애들 인형처럼 축 늘어졌어."

미나미의 목소리는 허무한 느낌의 울림을 남긴 채 금세 사라지고, 나는 다시 **시시한 도적질**로 돌아갔다. 우리가 그 일을 고집한 것은 달리 무엇 하나 할 일이 없었기 때문이었다. 하지만 어쩐지 뒤가 켕기고 자포자기와 같은 그 작업도 오래 지속될 성질의 것이 아니었다. 집 내부는 비좁고 살림은 가난했다. 그리고 무엇보다도 그것들은 극히 짧은 시간조차 호기심을 일으키지 않았다. 나와 동생은 우리의 포획물을 품에 그러안을 수 있을 만큼만 우선 분교장 앞 광장으로 옮겨다 놓기로 했다. 분교장 앞 광장에는 이미 동료들이 그들의 수확을 쌓아 올리고 있었다. 그리고 그것들은 하나같이 시시하고 초라한 식량 자루였다. 그것은 우리에게 상당히 긴 나날의 생활을 보증하리라. 하지만 그것은 그 이상도 그 이하도 아니었다. 동료들은 다들 축 늘어져 제 무릎 앞의 자질구레한 수확을 오히려 창피하게 여기는 것 같았다.

나와 동생은 몇 마디 말로 동료의 수확을 비평하고 나머지 포획물을 옮기러 느릿느릿 비탈을 내려갔다.

"아!" 동생이 짧게 짓눌린 소리로 외쳤다. "저기."

한껏 이완되어 있던 내 몸의 근육이 급격히 조여들면서 머리로 피가 역류했다. 우리가 남겨놓은 물건 앞에 한 조선인 소년이 버티고 서서, 게다가 한쪽 팔에는 쌀이 든 자루를 들고 우리를 지켜보고 있다. 주변 골짜기의 정적, 동료들의 지루하고 느닷없는 외침, 그리고 늦은 오후의 햇살이 나를 감싸는 가운데, 온몸의 피부가 달아오르는 걸 느끼면서 나는 천천히 적을 째려보며 나아갔다. 적의 팔에서 쌀자루가 떨어지고, 적이 머리를 숙여 자세를 가다듬는 참에 나는 달려들었다.

숨도 제대로 못 쉴 정도로 거센 처음의 주먹질, 서로의 피부에 파고드는 손톱, 그리고 부딪치는 몸, 뒤엉키는 발, 우리는 자갈 위에 쓰러져 소리도 내지 않고 데굴데굴 구르고 발길질을 하고 무릎으로 조였다. 우리는 말없이 전력을 다해 싸우고 있었다. 조선인 소년의 몸에선 악취가 풍겼고, 그리고 한없이 무거웠다. 나는 오른팔을 그의 한쪽 무릎에 휘감은 채 적의 몸에 깔려 꼼짝하지 못했다. 더구나 콧구멍에 굵은 손가락이 끼어 들어오는 바람에 코피가 턱을 따라 흐르기 시작했지만, 적의 가슴팍 밑에서 머리를 빼낼 수가 없었다. 적 또한 그대로 몸을 움직이지 않고 거친 숨을 몰아쉬고 있었다. 나는 왼팔을 디밀고 손가락을 펼쳐 땅을 긁었다. 동생이 뛰어오는 발소리와 조선인 소년의 위협적인 으르렁 거림, 그리고 내 손바닥은 동생의 손바닥에서 단단한 돌멩이를 넘겨받았다. 나는 돌을 쥐어 두툼하니 묵직해진 주먹으로 적의 목덜미를 내려쳤다.

조선인 소년은 신음하면서, 축 늘어져 내 몸 위에서 미끄러져 내렸다. 나는 콧구멍을 손바닥으로 누르고 몸을 일으켰다. 적은 쓰러진 채 동글동글 살찐 앳된 얼굴, 두툼하게 살집 많은 입술과 가늘고 부드러운 눈으로 나를 올려다보았다. 나는 적의 무방비 상태인 명치를 걷어차려고 힘주었던 발을 내리고 동생을 돌아보았다. 동생은 가로수 아래로 후퇴해 허리에 두 손을 올린 채 눈물이 그렁그렁한 눈을 부릅뜨고 우리를 지켜보고 있었다.

나는 턱짓으로 동생을 부르고 나머지 짐들을 그러안았다. 조선인 소년이 빼앗아 가려 했던 쌀자루를 동생이 마지막으로 집어 들려는 것을 나는 제지했다. 그걸 가져갈 마음은 이미 없어졌다. 그리고 우리는 여전히 쓰러진 채 우리의 움직임을 지켜보고 있는 적을 남기고 비탈을 되돌아왔다.

"엄청 센데, 형." 동생이 눈물범벅이 되어 들뜬 목소리로 말했다.

"저 녀석도 세." 말하고 나서 나는 그러안은 짐 위로 코피를 뚝뚝 흘리며 뒤돌아보았다.

조선인 소년은 쌀자루를 들고, 절뚝거리며 골짜기를 건너는 좁고 짧은 흙다리를 건너가는 참이었다. 건너편 산 중턱의 조선인 부락으로 돌아가는 것이리라. 남아 있는 건 우리들만이 아냐, 나는 애틋한 정감이 부풀어 오르는 걸 느끼며 생각했다. 하지만 그사이에도 코피는 집요하게 흘러내려 고개를 쳐들지 않으면 가슴팍이며 손이며 음식물이 피투성이가 될 지경이었다. 동생은 더 이상 참다못해 느릿느릿 걷는 나를 뒤에 남겨두고, 불현듯 나타난 조선인 소년과 나의 격투를 동료들에게 이야기하려고 돌길을 달음박질해 올라갔다.

우리 말고도 마을에 남아 있는 사람이 있다는 사실이 동료들에게 동요를 일으켰다. 그런데 우리는 해 질 녘, 또 한 사람의 남겨진 **이웃**을 발견했다.

우리가 그때 한 일은 우리들 숙소를 선정하고 저녁 식사를 준비하는 것이었다. 우리는 각자의 의지에 따라 마을의 집들을 점령했다. 나와 동생은 분교장 광장에서 비탈을 올라간 끝에 있는 창고 비슷한 건물, 짚과 빈 가마니, 그리고 옥수수 따위 낟알이 어지러이 흩어져 있는 토방과 나직한 바닥이 있는, 아마도 수확기에 곡물창고로 쓰일 그곳을 우리가 머물 장소로 정했다. 그리고 획득한 식량과 침구로 쓰기 위한 낡은 꽃무늬 담요 등을 옮겨놓았다. 내가 토방에 땔

감을 날라 쌓아 올리는 동안, 동생은 창고 뒤편의 좁은 밭에서 채소를 뜯어 오고 근처의 작은 농가에서 냄비를 찾아 왔다. 우리는 냄비에 손으로 잘게 찢은 채소, 마른 생선, 그리고 쌀 몇 줌을 넣고 분교장 앞의 펌프에 물을 푸러 갔다.

흙광 앞에 동료들이 무리 지어 열린 문 안쪽을 들여다보고 있었다. 밀치락달치락하며 겹겹이 둘러서 있는 그들의 작지만 탄탄한 몸에 서쪽 해가 포도 빛깔 그림자를 만들었다. 그들은 모두 엄청난 놀라움에 사로잡혀 있었다. 나와 동생은 그곳으로 달려가 어둑한 흙광 안에 가로누워 있는, 천으로 덮인 시신과 그 옆에 앉아 망연자실하면서도 적의에 가득 찬 소녀를 보았다. 나는 동료들과 함께 숨을 몰아쉬며 그녀를 응시했다. 충격적인 한숨을 억누를 수가 없다.

"장례를 치르는 도중에," 미나미가 동료들 무리를 헤치고 내게 다가와 낮고도 뜨겁게, 몹시 흥분된 목소리로 말했다. "다들 도망치는 바람에 달랑 혼자 남은 거야. 못된 짓거리를 하는 놈들."

"그래." 나는 말하고, 꼼짝달싹도 않은 채 몹시 겁먹은 눈길을 우리에게 던지는 소녀의 자그만 머리와 가볍게 떠받친 그 손 밑에 똑바로 누운 시신의 너무나 생생하고 하얀, 식물 같은 이마를 응시했다. 해거름에 금빛으로 번쩍거리는 바깥 공기가 그곳으로 스며들고 있었다.

"잘 맡아봐, 냄새가 나." 미나미가 코를 킁킁거렸다. "죽은 개하고 똑같은 냄새야."

"누가 발견했지?"

"이 안에서 자려고 한 녀석이 있어." 미나미는 거들먹대듯
킬킬거리며 말했다.

"죽은 사람과 미친 여자애. 이 사람들과 자고 싶어 하는
녀석이 있다고."

"이제, 모두 그만 봐." 나는 공포로 반쯤 벌어진 소녀의 입
술과 복숭아 빛깔 잇몸, 굳어져 씰룩씰룩 경련하는 빰, 결코
아름답지 않은 지저분한 모습을 보면서 기분이 언짢아져 말
했다. 게다가 나는 정말이지 시신을 보고 싶지 않았다.

"문을 연 녀석이 닫아." 미나미가 말했다.

동료 하나가 쭈뼛쭈뼛 문에 다가가자 소녀의 얼굴은 오열
하기 직전처럼 일그러졌다. 그리고 문이 닫히자 그 건너편
에서 훌쩍거리는 소리가 새어 나왔다. 소녀는 순식간에 신비
로워지고 팽창하고 확대되었다. 문은 거의 마지막에 삐걱거
리며 뭔가에 걸려 제대로 닫히지 않았는데, 그걸 담당한 소
년은 도중에 분명히 겁에 질린 듯 등을 부들부들 떨며 작업
을 중지했다. 거기서 우리는 잠시 가만히 있었다. 하지만 께
름칙했다. 그래서 우리는 가슴에 하나씩 딱딱한 응어리를 안
은 채 자신들의 숙소로 돌아와 저녁밥 짓는 일을 계속했다.

토방에 쌓아 올린 장작에 불을 붙여 그 작은 불꽃 위에 냄
비를 얹고, 더 이상 참기 어려운 공복을 견디면서 기다리는

동안 성가신 새 이웃에 대해 반추했다.

"그 여자애는," 동생이 오래 생각한 듯 말했다. "틀림없이 엄마가 죽어서 미쳐버린 거야."

"미쳤다는 걸 알 수 있어?"

"지저분한 여자애." 동생이 애매하게 말했다. "맞지, 그렇지?"

"음." 나는 신음하듯 말했다. "어쩐지 지저분했어."

채소죽은 우리 자신도 믿기 어려울 만큼 재빨리 완성되었고 맛도 나쁘지 않았다. 우리는 휴대품 주머니에서 꺼낸 식기로 풍부한 음식을 말없이 열중해서 먹었다. 토방 가운데 켜켜이 올린 장작 불꽃이 창고 내부의 공기를 덥히면서 정체를 알 수 없는 축축한 냄새를 가득 채웠다. 우리는 완전한 포만감과 따스함에 몸이 연체동물처럼 흐물흐물해져 마루방의 짚 위에 담요를 뒤집어쓰고 드러누웠다. 밤이었다. 마을 안에서 우리는 자유로웠다. 따라서 우리는 자신의 의지로 잠을 자야만 했다. 내 동생은 눈을 감고 땀과 기름 냄새가 나는, 까칠까칠하고 두터운 담요를 턱까지 끌어 올리고 조용한 호흡을 했다. 나는 남은 채소죽을 흙광의 여자애한테 갖다주고 싶다고 생각했다. 그러나 그건 너무나 귀찮았고 게다가 소녀 옆에 누워 있는 덩치 큰 여자의 시신이 무서웠다. 해 질 녘 어둑한 빛 속에서 본 시신의 이미지가 성큼 다가오기 시작했다. 더구나 지금은 아무도 없는 절 건물 안에 똑바로 누운 채 죽어 있는 동료. 나는 죽음에 대해 생각하면서 가슴을 옥죄고 목구멍을 바싹 마르게 하는 감정, 급격히 밀치락달치락하는 내장의 뒤틀림에 사로잡혔다. 이것은 일종의 지병이었다. 이 감정, 온몸을 흔드는 동요가 한번 일어나면 깊이 잠들 때까지 결코 거기서 벗어날 수 없다. 더욱이 낮에 이것을 실감하고 떠올리기란 도저히 불가능하다. 나는 등이며 허벅지 피부가 식은땀으로 흥건해진 채 거기에 푹 잠겨 머리까지 처박혔다. **죽음**은 내게 100년 후 자신의 부재, 수백 년, 한없이 먼 미래의 자신의 부재였다. 그토록 멀고 아득한 시대에도 전쟁이 일어나고 아이들은 감화원에 수용되고, 동성애 남자들을 위한 남창이 되는 사람들이 있고, 극히 건강한 성생활을 하는 사람들도 있을 테지. 하지만 그때 나는 없다. 나는 입술을 깨물고 미칠 것 같은 분노와 불안에 가슴을 옥죄며 생각했다. 지금 그 두 사람의 시신에서 셀 수 없이 많은 병균이 분출되어, 그것이 좁은 골짜기의 공기를 축축하게 적시고 있을지도 모른다. 더구나 우리는 거기에 아무런 대책이 없다. 나는 격하게 몸을 떨었다.

"왜 그래?" 동생이 말했다.

"아무것도 아냐." 나는 목쉰 소리로 말했다. "어서 자."

"안 추워?" 동생은 잠시 말이 없다가 조심스레 말했다. "바람이 새어 들어와."

나는 벌떡 몸을 일으켜 바닥에서 거적을 한 장 벗겨내 입

구의 판자문 틈새를 가리는 바람막이를 만들러 갔다. 틈새
로 건너편 산 중턱의 조선인 부락 언저리에서 장작이 타는
부드러운 불이 신호처럼 흔들리는 게 보였다. 그 녀석이 불
을 지피고 있군, 하고 나는 우정 같은 작고 뜨거운 감정을 몸
깊숙이 새싹처럼 느끼며 생각했다. 온몸의 가벼운 타박상,
콧구멍의 통증이 작은 쾌락처럼 돌아왔다. 그 녀석은 정말
힘이 셌어. 조선인 중에는 굉장히 센 녀석이 있어서 싸움질
이 길어지고 만다.

"나한테 낙타 병따개 좀 보여줘." 동생이 어리광 부리는
소리로 말했다. "응? 잠깐만."

나는 내 휴대품 주머니에서 낙타 머리 모양의 병따개를 꺼
내 동생이 내민 손에 건넸다. 그건 이제 아무짝에도 쓸모없
는 물건이지만 나도 동생도 그게 아주 마음에 들었고, 동생
은 나에게서 그걸 물려받고 싶어 했다. 다시 담요 안으로 몸
을 집어넣자 동생이 등을, 뜨겁고 그리운 등을 밀착시켰다.

"있잖아," 나는 상냥하게 말했다. "넌, 안 무서워?"

"응?" 동생은 힘없이 하품을 하고 나서 졸린 듯 말했다.
"이 낙타 병따개, 잠시 빌릴게. 내 주머니에 넣어둬도 괜찮
지?"

"나중에 돌려줘." 나는 너그럽게 말했다.

토방의 모닥불은 거의 꺼져가고, 골짜기를 둘러싼 숲속
짐승들의 울음소리, 새들의 느닷없는 날갯짓 소리, 그리고

추위로 나무껍질에 금 가는 소리가 울렸다. 나는 잠을 자기 위해 힘겨운 노력을 하면서 화가 나고 절망적으로 괴로운 죽음의 이미지에 압도되어 있었기 때문에, 편안하고 천사 같은 동생의 숨소리가 들리기 시작했을 때는 질투가 난 나머지 동생에 대한 상냥한 감정을 깡그리 내다 버릴 정도였다. 마을 안쪽에서는 버려진 사람들과 매장되지 못한 시신이 더러는 잠들고 더러는 불면에 괴로워했고, 마을 바깥에서는 악의로 가득한 수많은 사람들이 하나같이 곤히 잠들어 있었다.

제5장
버려진 사람들의 협력

　다음 날 아침 나와 동생은 다시, 거의 입을 꾹 다문 채 채
소죽을 만들고 토방의 모닥불 앞에 앉아 식사를 마쳤다. 나
도 동생도 식욕이 없었다. 마을은 쥐 죽은 듯 고요했다.

　문밖에는 부드럽고 옅은 겨울 햇살이 넘쳤다. 돌길 양쪽
의 서릿발이 연신 부서져 내리고 있었다. 나와 동생은 웃옷
의 옷깃으로 목을 감싸고 비탈을 내려갔다. 분교장 앞 광장
에는 이미 동료들이 웅크리고 앉아 있거나 의미 없이 돌아
다니고 있었다. 그들을 사로잡고 있는 나태한 공기, 무감동,
이런 것들이 독처럼 내게도 침입해 온다.

　나와 동생은 광장 한구석의 돌 위에 걸터앉아 무릎을 그
러안았다. 미나미가 중심이 된 무리가 말타기 놀이를 시작
했지만, 그들 모두 별 흥미도 없이 마지못해 억지로 계속하
는 통에 구경하는 쪽에서 되레 초조해질 정도였다. 그건 격
렬한 운동을 동반하는 것임에도 결국 무릎을 그러안고 앉
아 있는 것과 크게 다르지 않았다. 말타기에 싫증 난 미나미
와 동료들은 둥글게 원을 만들고서, 제각기 바지를 끌어 내

리고 자기들의 아랫배에 바람을 쐬기 시작했다. 킬킬거리는 외설스러운 웃음과 시끌시끌한 조롱. 그들의 페니스는 눈부신 햇살을 받아 서서히 발기했다가는 서서히 시들고, 다시 발기했다. 욕망의 거친 생명감도 충족 후의 상냥함도 없는 페니스의 자율 운동은 한참 동안 모두가 주시하는 가운데 이어졌다. 그리고 그건 재미없었다.

우리는 이렇듯 무기력한 놀이를 하면서도 동료 하나가 어깨에 메고 나온 고풍스러운 벽시계를 들여다보거나 하늘을 쳐다보고 태양의 위치를 눈대중하기도 했다. 그러나 시간은 참으로 느릿느릿 더디기만 했다. 시간이 전혀 움직이지 않잖아, 하고 나는 안절부절못하면서 생각했다. 가축들이 그러하듯, 시간 또한 인간의 엄격한 감독 없이는 꿈쩍도 않는다. 시간은 말이나 양처럼 어른의 호령 없이는 한 걸음도 움직이지 않는다. 그리고 우리는 시간의 웅덩이 속에서 교착 상태에 있다. 할 일이 아무것도 없다. 하지만 아무 일도 하지 않고 그저 갇혀 있는 것만큼 힘겹고 초조하고 뼛속까지 피로감에 찌들게 하는 일은 없다. 나는 몸서리를 치며 일어섰다.

"왜?" 동생이 멍하니 초점이 흐릿한 눈으로 쳐다보며 말했다.

"흙광에 있는 여자애한테 채소죽 남은 걸 갖다주려고."

나는 급히 떠오르는 대로 말했다.

"그래." 동생은 가늘고 때가 끼어 있긴 해도 가슴이 먹먹해지는 아름다움을 훤히 드러내는 목덜미를 축 늘어뜨리며 힘없이 말했다. "난 맛있는 채소를 찾으러 갔다 올게."

"배추를 찾으면 좋겠는데." 말하고 나서, 나는 동생을 남겨두고 곡물창고를 향해 비탈을 뛰어 올라갔다.

채소죽은 냄비 바닥에 굳은 채 식어 있었다. 나는 그걸 보고 망설였으나 계획을 중단하지는 않았다. 그 밖에 달리 할 일이 아무것도 없었다. 그리고 마을 안쪽에 갇혀 있는 우리에게는 모든 것이 차갑게 굳어서 상냥하게 녹아드는 걸 거부한다. 다시 뜀박질해 돌아가면서 나는 돌길도, 잎을 떨어뜨린 나무도, 분교장 건물도, 그 앞 광장에 짐승처럼 지쳐 웅크리고 앉은 동료들도, 이 모든 것이 부드러움이나 따스함과는 아주 거리가 멀다고 생각했다.

흙광의 두툼한 문은 비좁은 틈새를 남기고 닫혀 있었다. 나는 안을 들여다보고, 부자연스럽게 뿌연 가루 같은 빛에 비친 소녀의 얼굴이 대뜸 바로 곁에 있는 걸 보고는 몹시 당황했다. 소녀는 잠을 제대로 못 자 퉁퉁 부은 눈으로 나를 똑바로, 매우 고집스럽게 지켜보고 있었다. 그리고 그 좁은 어깨 건너편에 변함없이 누워 있는 시신. 시신에서 악취가 풍겨 나오는 통에 소녀는 시신으로부터 멀찍이 떨어져 틈새로 들어오는 신선한 공기를 마시려 노력했으리라. 나는 방향이 애매한 돌발적인 혐오를 느끼며 생각했다. 나는 틈새로 냄비를 황급히 밀어 넣었다.

소녀가 문득 겁먹은 채 몸을 일으키려 했다. 허둥대는 내 목소리는 기묘한 쉰 소리를 내며 벌벌 떨렸다.

"자아, 너, 이거 먹어. 응?"

소녀는 잠자코 머리를 숙인 채 닭처럼 오들오들 떨었다. 나는 멍청하고 굼뜬 내 목소리에 화를 내며 되풀이했다.

"너네 엄마, 죽었지? 자아, 먹어."

소녀는 돌처럼 굳은 귀를 가린 채 완강하게 입을 다물었다. 나는 난폭하게 등을 돌리고, 화가 치밀어 입술을 깨물면서 돌길을 뛰어 올라갔다. 못된 계집애, 못된 계집애, 하고 나는 소녀를 비난하는 욕지거리를 중얼거렸는데, 기묘하게도 혼잣말로 욕이라도 하지 않으면 눈물이 쏟아질 것만 같았다. 나는 정말이지 제정신이 아니었다.

분교장 앞 광장으로 돌아오니, 동료들이 무리 지어 있는 그 한가운데, 동생이 배추 대신 비실비실하고 볼품없는 개한 마리를 무릎 사이에 끼고는 열띤 표정으로 웅크리고 있었다. 개는 친근하게 동생의 가슴팍에 코를 문질러대고, 굶주린 비명 같은 소리를 냈다.

"너, 그런 건 어디서 찾아 데려온 거야?" 나는 깜짝 놀라 숨을 헐떡이며 말했다.

"그런 개, 어디에 있었어?"

동생은 억누를 길 없는 우쭐거림과 기쁨, 그리고 난처함을 구릿빛 기미가 낀 자그마한 얼굴 가득 떠올리며 우물거렸다.

"개를 찾은 게 하도 기뻐서 목소리도 안 나오는군." 미나미가 선망과 조롱이 뒤섞인 언짢은 목소리로 참견했다. "때려잡아서 먹어버리자."

동생은 움찔 어깨를 떨고 개를 껴안았다. 동생은 눈을 치뜨며 미나미를 긴장감이 가득한 눈길로 흉포하게 쏘아보고 있었다.

"저 봐, 저 봐." 미나미는 동생의 퉁명스러움에 완전히 샐쭉해져 경멸을 과장하면서 말했다. "이 녀석은 개한테 매달려 떨어지질 않아. 개하고나 할 만한, 손가락만 한 작은 물건을 빳빳이 세우고 말이야."

동생은 입술을 깨물고 분노에 떨면서 일제히 와자지껄 터진 동료들의 비웃음을 견디고 있었다.

"그 녀석을 데리고 가서 마른 생선을 줘." 나는 미나미와 동료들을 견제하기 위해 대차게 말했다. "이 녀석들한텐 신경 꺼."

동생이 기운을 회복하고 개에게 짧은 휘파람을 불면서 곡물창고로 데려가는 그 뒤를, 어린 동료들이 따라갔다. 미나미는 교활하게 엷은 웃음을 띤 눈으로 나를 응시하고는 신발 끝으로 돌을 걷어찼다. 나도 미나미도 참을 수 없이 지루했고 무슨 일이라도 일어났으면 좋겠지만 서로 격투할 만큼의 기운은 없었다.

우리는 집요하리만치 더딘 시간과 골짜기를 뒤덮은 정적
에 초조해하면서 지치기 시작했다. 그리고 우리는 기대했
다. 무엇이든 괜찮아. 우리에게 충족감과 긴장을 회복시키
는 것, 그것이 설령 마을 사람들의 복귀라 해도 상관없었다.
우리는 그들의 집에 침입해 물건을 훔치고 그들의 주거지를
점거하고 있지만, 우리는 그들, 우리를 내버린 사람들을 미
워하고 있는지 어떤지조차 알 수 없었다.

정오 무렵, 나는 그다지 절실하게 식욕이 당기지도 않는
점심 식사인 채소죽을 만들기 위해 흙광까지 냄비를 되찾으
러 갔다. 냄비는 깨끗이 빈 채로 문 바깥에 내밀어져 있었다.
나는 안을 들여다보고, 경계심이 옅어진 선한 눈매의 소녀
와 아주 잠깐 서로 응시했다. 그러나 서로 말은 하지 않았다.
점심 식사 후, 나는 남은 것을 이등분해서 절반은 동생의 허
리에 머리를 비벼대며 떨어질 줄 모르는 개에게 주고, 나머
지는 흙광에 있는 소녀에게 갖다주었다. 소녀는 어둑한 문
뒤에서 내가 내미는 냄비를 쳐다보았다. 하지만 소녀는 받
아 들 손을 내밀지 않았다. 나는 냄비를 바닥에 내려놓고, 소
녀가 물을 마시고 싶어 할 것 같다는 생각에 분교장 앞 펌프
까지 낡은 물통에 물을 채우러 갔다.

내가 돌아왔을 때, 소녀는 냄비의 음식을 열심히 오물거
리고 있는 참이었다. 나는 여전히 고집스레 내게 뚱한 표정
을 보이는 소녀에게 손짓으로 물통을 가리키고, 상당히 흡

족해져서 그곳을 물러났다. 동생의 개는 어떤가 보니, 우리의 채소죽은 물론 동료들에게 얻은 여러 잡다한 음식을 앞에 두고 거의 미친 듯이 게걸스럽게 먹어대고 있었다.

무겁게 침전하는 시간이 지나 늦은 오후 우리는, 하얀 천으로 둘러싼 큼직한 짐을 등에 지고, 건너편 산 중턱을 비스듬히 가르는 조선인 부락에서 골짜기 밑으로 이르는 좁다란 길을 천천히 내려오는 아이를 보았다. 그 아이가 나의 싸움질 상대라는 것, 그리고 그의 튼실한 등짝에 얹혀 있는 것이 비록 천에 싸여 있긴 해도 분명히 어른의 시신이라는 것을 우리는 금세 이해했다. 우리의 관심은 온통 한곳으로 쏠렸다.

우리는 조선인 소년이 무게를 견디기 위해 억센 다리에 위태롭게 불끈 힘을 주며 내딛는 것을 열중해서 지켜보았다. 그의 머리와 하얀 덩어리가 분교장 건물 뒤로 가려지자, 우리는 초가지붕 양쪽으로 나 있는, 지린내와 축축한 공기로 가득한 골목길을 빠져나와 골짜기로 이어지는 풀이 무성한 비탈진 곳으로 나왔다. 그리고 조선인 소년이 비탈길을 내려가는 것에 맞춰 우리도 이쪽의 비탈진 곳을 조금씩 내려갔다. 조선인 소년은 우리의 기척을 알아챈 게 분명했음에도 고집스럽게 얼굴을 숙인 채, 골짜기 바닥의 평평한 초원, 우리가 마을에서 한 첫 작업의 성과가 매장되어 있는 장소와 좁은 개울을 사이에 둔 바로 건너편에 도착할 때까지 우리를 무시했다.

그러고 나서 그는 초원에 짐을 내려놓고, 우리들 침묵한 무리에게 재빨리 교활한 눈길을 한 번 던지고는, 놀라운 속도로 샛길을 되돌아가서 괭이를 총처럼 어깨에 메고 돌아왔다. 그가 하얀 덩어리를 눕힌 바로 옆 초원을 파헤치기 전에 우리는 그의 의도에서 놀라운 암시를 받았다. 저 녀석이 저 녀석의 시신을 매장하듯, 우리도 우리의 시신을 땅에 묻자. 우리는 뜨거운 눈길로 서로를 살폈다.

"이봐," 미나미가 말했다. "우리도 묻자."

"그러자." 나는 힘을 얻어 말했다.

"우리가 옮겨 올게." 미나미가 나를 제지하며 황급히 말했다. "구덩이를 파놓기나 해, 너하고 애들 두세 명은."

나는 끄덕이고, 괭이가 걸려 있는 헛간 비슷한 건물로 뛰어 올라갔다. 동생은 조선인 아이가 나타난 뒤부터 잔뜩 겁을 먹어 꼬리를 감고 비명을 지르는 개의 등을 쓰다듬으면서 초원의 높은 곳에 웅크리고 있었다. 우리는 작업을 시작했다. 동생이 우리의 작업에 가담하고 싶어 안달복달하는 것을 나는 알았지만, 구덩이 파는 일이 얼추 진행되고 미나미와 동료들이 담요에 싸인 옛 동료를 그러안고 내려왔을 때, 개가 목이 졸려 죽기라도 하듯 요란스러운 비명을 지르고 몸부림치면서 동생의 가랑이에 머리를 쑤셔 박는 통에, 동생을 작업에 불러들일 수가 없었다.

우리는 개와 고양이, 쥐 따위의 사체를 파묻은 체험을 통해, 시신을 매장하려면 상당히 넓고 깊은 구덩이를 파야 한다는 걸 알고 있었다. 따라서 미나미와 동료들도 담요로 꽁꽁 둘러싼 시신을 초원의 높은 지대, 짐승들을 파묻은 봉긋한 흙무더기 건너편에 눕혀놓고, 우리의 구덩이 파는 작업을 도와주러 왔다. 골짜기 저편에서는 조선인 소년이 어깨와 내뻗은 팔과 거의 수직이 될 정도로 괭이를 크게 휘두르면서 자기 시신을 위해 구덩이를 파고 있었다.

우리의 두꺼운 속옷 안에서 피부가 땀에 젖고 때가 후끈한 냄새를 발산하기 시작하면서, 우리는 담요에 싸인 것을 옮겨 와 그곳에 집어넣어 보았지만 구덩이는 아직 너무 얕았다. 새로운 흙에 더럽혀진 꾸러미를 밖으로 끌어 올리고, 우리는 다시 구덩이에 들어가 괭이를 휘둘렀다.

건너편 초원에서도 작업은 좀체 진척되지 않는 모양이었다. 우리 구덩이의 움푹 파헤친 밑바닥에서 지하수가 넉넉하게 배어 나오기 시작했다. 우리는 급속도로 그득해진 적갈색 물웅덩이 위로 뻣뻣해지고 담요로 둘러싸인 시신을 내려놓았다. 식물의 뿌리를 심듯 정성껏 시신의 위치를 설정하고 나서 부드러운 흙을 그 위에 흩뿌리는 일에 열중하는 미나미와 동료들로부터 멀어져, 나는 개를 무릎에 끌어당겨 웅크리고 있는 동생 곁에 앉으러 갔다. 동생과 서로 몸을 기대어 앉은 초원의 높은 곳에서는 우리의 시신을 파묻은 구덩이와, 짐승들의 사체를 대량으로 파묻은 구덩이가 한 쌍의 기준점이기라도 한 것처럼 규칙적인 배열의 시작을 떠올리게 했다. 나는 그 기준점에서 일정한 간격을 두고 무한히 조성되는 간소한 무덤, 처리된 어마어마한 시신에 대해 생각했다. 전쟁터를 포함한 이 세상에서 아아, 얼마나 많은 사람들이 죽어가는 걸까. 그리고 그보다도 훨씬 많은 사람들이 그들을 파묻을 구덩이를 판다. 나는 우리의 무덤 하나가 세계 전체로 무한히 줄줄이 퍼져나가는 느낌이 들었다.

우리의 동료는 지금 흙 속에 드러누워 있고, 그의 피부며 벌어진 항문 점막, 머리카락 따위를 지하수가 찰랑찰랑 적시고 있었다. 그 지하수는 다름 아닌 수많은 짐승들 사체를 적신 뒤 땅 밑으로 흘러온 것이며, 이윽고 풀의 강인한 뿌리로 빨려 들어갈 것이다.

나는 거의 압도당하여 그것에 대해 생각하고 싶지 않았다. 나는 일어서서 개울 저편을 보았다. 조선인 아이도 매장을 막 끝낸 참이었다. 그는 근처의 한 아름 남짓한 돌을 두 팔로 들어 올리느라 힘겨워하고 있었다. 나는 그의 기특한 의도를 알 수 있었다. 그는 자신의 시신을 기념하는 돌을 놓으려는 것이거나, 아니면 그 시신이 한밤중에 벌떡 일어나는 게 두려워 묵직한 덮개를 올려놓으려는 것이리라. 그 어느 쪽이건 간에 그 행위는 영웅적이었고 나의 압도당한 마음에 호소하는 게 있었다. 나는 비탈진 곳을 뛰어 내려와, 무덤에 흙을 얹는 미나미의 어깨를 두드렸다.

"왜?" 미나미가 홍조 띤 얼굴로 쳐다보며 말했다.

"저기 봐." 나는 건너편 기슭을 가리키면서 말했지만, 키 큰 풀과 땅의 기복이 돌 위에 웅크린 조선인 소년의 모습을 가리고 있었다. "저 녀석이 애를 먹고 있어. 가서 도와주자."

미나미는 나를 보더니 당혹스러운 표정을 지었다. 그러나 그는 아랑곳 않고 내달리는 내 뒤를 따라왔다. 우리는 단숨에 골짜기 개울을 뛰어넘어 건너편 풀밭으로 뛰어갔다. 조선인 소년은 우람한 몸을 민첩하게 일으켜 공격에 대비하는 자세를 취하며 우리가 다가가는 걸 노려보았다.

"도와줄게." 나는 팔을 흔들며 소리쳤다. "그 돌 무겁지? 도와줄게."

"혼자선 못 옮기잖아." 미나미도 말했다.

소년은 우리를 의심스러운 눈으로 응시했고 두툼한 입술에서 당혹스러운 표정이 점차 번져갔다. 나와 미나미는 팔을 늘어뜨려, 속임수를 써서 골리려는 의도가 전혀 없음을 과시하면서 소년에게 다가갔다. 조선인 소년은 수치심과 흥분 때문인 듯 얼굴이 빨개졌다. 우리는 그를 도와 돌을 날랐다. 흙무더기 위에 돌이 제대로 자리를 잡자, 우리 세 사람은 뜨거운 숨을 토하며 허리를 펴고 서로 마주 보았다. 우리는 모두 별안간 찾아온 무료함이 곤혹스럽고 어색했다.

"너네 집이지? 빨간 종이 깃발이 달린 곳." 미나미가 걸걸한 목소리로 쑥스러워하며 물었다. "어머니가 죽었어?"

"아버지." 조선인 소년은 천천히 입술을 움직이면서 분명히 말했다. "우리 아버지가 돌아가셨어. 어머니는 마을 사람들과 같이 도망쳤어."

"어째서 넌 도망 안 갔어?" 미나미가 말했다.

"아버지가 돌아가시고 그대로 남았으니까, 난 도망 안 갔어." 조선인 소년은 말했다.

"아아, 아버지가." 미나미는 영문을 알 수가 없다는 어조로 말하면서, 결국 그런대로 만족하여 입을 다물었다. 조선인 소년은 미나미부터 내 쪽으로 눈부신 시선을 던지고 나서는 빨갛게 부어오른 내 콧구멍에 주목했다. 나 역시 상대방의 넓적하니 밋밋한 얼굴에 여러 군데 생긴 검푸른 얼룩을 다시 보았다. 나의 격투 상대는 입술에 웃음을 띠었다.

"너, 이름이 뭐야?" 나는 허둥대며 말했다. "응?"

"리李." 소년은 자신의 뺨에 연거푸 떠오르는 미소를 얼버무릴 셈으로 고개를 숙이고, 맨발에 신은 짚신 발부리로 부드러운 흙무더기의 경사진 곳에 이름을 써 보였다.

"으응." 나는 목구멍 깊숙이에서 애매한 대답을 했는데, 사실 소년이 그리는 선이 만들어내는 글자 하나의 아름다움에 감동받았다. "리."

"어제 일, 난 아무렇지도 않아." 리가 고개를 숙인 채 말했다.

"나도 아무렇지도 않아." 나도 말했다.

우리는 서로 눈을 응시하며 의미도 없이 웃었다. 나는 리가 완전 마음에 들었다는 걸 깨달았다.

"너희도 파묻었어?" 리가 미나미에게 친한 사람들끼리 그러듯 허물없는 목소리로 물었다.

"누군가 죽었지?"

"동료 한 사람."

"그 밖에도 한 사람, 여자가 흙광에서 죽었어." 나는 문득 생각나서 덧붙였다. "마을에서 세 사람 죽은 셈이야."

"피난 온 흙광의 여자." 리가 무척 흥미로운 듯 말했다. "벌써 파묻었어?"

"아직 안 묻었어." 나는 말했다.

"전염병으로 죽은 사람은 파묻지 않으면 살아 있는 사람한테까지 병을 옮기지." 미나미가 권위에 찬 목소리로 말했다. "난 감화원의 교관한테 들었어."

"여자애가 옆에 남아 있으니까," 하고 나는 말했다. "밖으로 내다 옮기고 파묻을 수가 있어야 말이지."

"나 그 여자애 알아." 리가 우쭐해져 눈을 반짝거리면서 하얗고 굵은 치아를 활짝 드러낸 채 외쳤다. "내가 이야기할게."

"그러고 나서 파묻자." 미나미가 리의 분위기에 맞추어 목청을 높여 말했다. "이것저것 뭐든지 파묻어."

우리는 리 옆에서 나란히 개울을 뛰어넘고, 다소 얼떨떨해하는 동료들이 있는 곳으로 되돌아갔다. 그리고 나는 리와 동료들이 옮겨 내려올 여자의 시신을 위해, 동료의 시신을 위한 구덩이보다 훨씬 더 큰 구덩이를 파는 역할을 떠맡았다. 리와 미나미는 동료들 절반을 데리고 누렇게 메마른 잎과 줄기가 들러붙은 데다 푸른 풀이 뒤덮고 있는 아주 가파른 경사면을, 몇 번이고 발이 미끄러지면서 흉포한 원주민 종족처럼 아우성을 치며 뛰어 올라갔다.

우리는 이미 구덩이를 파는 작업에 익숙해졌기 때문에 일은 순조로웠다. 우리는 괭이를 휘두르는 쪽과 흙을 퍼내는 쪽으로 나누어 일을 진행했다. 땅속에서 살아 있는 벌레가 나오면 우리는 그걸 단박에 짓밟아 뭉갰다. 리와 동료들은 아마도 흙광 안에 누워 있는 시신 앞에서 소녀와 담판을 짓고 있는지 좀체 돌아오지 않았다. 긴 시간이 흐르고, 돌길 언저리에서 외치는 소리가 들렸다. 나는 마무리 작업을 동료들에게 맡기고 초원의 서리가 녹아 질퍽해진 진흙이 마르기 시작한 길을 올라갔다.

역시나 담요와 하얀 천에 싸인 시신을 어깨에 지고, 다리가 부러져 못 움직이는 송아지를 옮기듯 미나미와 동료들이 돌길을 행진해 왔다. 나머지 동료들은 제각기 내뻗은 팔로 그걸 떠받치고 있었다. 그리고 그들 무리에서 멀찍이, 그러나 그들을 유심히 지켜보며 따라오는 소녀에게 키가 큰 리가 몸을 웅크리다시피 숙여 말을 건네고 있었다. 포장도로 옆에 서서 바라보는 내 앞으로 시신이 지나갔다. 그리고 입술이 갈라진 창백한 얼굴에 눈물이 그렁그렁한 소녀가 다가왔다. 소녀는 내게 아무런 관심도 비치지 않은 채 똑바로 앞을 향했고, 억누른 오열에 어깨를 들썩거렸다.

"이봐, 어쩔 수 없어, 죽었잖아." 리는 열심히 달래고 있었다. "너네 엄마, 죽었지? 냄새나서 파묻어야 돼."

나는 리와 동료들 바로 뒤를 따라 내려갔다. 동료들은 잠자코 열심히 흙을 파헤치고, 그 옆에서 아마도 소녀에 대한 배려로, 그리고 달리 할 일이 있는 것도 아니어서, 미나미와 동료들은 시신을 그러안은 채 서 있었다. 소녀는 초원의 높은 곳에 멈춰 서더니 리가 부르는 것도 무시하고 그곳에 웅크리고 앉아 결코 더 이상 구덩이에 다가가려 하지 않았다. 그리고 눈물을 흘리고 어깨를 들썩이며 오열하면서 작업을 지켜보았다.

동료들은 장의사처럼 너무나 능숙하게 구덩이 바닥에 시신을 눕히고 그 위에 흙을 끼얹었다. 소녀가 무릎에 얼굴을 묻고 훌쩍거렸다. 나와 리는 그 옆에 서 있는 게 어쩐지 거북스러웠다. 그래서 우리는 울고 있는 소녀에게서 물러나 동료들이 작업하는 곳까지 내려갔다.

"돌을 얹을 거야?" 다가가는 리에게 미나미가 물었다. "난 파묻은 뒤에 어떻게 하는지 모르거든. 파묻은 뒤에 어떻게 하는지."

"흙을 다져야 돼." 리가 말했다. "밟아서 다져야 돼."

우리는 망설였다. 그러고는 다리를 구부리고 팔이 접힌 시신 위의 부드럽고 불룩한 흙무더기로 흠칫흠칫 겁먹으며 올라갔다. 세 개의 흙무더기 위에 세 팀으로 나뉜 동료들이 올라갔다. 동생도 그냥 보고만 있기 힘들었는지 짐승들을 파묻은 곳을 밟아 다지는 쪽에 참가했다.

그리고 우리가 리를 따라 천천히 흙을 밟기 시작했을 때, 골짜기 사방의 산맥은 불그죽죽한 빛깔로 그늘져 가라앉고, 죽은 듯 고요한 마을은 저물어 하늘만 하얗게 밝은 기운이 남아 있었다. 별안간 찾아온 해거름이 우리의 흙 다지기 작업에 묵직하고 확실한 의미를 부여했다. 그것은 숨이 턱턱 막히고 피부에 땀이 맺히는 버거운 **죽음**의 이미지가 밤이 되어서만 나를 찾아오는 것과 마찬가지였다. 우리는 가속도가 붙은 듯 점점 더 열심히 그 작업을 계속했다.

시신들의 환생이 두려운 나머지 그들의 다리를 구부리고, 그 관에 엄청나게 무거운 석판을 얹은 원시 일본인들. 우리 또한 우리의 옛 동료가 흙 속에서 다시 일어나 아이들만 달랑 남겨진 폐쇄된 마을에서 함부로 날뛰는 게 두려워 다리에 힘을 주어 꾹꾹 밟았다.

그리고 우리는 서서히 짙어지는 밤의 새로운 공기와 딱딱한 가루 같은 차가운 안개, 냉랭한 바람 속에서 어느 틈엔가 서로 몸을 바싹 붙인 채 팔짱을 끼고, 침묵하는 긴밀한 둥근 원이 되어 흙을 밟아 다졌다. 궁지에 몰린 우리들 사이에 굳은 결속이 이루어지고 있었다. 그리고 안개는 물론 우리의 닭살 돋은 피부보다도 더 한낮의 희미한 온기를 지닌 땅의 얇은 층 밑에는 어둡고 차가운 눈을 죽은 눈꺼풀로 덮은 사람들, 이미 다리며 가랑이 사이의 은밀한 부분에 구더기가 힘차게 꿈틀거리는 사람들이 팔과 다리를 구부리고 누워 있었다.

그들은 우리에게 발치에서 날아오르는 새 같은 공포를 일으켰으나 아직은 골짜기 저편, 바리케이드 뒤로 엽총을 그러안고 우리를 거부하는 어른들, **외부**의 비열한 어른들보다는 우리에게 더 가까웠다. 밤이 와도 누구 하나 우리를 부르러 죽음의 거리에서 달려 나오는 상냥한 목소리를 가진 사람들이 없었으므로, 우리는 서로 어깨동무를 하고 입을 꾹 다문 채 참으로 오랫동안 흙을 계속 밟아 다졌다.

다음 날 아침, 내가 아침 식사 남은 걸 가지고 가니 소녀는 흙광 앞의 낮은 돌계단에 앉아 햇볕을 쬐고 있었다. 내가 내민 냄비를 소녀가 처음으로 받아 들었다. 이것은 내 온몸을 화끈거리게 했다. 나는 소녀가 식사를 끝낼 때까지 곁에 서서 지켜보고 싶다고 생각했다. 하지만 소녀는 좀처럼 먹으려 하지 않았다.

"낮에, 우리 집에 밥 먹으러 와." 나는 난폭하게 말한 뒤 대답도 기다리지 않고 뛰어 돌아왔다.

점심때가 되어도 소녀는 나의 초대에 응할 기색이 없었다. 나는 다시 동생과 개를 데리고 소녀에게 식사를 날랐다. 소녀는 개의 등을 가늘고 짧은 손가락으로 쓰다듬으며 우리가 곁에 있는 내내 고개를 숙이고 있었다. 나는 소녀가 내게 익숙해진 것에 무척 만족하고 되돌아왔다.

그날은 낮에도 상당히 추웠기 때문에 나는 곡물창고의 토방에 불을 피우고 그 옆에 누워 잠깐 잠이 들었다.

동생이 나를 깨우러 왔다. 동생의 꽤나 화가 치민 목소리에 이끌려 나는 여전히 해가 높이 걸린 돌길로 뛰쳐나갔다.

"리가 불러." 동생은 입술 가장자리에 침을 튀겨가며 외쳤다. "리가 군인을 모두에게 보여준대."

"군인?" 나는 동생의 흥분에 감염되어 소리쳤다.

"군인, 도망쳐 온 군인."

나는 동생의 어깨를 꾹꾹 눌러대면서 비탈을 뛰어 내려갔다. 분교장 앞 광장에서 리가 흥분했는지 잘 익은 감처럼 탱글탱글 혈색 좋은 낯을 점점 더 붉히고 있었다. 그리고 미나미와 동료들은 리보다도 한층 흥분하고 있다.

"정말이야, 군인 얘기?" 나는 숨을 헐떡거리며 리에게 말했다.

"마을 사람들한테 아무 말 않겠다고 약속하지?" 의심 가득한 리가 조심성 있게 말했다. "나한테 거짓말 안 하지? 배신 안 하지?"

"정말이야, 군인 얘기?" 나는 화를 내며 되풀이했다.

"다들 고자질하지 않겠다고 네가 약속한다면." 리가 말했다.

"난 밀고 따윈 안 해. 그런 짓을 하는 녀석은 우리가 때려 눕힐 거다." 나는 말한 뒤, 모두를 돌아보며 소리쳤다.

"알았지? 다들 입 다물고 있어."

동료들은 저마다 자신들의 굳은 약속에 대해 선서했다. 그럼에도 불구하고 머뭇거리는 리에게 미나미가 초조와 기대감에 들뜬 목소리로 거의 협박하듯 말했다.

"우리를 앞잡이라 여기는 거야? 어물쩍거리다간 가만 안 둘 거야."

리가 결심을 굳히고 끄덕이자 우리는 그를 에워싸고 돌길을 뛰어 내려갔다. 리는 극도로 긴장하여 우리에게 자신의 비밀을 보여주기로 한 걸 후회하기 시작한 듯, 우리의 물음에 시원시원하게 대답하지 않았다. 그러나 우리는 반복해서 집요하게 질문하며 짧은 흙다리를 지나 조선인 부락에 이르는 가파른 비탈길을 올랐다. 나는 탈주병을 찾기 위해 트럭 옆에서 대기하고 있던 해군 하사관 학교 병사들, 그리고 죽창을 들고 살기등등하게 산 사냥에 나선 마을 사람들 무리를 떠올리고 있었다. 그들의 포위를 뚫고 골짜기를 건너 도망쳐 오기란 쉽지 않았으리라.

"어디서 군인을 찾아냈어?" 나는 리의 어깨에 팔을 얹고 동료들이 되풀이하는 질문을 강한 어조로 한 번 더 반복했다.

"어서 말해봐."

"나도 정확히는 몰라." 리는 우물거리다가 말했다. "벌써 한참 전부터 우리 부락에서 숨겨주고 있어. 낮엔 폐광에서 자고, 밤이 되면 밥 먹으러 와."

"지금도 폐광 안에 있어?" 미나미가 물었다.

"마을 사람들도 부락 사람들도 도망쳤으니까 지금은 대낮에도 우리 집에 있어."

"뭐 하는데?" 동생이 들뜬 목소리로 말했다. "응? 뭐 하는데?"

"곧 보여줄게." 리는 부루퉁해져서 입을 다물었다.

조선인 부락은 마을 집들보다 한층 가난하고, 나지막한 차양이 늘어선 헛간 같은 건물들로 이루어져 있었다. 그곳은 길에 돌이 깔려 있지 않아 메마른 땅에서 먼지가 일었다. 그리고 집들 뒤쪽은 바로 숲으로 이어진 탓에, 무성한 전나무 가지가 길 위까지 뻗어 나와 있었다. 우리는 기대감에 목이 바싹 말랐고, 고분고분하게 리를 따라 먼지를 일으키며 걸었다.

죽 늘어선 집들 끄트머리, 예전에 우리가 빨간 깃발을 본 집의, 비스듬히 기울어지고 벌레에 파먹힌 쪽문 앞에 리가 멈춰 서자 우리도 멈춰 섰다. 그러고 나서 리는 슬며시 작은 신호를 한 다음, 저 혼자 좁다란 골목으로 들어가 집 뒤를 빙 돌아갔다. 우리는 기다렸다. 쪽문이 갑작스레 열리고 안쪽에서 머리를 내민 리가 묵직하고 언짢은 목소리로 우리를 재촉했다.

"들어와."

우리는 들어가서 토방에 깔린 거적 위에 드러누워 있던 한 사람이 느릿느릿 몸을 일으키는 것을 어둠에 차츰 익숙해지는 눈으로 보았다. 우리 모두가 토방에 들어갈 수는 없었기 때문에 바깥에 겹겹이 둘러서서 안을 들여다보는 치들을 포함해, 다들 마른침을 삼키며 그 남자를 보았다. 남자는 등 뒤에 서 있는 리를 돌아보았다. 우리는 남자의 푸석푸석하고 텁수룩한 수염에 뒤덮인 목의 피부가 어둑한 가운데 움찔움찔 움직이는 걸 멍하니 지켜보았다.

"저기," 리가 남자를 북돋아 주듯 말했다. "이 녀석들은 친구야. 괜찮아. 아무도 밀고하지 않는댔어."

기대감에 뜨거워진 덩어리가 내 가슴속에서 녹아내리고, 씁쓸한 실망이 자박자박 몸을 적셨다. 남자는 해군 하사관학교 병사가 지닌 온갖 찬란함, 광채를 잃었다. 욕망을 일으키는 제복 속의 탱탱하고 단단하고 작은 엉덩이, 힘찬 목, 수염을 깎아 파르스름한 턱을 그는 갖고 있지 않았다. 그 대신 이미 시들어 나이가 애매한 빈약한 얼굴에 어둡고 지칠 대로 지친 표정으로 뚱하게 침묵했다. 그는 더구나 그 정욕에 가득 차 극도로 음란한 전투 복장 대신 작업용 웃옷을 걸치고 있었다.

"다들 빨리 보고 뒤에 있는 녀석들과 교대해." 리가 자신이 키우는 토끼를 친구에게 보여줄 때처럼, 황급히 다시 그 **토끼**를 감추고 싶어 하는 기분을 훤히 드러내며 말했다.

"아주 지쳐 있어. 오랫동안 보여주기 힘들어."

병사는 우리의 시선 앞에서 아무 말 없이 거적 위로 몸을 눕혔다. 우리는 뒤에서 밀치락달치락하는 동료들과 교대하기 위해 역시 아무 말 없이 밖으로 나왔다. 문밖에는 집 안의 가축 냄새가 뒤섞인 공기가 아닌 신선한 공기가 있었다. 나는 실망에 잠겨 나무껍질 냄새가 풍기는 바람을 들이마셨다.

그러나 어린 동료들은 탈주병을 보고 나서 몹시 흥분하고 흡족해져 뺨이 발그레 물들었다. 그들은 초조하게 순서를 기다리는 동료들 뒤편에 늘어서서 한 번 더 병사를 볼 참이었다. 나는 일제히 뜨거운 입김을 토해가며 탈주에 대해 이야기를 나누는 동료들을 경멸했다. 나는 심드렁하니 불쾌한 냉랭함을 유지했다.

나는 마을로 내려가기 위해 동생에게 신호를 보냈지만 동생은 동료들과 눈을 반짝거리며 병사에 대해 이야기하고 있었다. 그들은 폭 빠져 있었다.

"조선인들이 저 녀석을 숨겨주고 있었어." 그들 중 하나가 감격에 겨워 종잡을 수 없이 말했다. "다들 조선말로 의논했으니까 경찰이 못 알아들은 거지."

"산 사냥을 용케 도망쳤어." 다른 하나가 말했다. "멧돼지도 잡는 산 사냥을."

"탈주해 온 거야." 동생이 새된 목소리로 말했다. "탈주……"

미나미가 바지의 엉덩이 부분을 주먹으로 북북 문지르면서 언짢은 표정으로 나왔다. 그래서 나와 미나미만 먼저 마을로 내려가게 되었다. 미나미는 비탈을 걸으면서 분한 듯 입술을 일그러뜨리며 말했다.

"이건 너무 심하잖아. 그 녀석 쩨쩨한 놈이야. 엄청 실망인걸."

"해군 하사관 학교 생도인데," 하고 나도 말했다. "그 녀석 비겁한 것 같아."

"응." 미나미가 말했다. "저런 해군 병사는 본 적이 없어."

"저 녀석하고도 잘 테야?"

"저 녀석 따윈 닭처럼 금방 시들해질걸."

미나미는 경멸과 혐오를 노골적으로 드러내며 나를 노려보더니 실없이 소리 내어 웃었다. 우리는 흙다리 위에서 동생들이 내려오기를 기다렸다. 하지만 그들은 좀처럼 내려오지 않았다.

"내가 가서 보고 와야겠어, 아무래도." 미나미가 불쑥 말했다. "괜히 신경 쓰이는걸."

나는 그가 비탈을 뛰어 올라가는 것을 점점 화가 치미는 가운데 지켜보다가 어깨를 으쓱 치켜들고는 광장으로 향하는 길을 올라갔다.

흙광 앞에 무릎을 그러안고 소녀가 앉아 있었다. 나는 나의 작은 고독을 달래기 위해 그곳으로 다가갔다. 소녀는 내게 회갈색으로 그늘진 애매한 눈길을 던지면서 침묵하고 있었다. 나는 흙광의 벽에 기대어 잠시 그녀와 서로 마주 보았다.

"애," 나는 침을 삼키고 나서 말했다. "탈주병 이야기, 넌 모르지?"

소녀는 잠자코 반응이 없었다.

"흥." 나는 어깨를 추켜올리며 말했다. "넌, 아무 말도 못하지?"

소녀는 눈을 깔았다. 그 눈꺼풀에 짙은 속눈썹 그림자가 나뭇잎 그림자나 풀 그림자처럼 파르라니 번졌다.

"우리 집에 밥 먹으러 와." 내가 말했다. "응? 와."

소녀는 애매하게 이마를 들었다. 나는 쭈그리고 앉아 소녀의 팔을 잡고 일으켜 세우려다가 냅다 매서운 기세에 가로막혔다. 나는 버럭 화를 내고 소녀를 그곳에 내버려 둔 채 성큼성큼 물러났다.

분교장 앞 광장에서 뒤돌아보자 소녀가 교활한 족제비처

럼 나를 살피면서 따라오고 있다. 나는 너무나 어이가 없어 화가 치밀었다. 하지만 소녀가 따라오는 건 좋은 일이었다. 나는 소녀를 못 본 척하고 창고로 돌아와 소녀를 기다렸다.

내가 기다리다 슬슬 지쳐갈 무렵이 되자 소녀는 흥분한 동생을 따라 살며시 곡물창고로 들어왔다. 동생은 탈주병이 결국은 집 밖으로 나와서 동생들과 간단한 대화를 나누었다는 사실을 잠꼬대처럼 들떠서 되풀이했다. 소녀는 토방에 피운 불 옆에 고개를 숙이고 앉은 채 저녁 식사 준비를 거들려고도 하지 않았다. 나는 동생과 소녀에게 된통 야단을 칠 생각이었다.

그런데 식사가 시작되자 세 사람 사이에는 아무런 거리낌이 없어졌다. 소녀는 때가 끼어 거뭇거뭇한 목덜미를 살짝 움직이면서 음식을 씹었다. 그리고 동생이 입으로 개에게 음식을 주는 걸 신기한 듯 바라보았다.

"있잖아, 형." 동생이 불쑥 떠오른 듯 말했다. "개 이름을 지어줘."

"그 개 이름, 곰이야." 소녀가 말했다.

나는 깜짝 놀라 소녀를 응시했다. 소녀 역시 무척 당황했다. 동생이 그 이름을 부르자 개는 격렬하게 꼬리를 흔들었다. 나와 동생은 활기차게 소리 내어 웃었고, 그다음엔 소녀가 당혹해하며 작은 웃음소리를 냈다. 나는 완전히 유쾌한 감정을 회복하여 한참을 계속 웃어댔다.

"이 개, 네 거야?" 동생이 걱정스럽게 물었다.

소녀는 고개를 흔들었다.

"귀엽지?" 동생이 마음을 놓고서 말했다.

나도 소녀에게 뭔가 이야기하고 싶었지만 무엇 하나 근사한 화제가 없었다. 게다가 목구멍이 온통 근질근질하고 말이 딱 걸려 나오지 않았다. 그래서 나는 이야기하는 것을 단념하고 소녀 앞에 새 장작을 밀어 넣어주는 걸로 만족했다. 우리는 한껏 배가 불렀고 불이 뜨겁게 이마의 피부를 덥혀주었기 때문에 동생이 탈주병에 대해 늘어놓는 것만 빼면 우리 세 사람과 개는 상당히 흡족한 상태였다.

우리는 다음 날에도 소녀를 흙광에서 불러온 뒤에 아침 식사를 시작했다. 식사 후, 우리는 분교장 앞 광장으로 나란히 외출했다. 소녀는 모두에게서 동떨어져 저 혼자 나무 그늘에 말없이 앉아 있었는데 쉽사리 흙광으로 돌아갈 기색이 없었다.

제6장
사랑

오후가 되자 갑자기 바람이 일고, 하늘은 쾌청했으나 추웠다. 골짜기를 둘러싼 산 표면에 새싹을 틔우기 시작한 관목, 잎을 떨어뜨린 잡목림 아래의 잡초가 바람에 일렁이며 날카롭게 빛났다. 우리는 분교장 앞 광장에 모닥불을 피우고, 그 주변에 무릎을 그러안고 무리 지어 앉거나 혹은 등을 구부정하게 하고 광장을 돌아다녔다. 모닥불의 푸르스름한 연기는 바람에 금세 흩어져 하늘로 올라가지는 않았고, 우리는 이미 나직한 경종대를 중심으로 한 마을 풍경에 싫증이 났고 거의 암기할 정도였기 때문에 멍하니 풍경에 눈길을 주는 것조차 지루하기 짝이 없었다. 따라서 우리는 아무것도 보지 않고 그저 가만히 있거나 이리저리 돌아다니면서 시간을 보내야만 했다. 그리고 우리는 문득 자신이 쇠약해졌다는 것, 마을과 폐쇄된 생활에 초조해하고 있다는 사실을 알아챘다. 공통된 피로와 무관심, 인내심 부족이 우리를 뒤덮는 어떤 분위기의 특징이었다.

그러나 리와 나란히 병사가 광장으로 다가오자 나의 동료들은 동요하면서 다시 감정이 고양되었다. 병사 또한 어제 어둑한 토방에서 보았을 때보다는 건강했다. 하지만 그는 모닥불 앞에 주저앉고는 역시 축 늘어져 산토끼 눈처럼 충혈되고 흐릿한 눈길로 질문하는 우리의 얼굴을 부지런히 살폈다.

"광차 궤도를 보러 갔었어." 리가 설명했다. "그 정도면 바깥에서 마을로 들어와 이 사람을 잡아가는 놈은 없겠지? 그걸 똑똑히 보러 갔었어."

우리는 마을이 폐쇄됨으로써 병사가 이익을 얻고 있다는 사실을 새삼 깨달았다. 병사는 우리가 응시하자 눈을 깔았다.

"붙잡히면……" 동생이 병사를 향해 흠칫거리며 말했으나 병사는 잠자코 있었다.

"재판 받겠지." 리가 거들었다.

"총살이야." 미나미가 톡 쏘는 목소리로 말했다. "눈 깜짝할 사이, 총살이야."

병사가 뻣뻣한 눈길로 미나미를 쳐다보았다. 미나미는 엄청 초조해했다. 나는 병사가 떨치고 일어나 미나미를 때려 눕힐 것을 기대했지만, 병사는 아이처럼 화들짝 놀라 미나미를 응시할 뿐이었다.

"흥." 미나미는 어깨를 추켜올렸다.

"이 사람은 아주 잘 도망쳐. 절대 안 붙잡혀." 리가 말했다.

"안 붙잡혀." 동생이 말했다. "맞죠? 당신은 안 붙잡히죠?"

병사는 동생을 응시했다. 나는 병사가 위로받고 있다는 걸 느꼈지만 그런 식으로 위로받으려는 어른을 볼 때마다 나는 버럭 화가 치밀었다. 따라서 나는 미나미의 초조감 편에 섰다.

"탈주할 때, 사람을 죽였어?" 다른 동료가 물었다.

"죽이지 않아. 총도 쏘지 않아." 리가 대신 대답했다. "그렇지?"

"으응." 병사가 비로소 대답했다.

"외출했다가 돌아가지 않았을 뿐이야." 리가 말했다.

"돌아가고 싶지 않았던 거지요?" 동료 하나가 멍청하기 짝이 없는 자기 질문에 낯을 붉히며 말했다.

병사는 말이 없었다.

"그래도 난 해군 하사관 학교에 들어가고 싶었어요." 동료가 말했다. 그리고 짧은 침묵. 해군 하사관 제복에 대한 욕망으로 가득 찬 상념이 우리 모두를 사로잡았다.

"나는," 갑자기 병사가 깊이 생각한 듯 말했다. "전쟁을 하고 싶지 않았어. 사람을 죽이고 싶지 않았어."

이번엔 더욱 긴 침묵, 참을 수 없이 거북살스럽고 어긋난 감정이 우리를 채웠다. 우리는 다들 뱃가죽이나 엉덩이 같은 데가 근질근질했고 종잡을 수 없는 옅은 웃음을 참아야만 했다.

"난 전쟁을 하고 싶고, 사람을 죽이고 싶어." 미나미가 말했다.

"너희들 나이 땐 알 수 없어." 병사가 말했다. "그리고 느닷없이 알게 되지."

우리는 반신반의하며 잠자코 있었다. 그것은 흥미로운 화제라고는 할 수 없었다. 동생의 무릎 사이에서 자고 있던 개가 벌떡 몸을 일으키더니 병사의 가냘픈 무릎으로 냄새를 맡으러 갔다. 병사는 조심스럽게 개의 머리를 어루만졌다.

"그거, 귀엽지요?" 동생이 아주 기뻐하며 말했다. "이름이 곰이에요."

"레오가 좋은데." 병사가 말했다.

"레오." 동생은 짧은 망설임을 뿌리치며 말했다. 그러고 나서 동생은 나무라는 내 시선을 피했다.

"레오로 할 거야, 내 개니까."

나는 광장 한구석에 있는 뽕나무에 등을 기댄 채 이쪽을 보고 있는 소녀가 개 이름에 대해 주고받는 걸 들었는지 어떤지 확인해보고 싶었으나 확실히 알 수 없었다. 나로서는 동생이 소녀가 기억하고 있던 개 이름을 너무 쉽게 버리는 게 언짢았다.

"레오." 동생은 꿈꾸듯 되풀이했다.

"당신, 학생이었지?" 미나미가 말했다.

"응." 병사가 말했다. "문과 학생."

"그럴 줄 알았어." 미나미는 경멸을 드러내며 말했다. "우리 집 근처에 살던 학생도 고양이를 그런 이름으로 불렀지."

병사는 분명히 발끈하면서도, 집요하게 자신을 물고 늘어지는 미나미를 무시하려는 듯했다. 나는 그들한테서 멀어져 뽕나무 밑둥치에 앉아 있는 소녀 곁으로 갔다.

"저 녀석, 전쟁이 무서워서 도망쳐 온 거야." 나는 소녀에게 말했다. 소녀는 아무 말도 하지 않았다. "난 비겁한 녀석이 싫어. 옆에 있으면 퀴퀴한 냄새가 나. 너도 싫지?"

소녀는 당혹스러운 듯 나를 올려다보고 나서 힘없이 미소 지었다. 나는 지긋지긋해져서 휘파람을 불며 곡물창고로 돌아갔다.

그날 밤은 달이 밝았다. 동생이 개를 데리고 리와 함께 병사와 저녁 식사를 하기 위해 조선인 부락으로 올라갔기 때문에 나는 소녀와 단둘이서 채소죽을 먹어야 했다. 그리고 우리는 토방의 모닥불에 손을 쬐면서 말없이 긴 시간을 보내며 위뼈를 조용히 움직였다. 숲에서는 이따금 요란하게 새가 울었다. 나는 동생이 탈주병에 푹 빠져 있어서 조금 기분이 언짢았다. 내가 하품을 하고 눈물을 흘리자 소녀에게 그게 전염되었다. 소녀는 손바닥을 꽉 쥐고 무릎 앞으로 내밀며 작은 하품을 했다. 그녀는 몹시 졸린 것 같았다.

"졸리지?" 내가 말했다.

"응." 소녀는 힘없이 말했다.

"난 안 졸려." 나는 말했다.

소녀의 가냘픈 목에는 포도 빛깔 머리카락이 엉겨 붙어 있었다. 그리고 짚을 찌는 듯 물큰한 냄새가 온몸에서 풍겨 나왔다. 나는 소녀도 나 못지않게 피부가 지저분하려니 하고 조금 느긋한 생각을 했다. 우리는 또다시 오랫동안 말이 없었다. 나는 동생이 돌아오지 않는 게 신경 쓰이기 시작했다.

"있잖아." 소녀가 내게 까무잡잡하고 짧은 얼굴을 돌리며 말했다.

"어?" 나는 깜짝 놀라 말했다.

"나, 무서워." 소녀가 말했다.

"무섭지. 어쩔 수 없어."

"무서워." 소녀가 거의 울음을 터뜨릴 듯 입술을 삐죽거리며 말했다.

"마을에 있는 게 무서워? 아이들만 마을에 있는 게 무서워?"

"무섭단 말이야." 소녀는 말했다.

"누구든 무섭지." 나는 뚱하게 말했다. "무섭지만 어쩔 수 없잖아? 갇혀 있는데."

"마을 사람들을 데려와 줘." 소녀가 매달리듯 말했다.

나는 당혹스러워 잠자코 있었다.

"마을 사람들을 불러줘." 소녀는 되풀이했다.

"그럴 수 없어." 나는 매정하게 말했다. "갇혀 있단 말이야."

"무서워." 소녀는 무릎 사이에 이마를 숙인 채 흐느끼기 시작했다.

나는 고집스럽게 그걸 무시하고 잠자코 있었지만, 소리를 낮추어 하염없이 울기만 하는 소녀는 나를 점점 곤경에 빠뜨리고 안절부절못하게 했다.

"마을 놈들을 부르러 가봤자 돌아오지 않아." 내가 말했다. "게다가, 돌아오면 군인을 붙잡아 죽이고 말걸."

소녀는 끈덕지게 연신 흐느껴 울었다. 내 몸 깊숙이 광기 비슷한 감정이 자랐다. 나는 입술을 꾹 깨물고 자리에서 일어나 휴대품 주머니에서 의사가 준 지도를 꺼냈다. 거기에는 골짜기를 건너는 광차 궤도와 의사의 집으로 가는 길이 매우 간략하게 적혀 있었다.

"너만 데리러 와달라고 말할게." 나는 눈물로 얼룩진 얼굴을 들어 올린 소녀에게 거칠게 말했다. "내가 골짜기 건너편 놈들에게 그렇게 말하고 올게. 훌쩍거리지 마."

나는 달빛이 환한 돌길로 나왔다. 엄청 춥고 안개가 흘러갔다. 소녀가 내 뒤를 따라왔지만 나는 뒤를 돌아보지 않았다. 나는 내가 골짜기를 건너 맞은편 물가에 당도할 수 있을지 어떨지조차 알 수 없었다. 그러나 어쨌든 자그만 얼굴을 눈물로 얼룩덜룩 적시며 온몸에서 퀴퀴한 냄새를 풍기는 소녀를 건너편 무리에게 넘겨주고 싶었다. 나는 참을 수 없었다.

숲을 빠져나오자 광차 궤도가 안개에 젖어 달빛에 반짝거
렸다. 그리고 시커멓게 우뚝 솟아 있는 바리케이드 덩어리.
건너편 물가에서 우리를 감시하는 문지기가 있을 오두막의
등불은 꺼져 있었다. 나는 뒤돌아보며 추위에 색깔이 변한
입술을 깨물고 있는 소녀에게 말했다.

"여기서 기다려. 저놈들하고 너에 대해 담판을 지을 테니까."

미끄러지지 않게 주의하면서 궤도의 침목 위로 발을 내딛
자 발치에서 얼얼한 한기와 안개가 몰아쳐 뺨을 때리고 콧
구멍이 찌릿찌릿 욱신거렸다. 아득한 밑에서는 달빛에 반짝
이는 물결과 그 물이 바위를 집어삼키는 소리가 선회운동을
일으키고 있었다. 나는 천천히 짐승처럼 허리를 굽히고 침
목 위를 걸어갔다. 감정의 흥분은 금세 식어버렸다. 나는 자
신의 행동이 더없이 하찮게 여겨졌다. 그러나 되돌아갈 의
지는 없었다. 그리고 나는 찌를 듯 매서운 바람에 눈을 다치
지 않게 거의 눈을 감은 채, 침목 한가운데를 정확하게 밟기
위해 모든 주의력을 집중시켰다.

궤도는 너무나 길고 바람은 드셌다. 나무 그루터기, 잡목
다발, 판자, 바위 조각 따위를 쌓아 올린 바리케이드 앞까지
당도했을 때 나는 쓰러져 잠들고 싶을 정도로 녹초가 되어
목이 바싹 말랐다. 나는 바리케이드가 내 팔로 걷어내기에
는 너무나 묵직하고 복잡하지만, 그 위로 기어오르면 순식

간에 무너져 내리고 말 거라는 사실을 확인했다. 나는 침목 아래를 들여다보았다. 다른 방법은 없었다. 나는 한 번 몸을 일으켜 추위에 언 두 손을 바지 허리띠 사이에서 가랑이로 쑤셔 넣어 덥혔다. 내 손가락이 차츰 피부 감각을 회복함에 따라 그것은 추위와 두려움에 오그라들고 쭈글쭈글해진 페니스의 소재를 파악하기 시작했다.

나는 침목에 팔꿈치를 괴고 등을 둥글게 말아 비좁은 틈새로 다리를 집어넣었다. 그리고 다음 순간 나는 두 손을 침목에 걸었을 뿐, 골짜기의 차가운 공간에 완전히 몸을 드러내고 있었다. 황량한 바람과 추위, 그리고 극심한 고독이 나를 엄습했다. 나는 이런 것들과 싸워야만 했다. 나는 미지근한 물 속에서 익어가는 새우처럼 있는 힘껏 몸을 구불텅하니 굽히고, 침목을 잇따라 건너갔다.

있는 힘을 다해 마지막 침목을 움켜잡고, 비명 같은 헐떡임과 함께 매달린 채 팔꿈치를 침목 가득 맺혀 있는 서릿발 위에 걸고 몸을 뻗친다. 나는 침목 위에 기다랗게 상체를 뻗고 가쁜 숨을 몰아쉬었다. 그러나 여기서 달빛에 온몸을 내맡기고 쉬고 있을 수는 없다. 감시 오두막에서 저격한다면 첫 한 방에 내 머리는 산산조각 나겠지. 나는 거친 숨을 내뱉으면서 조금 남은 나머지 침목 위를 걸어 땅에 발을 내딛고는 곧바로 달빛이 가려져 어둑한 관목 숲을 따라 비탈길을 뛰어 올라갔다. 그리고 가슴 주머니에서 지도를 꺼내 볼 것도 없이 떡갈나무와 졸참나무, 밤나무 따위가 어지러이 심어진 숲을 빠져나오자 아주 작은 마을이 달빛을 받아 고즈넉하니 있었다. 그것은 예전에 모든 농촌 마을이 내 앞에 나타난 것과 마찬가지로, 불쑥 나타났다.

나는 몸을 숙이고 동글동글한 자갈이 울퉁불퉁 튀어나와 있는 내리막길로 들어갔다. 그곳은 우리가 갇혀 있는 마을과 거의 똑같은 집 구조, 가로수, 좁다랗게 뒤얽힌 골목길 따위로 이루어져 있었다. 그러나 우리의 마을과는 아주 미묘하게 다른 공기를 지녔고 그것이 나를 겁먹게 했다. 그것은 그곳에 사람이 살고 있다는 걸 말한다. 그곳에 낯선 타인이 살고 있다는 것이었다. 마을은 죽은 듯 고요하고 집들 깊숙이, 어둑하고 차가운 깊은 곳에서 가축들이 꿈지럭거리는 낌새가 전해져 왔다. 달빛에 작은 그림자를 떨어뜨리면서 나는 그러한 차양 낮은 집들 사이를 걸어갔다. 그 집들마다 우리를 가두고 파수꾼을 둔 타인들이 잠들어 있었다. 공포와 흉포한 감정이 고양되면서 추위로 오그라든 내 몸의 피부에 파도처럼 몸서리가 밀려왔다. 나는 입술을 앙다물고 힘껏 내달려 도망치고 싶은 기분을 견디기 위해 의사의 집을 찾는 일에 열중했다.

나는 의사의 집, 오돌토돌한 유리가 끼워져 있는 서양식 문을 두드렸다. 그리고 한 걸음 물러나 내 몸을 달빛에 내놓은 채 마을에서는 보기 드물게 유리판을 사용한 문을 유심히 지켜보았다. 문 저편에 전등이 켜지고 걸걸한 목소리로 중얼거리는 사람 그림자가 토방으로 내려오더니 비좁게 열린 문 틈새로 흙광에서 본 의사의 동물처럼 짤막한 머리가 삐죽 나왔다. 우리는 하도 긴장한 나머지 서로를 응시했다. 나는 뭔가 말해야만 한다고 허둥지둥 생각했으나 가슴이 탁 막히고 울음이 터질 것 같았다.

"이봐." 나의 누그러진 감정을 단박에 굳게 만드는 목소리로 의사가 말했다. "너, 뭐 하러 온 거냐?"

나는 눈을 크게 뜨고 그를 응시하며 아무 말도 하지 않았다. 통통하게 살진 의사의 뺨과 자그만 코가 공포와 흡사한 감정을 출렁이게 하면서 나의 감정은 점점 더 굳어졌다.

"이봐, 너 뭐 하러 온 거냐? 소란 피우면 사람을 부를 테다."

"소란은 안 피워요." 나는 분노를 억누르며 굵고 열띤 목소리로 부루퉁하게 말했다. "난 그런 일로 온 게 아니에요."

"뭐 하러 온 거냐?" 의사가 되풀이했다.

"흙광에 마을 여자애가 남아 있어요. 마을에서 나가고 싶어 해요. 당신이 데려가 줘요."

의사는 나를 탐색하듯 바라보았다. 나는 그의 드러난 잇몸이 침에 젖어 빛나고, 거기서부터 얼굴 전체로 교활함이 쭉쭉 퍼져가는 것을 보았다. 나는 조바심치며 되풀이했다.

"네? 그렇게 해줘요."

"너희들, 몇 사람이나 병이 난 거냐? 몇 사람이 아직 살아 있나?" 의사가 말했다.

"네?" 나는 깜짝 놀라 말했다. "우린 병에 걸리지 않았어요. 그 여자애도 건강해요. 전염병 따위 없어요."

의사는 나를 한층 주의 깊게 응시했다.

"거짓말인 것 같으면 나를 진찰해봐요. 홀딱 벗을 테니 자세히 봐요."

"큰 소리 내지 마." 의사가 말했다. "누가 널 진찰하겠다고 했어?"

나는 달빛 아래서 웃통을 벗기 위해 풀려던 웃옷 단추에서 손가락을 내렸다. 의사는 아예 나를 상대해주지 않았다.

"당신은 의사잖아요. 병이 났는지 어떤지 진찰하는 게 일이잖아요?"

"건방진 말 하지 마." 대뜸 분노를 드러내며 의사가 말했다. "냉큼 돌아가. 두 번 다시 이쪽으로 나오지 마."

"난 당신이 우리에게 병이 퍼지지 않았다고 모두에게 말해주리라고 생각했어요. 당신은 의사야." 나는 너무 분해 몸이 화끈 달아올라 말했다. "그런데도 나를 내쫓다니."

"돌아가." 의사가 말했다. "마을 사람들이 알면 가만 놔두지 않을 거다. 내가 곤란해져. 돌아가."

나는 반항적으로 어깨를 으쓱 추켜세웠다. 의사가 문틈에서 털가죽처럼 빳빳한 천으로 만든 옷을 입고 내 앞에 나타났다.

"돌아가. 두 번 다시 오지 마." 그는 내 팔을 잽싸게 비틀어 올리고는 분노에 찬 목소리로 말했다.

나는 통증 탓에 낮게 신음 소리를 내면서 의사의 강인한 손아귀에서 몸을 빼내려 애썼지만 의사는 더할 나위 없이 육중하게 서 있었다.

"네가 이 주변을 어슬렁거리고 있는 게 마을 사람들 눈에 띄게 되면," 하고 의사가 말했다. "살아남지 못할 거다. 내가 완력을 써서라도 너를 되돌려 보내겠다."

의사의 손바닥이 내 목덜미를 움켜잡았다. 그리고 나는 발버둥조차 치지 못하고 의사에게 억지로 끌려 걸어 나가야만 했다. 나는 분노로 몸이 뜨겁게 이글거렸다. 그러나 굴욕적인 자세로 걷는 것에서 자신을 해방시키기란 어려운 일이다. 의사는 참으로 우악스럽고 거칠게 나를 마구 몰아세우듯 내쫓았다.

"당신은 비열해. 의사인 주제에 우리를 도울 생각도 않고." 나는 짓눌린 목구멍에서 가늘고 새된 목소리를 쥐어짜내어 말했다.

의사의 팔에 힘이 더해지고 나는 통증으로 신음했다. 그대로 나는 쫓겨나고 말았다. 결국 나는 광차 궤도 앞으로 떠밀려 나와 쓰러졌다. 나는 차가운 땅바닥에 쓰러진 채, 어둑한 숲을 배경으로 시커멓게 서 있는 의사의 우람한 몸을 올려다보았다. 그것은 더없이 압도적으로 억세고 권위에 차 있었다.

"당신은 우리가 죽는 걸 눈 뜨고 보고만 있을 참이지." 내가 말했다. 그리고 나는 내 목소리가 가냘프고 잔뜩 겁먹고 있다는 사실에 몹시 굴욕감을 느꼈지만, 아무 말 없이 쓰러져 있는 건 더욱 굴욕적이었다. "당신들은 역겨워."

의사의 몸이 앞으로 기울면서, 묵직한 돌로 얻어맞은 듯 엄청난 충격이 내 등을 덮쳤다. 나는 신음 소리를 내며 몸부림치고, 다음 공격을 위해 뒤로 한껏 물러난 의사의 발을 피해 몸을 굴렸다. 의사는 끈질기게 나를 내쫓으려 했다. 나는 공포에 질려 크게 소리 지르며 광차 궤도로 기어 내려가, 그 길을 쭉 따라갔다.

나는 지칠 대로 지쳐 있었다. 그러나 의사가 돌팔매질을 하려고 자갈을 줍기 위해 등을 구부리는 걸 보고는 가만히 있을 수가 없었다. 침목을 정신없이 손가락으로 긁어대며 앞으로 기어가 바리케이드까지 당도하자, 나는 분노로 후들거리는 다리를 몹시 굴욕적인 자세로 침목 아래에 집어넣었다.

힘겨운 노력 후 마지막 매달리기에 남아 있는 거의 모든 힘을 소진하고 광차 궤도 위에 또 한 번 몸을 밀어 올렸을 때, 나는 기진맥진한 짐승처럼 거친 호흡으로 가슴을 오르락내리락할 따름이었다. 그리고 나는 절망적인 분노 때문에 미칠 것 같았다. 손끝에 상처가 나 피가 흘렀다. 등 뒤로 사람이 물러나는 발소리가 들리는 것 같았으나 나는 뒤돌아보는 대신 달빛에 비친 기다란 궤도의 건너편을 보았다. 도르래 장치의 어둑한 그림자에서 자그만 머리를 내밀고 소녀가 나를 응시하고 있다.

나는 몸을 일으켜 후들후들 떨리는 무릎에 억지로 힘을 쏟으면서 침목 위를 걸어갔다. 내가 건너편, 우리가 확실하게 갇혀버린 쪽의 땅에 발을 내딛었을 때, 소녀는 열병을 앓는 아이처럼 반짝거리는 눈을 휘둥그레 뜨고 나를 응시하면서 뛰쳐나왔다. 우리는 한참 동안 그렇게 서로를 응시했다. 분노가 나의 몸속을 휘저었다. 나는 가쁜 숨을 몰아쉬면서 휘감겨오는 소녀의 절박한 눈길을 뿌리치고 걸어 나갔다. 소녀가 종종걸음으로 나를 뒤따랐지만 나는 결코 걸음을 늦추지 않고 성큼성큼 걸었다.

나쁜 새끼들, 짐승 같은 새끼들. 나는 닫힌 입술 안쪽에서 소리치며 걸었다. 움켜잡혔던 목덜미가 얼얼하게 아팠다. 그 의사의 비열함과 동물적인 우악함, 그리고 나의 무기력함. 나는 그놈들을 어떻게 해볼 수도 없었다. 분노 속으로 달랠 길 없는 울분과 슬픔이 비집고 들어오려는 것을 막기 위해 나는 한층 걸음을 빨리했다. 소녀는 이제 잔달음질을 치며 헐떡거리고 있었다. 헐떡거리면서 중얼대듯 뭔가 거듭 말하고 있었는데, 나는 그걸 들으려고도 하지 않았다.

우리는 숲을 빠져나와 달빛에 환한 돌길을 내려와서는 동료들이 잠들어 있는 집들 사이를 지나 소녀의 흙광 앞으로 나왔다. 소녀가 멈춰 서자 나도 멈춰 섰다. 그리고 우리는 다시 서로를 응시했다. 충혈되고 퉁퉁 부은 소녀의 눈에 눈물이 그렁그렁하면서 달빛을 반짝반짝 반사시켰다. 지금 소녀의 얇은 입술은 거의 소리도 내지 않으면서 움직이고 있다. 불현듯 그 입술이 되풀이하는 말의 의미가 내게 전해졌다.

네가 돌아오지 않을 줄 알았어, 하고 입술은 되풀이하고 있었다. 돌아오지 않을 줄 알았어, 하고 입술은 씰룩씰룩하는 무의미한 경련도 섞어가며 그 말을 부르짖고 있다. 나는 소녀의 입술에서 눈을 돌려 따끔거리는 손끝을 내려다보았다. 피가 돌길 위에 뚝뚝 떨어졌다. 불쑥 소녀의 손바닥이 그곳으로 뻗고 몸을 숙인 소녀의 입술이 내 손가락을 물었고, 오물오물 움직이는 단단한 혀가 몇 번이고 몇 번이고 그 상처에 닿으면서 진득진득한 타액이 상처 위를 축축이 적셨다. 고개를 떨군 내 이마 아래에서 소녀의 목덜미가 비둘기 등처럼 나긋나긋하게 동그스름해진 채 조금씩 움직이고 있었다.

내 마음속에서 뭉게뭉게 정념이 자라나고, 그것이 급격히 부풀어 올라 나를 흥분시켰다. 나는 난폭하게 소녀의 어깨를 붙잡아 일으켜 세웠다. 위를 쳐다보는 소녀의 자그만 얼굴 표정을 이미 나는 보지 않았다. 궁지에 몰려 허겁지겁 정신없이 도망치는 닭처럼 나는 소녀의 몸을 팔로 꼭 그러안고 어둑한 흙광 안으로 뛰어 들어갔다.

우리는 깜깜한 마루 위로 신발을 신은 채 올라갔고, 아무 말 없이 황급히 바지를 벗고 치마를 걷어 올린 나는 소녀의 몸 위로 쓰러졌다. 발기되어 아스파라거스 줄기 같은 나의 페니스가 속바지에 걸려 거의 부러질 것 같아 나는 신음을 토했다. 그러고 나서 당황해서 쩔쩔매고 있는 소녀의 차갑고 종이처럼 건조한 성기 표면과의 접촉, 그리고 작은 몸부림을 치면서 후퇴. 나는 깊은 한숨을 쉬었다.

그뿐이었다. 나는 몸을 일으켜 더듬더듬 바지를 입고, 누운 채 가쁜 숨을 몰아쉬는 소녀를 남기고 밖으로 나왔다. 바깥은 급격히 쌀쌀해져 달빛이 광물질처럼 딱딱하게 나무며 돌길 위에 쏟아지고 있었다. 나는 여전히 미칠 것 같은 분노가 치밀어 흉포한 말들로 입안을 가득 채우며 중얼거렸으나, 촉촉하게 물기 어린 넉넉한 감정이 서서히 밑바닥에서 머리를 쳐들고 올라왔다. 비탈을 뛰어 올라가면서 나는 눈물이 그렁그렁한 채, 그것이 뺨으로 흘러내리지 않게 얼굴 근육을 찡그렸다.

제7장
사냥과 눈 속의 축제

　새벽녘 나는 극심한 추위에 잠이 깼지만 눈꺼풀은 굳게 닫은 채로 있었다. 가슴이 부글거리는 흥분, 과열된 정념이 내 안을 가득 채웠고, 그것은 또한 바깥에서도 단단히 나를 가두고 있었다. 어째서일까, 무엇이 이 심상찮은 긴장감의 원인일까, 하고 나는 생각했다. 그러나 머릿속 깊이 몸 구석구석에 남아 있는, 뭉글뭉글 움직이는 수면이 그걸 방해했다. 나는 가늘게 눈을 뜨고, 평소의 새벽녘보다 힘차고 예리한 밝음이 가득한 차가운 공기 속에서 손가락을 응시했다. 상처 난 그 부위가 부드럽게 장밋빛으로 벌어져 있었다. 그 비둘기 같은 여자애의 꼬물꼬물 움직이는 예민한 혀끝이 빈번히 닿아 진득거리는 타액으로 그곳을 적셨다. 끓어오르는 물처럼 사랑이 내 몸을 손끝까지 빈틈없이, 기운차게 적셔갔다. 나는 만족감에 부르르 몸을 떨고는 다시 등을 웅크리고 아직 조금 남아 있는 잠 속으로 빠지려 애썼다. 그러나 나를 붙잡은 감정의 고조는 사라지지 않았다. 문밖에서 이제껏 들어본 적 없는 수많은 새들의 지저귐이 태풍처럼 날아

들어왔다. 그리고 그 밑바닥에 아주 방대한, 꽤나 묵직한 침묵이 가로누워 있다고 느껴졌다. 나는 몸을 일으켜 바람막이 거적을 들치고 좁은 틈으로 문밖을 내다보았다.

거기에 완전히 새로운, 청정한 새벽이 있었다. 눈이 내려 쌓여 땅을 뒤덮고 나무들은 둥그스름한 짐승의 어깨처럼 봉긋 부풀어, 무한한 밝음으로 햇빛에 반짝거렸다. 눈! 나는 뜨거운 탄식을 내뱉으며 생각했다. 눈, 나는 태어나서 지금껏 이토록 풍성하고 호사스러운 눈을 본 적이 없다. 작은 새들이 요란하게 지저귀고 있었다. 그리고 그 이외의 모든 소리를 두툼한 눈의 층이 죄다 흡수하고 있었다. 새들의 지저귐과 거대한 정적. 나는 드넓은 세계에서 외톨이였다, 그리고 사랑이 갓 태어난 참이었다. 나는 쾌락에 찬 신음 소리를 내고 몸을 움찔 흔들었다. 그리고 힘이 넘치는 거인처럼 한쪽 무릎을 세운 채 추위에 입술을 깨물고는 촉촉이 젖은 눈으로 문밖의 눈을 보았다. 나는 잠자코 있을 수가 없었다.

나는 뒤돌아보고, 아직 깊이 잠들어 있는 동생에게 헐떡이는 목소리로 말을 건넸다.

"야, 일어나, 일어나!"

동생은 어깨를 비비 꼬면서 목구멍 깊숙이에서 작은 신음 소리를 내고는 천천히 눈을 떴다. 동생의 눈동자는 모밀잣밤나무 열매처럼 갈색의 예리한 빛을 띠었다가 조용히 부드럽게 녹아들었다. 무서운 꿈을 꾸고 있었구나, 하고 나는 생각했다. 그리고 눈을 뜨자 내가 들여다보고 있었으니 놀랄 만큼 빨리 안도감을 되찾은 게지.

"일어나라니까." 내가 말했다.

"응." 동생은 찢어진 바지 틈으로 꾀죄죄한 살갗이 엿보이는 무릎 위로 몸을 일으켰다.

"봐!" 나는 소리치면서 거적을 기운차게 벗겨냈다. "이 눈 좀 봐."

멋들어진 부피와 넓이로 문 바깥세상이 달려들었다. 나는 동생의 탄성을 들으며 유리문을 밀어젖히고 머리를 내밀었다. 피부에 뜨겁게, 탐스러운 눈송이가 불어닥쳤다. 어깨를 비틀어 하늘을 쳐다보니 회갈색 눈이 고요하게, 그리고 끊임없이 점점 더 빠른 속도로 쏟아져 내렸다.

"아아." 동생은 내 허리에 어깨를 밀어붙이고 몸부림을 치면서 들뜬 목소리로 말했다. "내가 잠자는 사이, 소복이 내렸구나."

"네가 잠자는 사이, 이렇게 내렸어." 나는 동생의 어깨를 토닥이며 말했다. "나 역시 엄청 오랫동안 잠을 잤어."

"100년?" 동생이 목청을 높여 웃으며 말했다. "난 100년치 오줌을 눌 거야."

"나도!" 나는 서둘러 손가락을 움직이며 외쳤다.

바람에 날린 눈은 유리문 바로 바깥에 높다랗게 쌓여 있었다. 우리는 청정한 눈덩이에 추위로 잔뜩 오그라든 작은 페니스를 나란히 하고는 오줌을 쌌고, 눈 위에 생긴 벌꿀 빛깔 자국은 서서히 녹아들어 가라앉았다. 나는 내 페니스를 내려다보고, 당황해 어쩔 바를 모르던 소녀의 차갑고 건조한 성기 표면의 감촉을 거기에 환기시켰다. 건강한 희열의 감정이 피부 밑으로 근질거리며 달음질쳤다. 나는 발기된 작은 페니스와 함께 싱싱한 정력으로 가득 찼다.

눈벌판에 눈보라를 흩날리는 민첩한 덩어리가 뛰쳐나오더니 성큼성큼 다가왔다. "레오!" 동생이 새된 소리로 외침과 거의 동시에 그것은 동생에게 달려들어 동생을 벌러덩 마루에 넘어뜨렸다.

레오는 연신 몸을 흔들어 눈이 들러붙은 푸석한 털을 물결치듯 하면서 동생의 뺨이며 목덜미를 핥고, 어깨며 팔을 가볍게 물었다. 동생은 상기된 목소리로 떠들썩하게 웃고, 비명을 지르며 자신의 개와 격투를 벌이다 마침내 깔아 눕혔다. 개는 힘없이 어리광 부리는 소리로 울고, 동생은 촉촉한 눈에 미소를 띠며 나를 쳐다보았다. 가슴을 크게 오르락내리락하며 호흡하는 동생과 나는 참으로 오래도록 서로 미소 지으며 서로의 눈동자 깊은 곳에 비친 자신의 얼굴을 들여다보고 있었다.

개를 끌어안은 채, 다시 짚과 담요 속으로 파고든 동생의 짧은 목 언저리에 누더기를 둘러주고 나서 나는 토방에 쌓인 장작에 불을 피워 마른 생선을 구웠다. 우리에게는 아직 풍부한 식량이 남아 있었고, 눈을 파헤치기만 하면 싱싱한 배추의 굵은 줄기가 수없이 고요히 묻혀 있었다. 나는 차갑게 굳은 채소죽 냄비를 얼기설기 놓은 장작 위에 올리고, 바깥에서 한 움큼 집어 온 눈을 거기에 떨어뜨렸다. 잠시 후 눈덩이는 내 손가락 자국을 남긴 채 힘차게 피어오르는 김 속으로 무너져 내렸다. 불에 넣을 장작을 집으려고 고개를 돌리자 깊이 잠들었으려니 싶었던 동생이 내 등을 말없이 지켜보고 있었다.

"어?" 조금 당황한 내가 말했다. "너도 개도 일어났어?"

"개는 슬그머니 밖으로 나갔어." 동생은 미소 지으며 말했다. "몰랐지?"

"응." 내가 말했다.

"훈련시켰어." 동생이 말했다.

"밥 먹게 어서 일어나."

"나, 눈으로 세수할래." 동생은 고개를 숙이고 바지 끈을 고쳐 묶으며 말했다.

"나중에 해."

동생은 자신의 자루에서 밥그릇을 꺼내며 낮게 앳된 목소리로 말했다. "우리 앞으로 쭉 여기 있자. 오래오래, 지금처럼."

"나도 너도, 아무것도 모르는 바보 어른이 되고 말 거야." 내가 말했다.

그러나 나 자신도 이제는 동생과 마찬가지로 이 눈에 둘러싸인 토방에서 오래도록 삶을 보내기를 간절히 소망하기 시작했다. 더욱이 우리에게는 모든 출구가 닫혀 있었다. 달리 무엇을 바랄 수 있었겠는가. 나는 간밤의 굴욕이 되살아나려는 것을 힘껏 떨쳐냈다.

　　아침 식사를 마치고 구운 마른 생선 냄새를 얼굴 언저리에 풍기면서 나와 동생이 바깥으로 나갔을 때, 이미 눈과 바람은 그치고 눈물겹게 파란 하늘이 청명했다. 그리고 지면과 나무들, 집들을 뒤덮은 눈이 반짝반짝 빛났다. 작은 새들의 지저귐이 하나의 새로운 바람, 새로운 눈처럼 우리를 덮쳤다. 우리는 서로 어깨를 맞대고 발꿈치가 푹푹 빠지는 눈 위를 걸어갔다.

　　분교장 앞 광장에 우리 동료들이 무리 지어 있었다. 그리고 나는 그들과 조금 동떨어져, 눈을 모자처럼 둥글게 쓰고 있는 늙은 밤나무의 까맣게 젖은 둥치에 기대어 있는 소녀를 발견했다. 나와 동생은 소리치면서 눈을 발로 흩뜨리며 비탈을 뛰어 내려갔다. 동료들은 큰 소리로 답하며 우리를 맞이했다. 그들 옆으로 달음질쳐 다가가자 나는 갑작스레 솟구치는 뜨거운 감정에 가로막혀 늙은 밤나무 쪽으로 얼굴을 돌리기가 꺼려졌다.

　　"이렇게 늦도록 자는 건, 군인과 너희뿐이야." 미나미가 눈을 반짝거리며 말했다. "우린 날이 밝기 전부터 쭉 여기서 일했어."

"일이라니?" 나는 밤나무 방향으로 몸이 이끌리는 것을 뿌리치기 위해 되받아 소리쳤다.

"우린 눈 지치기를 할 생각이야, 스케이트장을 만들어서."

스케이트장이라는 불처럼 가슴을 파먹는 그리운 단어에 사로잡혀 모두가 미친 듯이 웃었다. 눈이 비탈을 따라 다져지고 그 중앙이 딱딱한 셀룰로이드 같은 색깔로 얼어붙어 있었다. 그곳에서 엉거주춤 위태로운 자세로 미끄러지는 치와 그 좁은 활주로를 넓히고 연장하기 위해 천을 휘감은 판자 조각으로 눈을 때리는 치가 있었다. 그리고 다들 상기된 뺨으로 하얗게 거친 숨을 토하고 있었다. 나는 짧은 도움닫기를 한 뒤 햇볕을 받아 빛나는 얼어붙은 눈의 경사면을 지치기가 무섭게 꽈당 넘어졌다. 내 바로 옆에서 동생도 재주가 서툰 아기곰처럼 발을 버둥거리고 있었다. 나는 왁자지껄 놀려대는 동료들의 웃음 띤 얼굴 속에서 몸을 일으켜 등과 엉덩이의 눈을 털고는, 입술을 꾹 깨물고 곧장 늙은 밤나무를 향해 걸었다.

소녀는 다가가는 나를 응시하면서 발그레한 낯으로 웃고 있었다. 그 엷은 달걀 빛깔로 반들거리는 얄팍한 피부 아래, 웃음과 추위가 서로 다투며 혈액의 미세한 입자가 떠올랐다 가라앉았다 했다. "눈이 이렇게 많이 와서 깜짝 놀랐지?" 나는 입술을 적시기 위해 바삐 혀를 움직이고 나서 말했다.

"이 정도 눈은 익숙한걸." 소녀는 어깨를 으쓱거리며 진지하게 말했다.

"어?" 나는 애매한 소리를 내고, 둘이 소리를 맞춰 웃었다.

나는 완전히 차분함을 되찾고 다시금 내가 첫사랑에 푹 빠져 있음을 확신하고 만족했다. 소녀와 나란히 나무둥치에 등을 기대고 뒤돌아보니 내 동료들은 어안이 벙벙하여 우리를 지켜보고 있었다. 나는 한껏 여유롭게 그들에게 미소 지었다. 나는 소녀가 내 왼쪽 손등에 자신의 오른쪽 손목을 주뼛주뼛 비벼대는 걸 느끼고 기쁜 나머지 등이 후끈거렸다.

미나미가 우리를 놀리려고 휘파람을 불었다. 나는 그에게 가장 다정스러운 미소로 답했고 그 미소가 미나미를 포함한 동료들 모두에게 감염되었다. 그들은 나와 소녀 사이에 친밀한 매듭이 지어졌음을 확실히 알게 되자, 더 이상 우리에게는 흥미를 보이지 않고 자신들의 작업에 열중했다. 그들은 웃고 소리 지르며 넘어졌다. 내 동생은 그에게 엉겨 붙는 레오의 발톱이 애써 단단하게 굳힌 눈 활주로를 망가뜨린다는 이유로 놀이에서 제외되어 나와 소녀 곁에서 개의 등을 안고 웅크린 채, 그래도 즐거운 듯 눈 위의 미끄럼을 지켜보고 있었다.

"손가락, 아파?" 소녀가 재빨리 내 귓전에 발돋움하고 물었다.

"아프기는." 나는 당당히 말했다.

"넌 용기가 있어." 소녀는 말했다. "네 나이치고는 용기 있는 편이야."

"내 나이치고는?" 나는 웃음을 참지 못하고, 그 웃음이 소녀를 뾰로통하게 만들지 않을까 염려하면서 말했다. "내 나이를 누구한테 들었지?"

"그냥 아주 크게 나누는 거야." 소녀는 단순하게 말했다. "아이와 어른, 그리고 아기가 있잖아? 그런 식으로 말이야."

나는 소녀를 조금 경멸하며 일부러 소리 내어 웃고 나서 몸을 웅크려 개의 목을 어루만졌다. 동생은 개의 뒷다리 부근에 팔을 두르고 있었지만 동료들의 눈 지치기에 완전히 마음을 빼앗기고 있었다.

"이제 알았지?" 조금 부끄러운 듯 내 애인은 말했다. 그리고 나서 그녀는 웃옷 사이에서 종이 꾸러미를 꺼내, 그 안에 단단히 싸여 있던 음식, 밀가루를 딱딱하게 구운 돌 같은 음식을 둘로 잡아 찢었다. 다소 큼직한 그 절반을 말없이 내게 건네고, 소녀는 나머지를 다시 둘로 나누기 위해 손가락에 힘을 주었다. 나는 내 몫을 둘로 갈라 동생에게 나눠주려고 개에게 올려놓은 오른손을 무릎으로 되돌릴 참이었다.

그때, 개가 뛰어올라 마침 그 머리 위로 내뻗은 소녀의 손목을 깨물었다. 소녀는 비명을 질렀고, 레오는 눈 위에 떨어진 먹이를 물고 비탈을 달려 올라갔다. 소녀는 다친 손목을 입에 갖다 대고 있었다. 나는 그녀의 부드러운 상처를 적시는 민첩한 혀에 대해 생각했고, 그리고 다친 내 손가락에 남은 소녀의 혀의 감촉과 타오르는 사랑의 정념을 회복했다. 내 머리에서 피가 끓어오르며 소리가 났다.

"아프겠다, 네가 더." 나는 소녀의 어깨에 손을 얹고 말했다. "나한테 보여줘."

그러나 소녀는 상처를 입술에 댄 채 내 말에 응하지 않았다. 그리고 그녀의 뺨은 순식간에 핏기가 사라지고 잔뜩 겁에 질려 검붉은 얼룩이 도드라진 게 오히려 보기 흉했다. 동료들이 달려와 우리를 에워쌌다. 초조한 분노가 나를 사로잡았다. 동생은 창백한 낯으로 머뭇거리다가 레오를 쫓아 비탈을 올라갔다.

"너, 아프지?" 내가 말했다. "응? 어떠냐고."

"추워. 나, 돌아갈래." 소녀는 앳된 목소리로 말했다. "집에 가고 싶어."

나는 동료들을 뒤에 남기고, 소녀의 어깨에 팔을 두르고 아무 말 없이 배웅했다. 흙광 앞에서 소녀는 갑자기 내 팔을 뿌리치고 어둑한 입구로 뛰어 들어갔다. 나는 그 자리에서 되돌아왔다. 화가 치밀고 절망스러웠다. 나는 아무것도 하고 싶지 않았다. 하지만 나는 크게 소리치면서 눈 지치기에 가세했다.

그런데 눈 지치기는 정말로 재미있었다. 정오 무렵이 되어

셔츠 아래의 피부에 땀이 밸 즈음에는, 소녀도 분노도 절망
도 내 마음에서 완전히 모습을 감추었을 정도로 재미있었다.

나는 몹시 허기가 져서 밥을 먹기 위해 비탈을 올라 집으
로 돌아갔다. 어둑하게 그늘진 토방에 개를 무릎에 끌어안은
동생이 풀이 죽어 앉아 있었다. 그것이 내 가슴을 흔들었다.

"개를 혼내줬어." 동생이 고개를 숙인 채 말했다. "엄청 혼
내줬어."

이 녀석이 괴로운가 보군, 하고 생각하고 나는 너그럽게
말했다. "별일 아니야, 그 계집애가 괜한 호들갑을 떨었어."

그리고 이렇게 말해버리자 정말이지 별일 아닌 듯 여겨졌
다. 눈이 내려 쌓인 날 오후, 어두운 토방에 고개를 숙이고
앉아 있어야만 할 정도로 엄청난 죄를, 한 마리 개와 그 주인
인 소년에게 지울 이가 어디에 있으랴?

우리는 토방에 선 채 아침 식사 남은 것을 먹고, 레오에게
도 밥을 주었다. 식사를 하면서 나도 동생도 다시 바깥으로
눈 지치기를 하러 나가고 싶어 안달이 날 지경이었다.

그러나 오후가 되자 우리들 중 눈 지치기로 시간을 허비
하는 사람은 아무도 없었다. 리가 우람하게 근육이 발달한
팔에 비둘기 두 마리, 때까치 한 마리, 그리고 흑갈색 깃털
속에 밤색 물결이 있는 등이 아름다운 새 두 마리를, 작은 덫
과 함께 그러안고 숲에서 내려왔기 때문이었다. 작은 새들

은 리의 튼실한 팔뚝 안에서 산뜻하고 우아했으며, 눈을 꼭 감고 있었다.

우리는 리를 따라 덫을 만드는 일에 거의 광기를 뿜듯 열중했고, 오후 느지막이 침략군처럼 떼 지어 숲속으로 들어갔다. 잡목림 안에서 리가 큰 소리로 지시하면 우리는 그 지시를 따라 정신이 아득해질 정도로 새소리에 마음을 빼앗기면서 각자의 방향으로 흩어졌다.

나와 동생은 종려나무의 섬유를 끈기 있게 묶어 작은 덫을 만들고 그것을 눈이 얕게 쌓인 풀숲에 놓은 뒤 낟알을 뿌려, 작은 새들의 그 단단하고 가냘픈 다리가 얽혀들기를 기다리며, 아주 작고 음험한 덫 다발과 대나무로 엮은 큼직한 바구니를 그러안고 있었다. 우리는 우선 종려나무 덫을 꽁꽁 언 풀잎 끝이 눈 속에 드러난 얕은 구덩이에 놓고 발자국을 지우면서 뒷걸음질 쳤다. 종려나무 덫은 거의 얼어붙기 시작한 눈의 성긴 알갱이들 위에 그물코를 펼쳤는데, 그걸 보자니 내게는 그곳으로 날카로운 발톱이 얽혀들어 요란하게 울어대면서 발버둥 치는 작은 새, 어지러이 흩날리는 깃털과 희미한 피 냄새가 이미 온몸 가득 느껴져 목구멍이 뜨거워졌다. 나는 힘껏 동생의 어깨를 후려쳤고 동생은 바싹 마른 입술 사이로 분홍빛 잇몸을 드러내며 웃었다.

대나무로 엮은 바구니를 내려놓을 장소는 신중히 고를 필요가 있었다. 게다가 무엇보다도 종려나무 덫에 걸려 발버

둥 치는 새의 날갯짓 소리가 들리는 곳이어야만 한다. 리의
말에 따르면 아주 잠깐 그것을 방치해두기만 해도 다른 새
들은 경계심을 높이고 굶주린 작은 동물은 우리의 포획물을
가로채 버린다. 리는 힘주어 말했었다, 그런 일이 생긴다면
앞으로의 사냥에 지장이 있다고.

아아, 앞으로의 사냥. 나와 동생은 바지런히 움직여, 내딛
는 발바닥에 눈 밑의 두툼한 낙엽층이 부드럽게 전해지는
떡갈나무숲에 마른 가지로 대바구니를 반쯤 받쳐놓고 그 받
침대에 기다란 끈을 매달아 산사나무 덤불 속으로 끌어당겼
다. 대바구니 아래 낟알을 먹으러 오는 비둘기를 지켜보다가
그 회청색 모가지가 바구니 안으로 들어오기 무섭게 힘껏 끈
을 잡아당긴다. 비둘기는 눈을 파헤쳐 질러 넣은 나와 동생
의 팔에 발버둥 치면서 목이 졸려 아주 조금 피를 토하겠지.

나와 동생은 일어서면 내 가슴께밖에 안 되는, 짧은 털과
가시로 무장한 낙엽 관목 숲에 웅크리고 앉아 우리의 덫을
지켜보았다. 높다란 우듬지에서 작은 새들이 울고, 올려다
보면 마구 뒤엉킨 나뭇가지 저편에 정신이 아득해질 정도로
드높고 푸른 겨울 하늘이 있었다. 나는 귀를 기울였지만 동
생의 숨결과 작은 새소리, 이따금 떨어져 내리는 묵직한 눈
소리 말고는 어마어마한 부피의 정적이 있을 뿐 동료들의
목소리는 들리지 않았다. 나는 어둡게 그늘지는 상념에 빠
져드는 걸 감지할 때마다 몸부림치며 그걸 떨쳐냈다. 나는

간밤의 굴욕을 동생을 포함해 아무에게도 털어놓을 생각이 없었다. 새는 좀처럼 찾아오지 않았다.

"엉덩이가 젖었어." 동생이 말했다. "눈이 조금씩 스며들어."

우리는 눈 위에 마른 낙엽을 깔고 앉아 새들이 찾아오기를 기다리고 있었다. 나는 몸을 일으켜 나무 아래 메마른 낙엽을 주워 모으러 갔다. 깊게 파헤치자 그곳은 낙엽 속에 맑은 물이 넘쳐났고, 뽀얗고 선명한 하늘색 새싹이 돋아나 있어 나를 화들짝 놀라게 했다. 그리고 껍질에 둘러싸인 곤충의 애벌레.

새로 깐 낙엽 위에 다시 앉아 동생은 열심히 덫을 지켜보았다. 동생의 작고 빨간 손의 동상으로 부어오른 손가락에 날카로운 흉기처럼 쥐어진 끈을 나, 그리고 동생의 무릎에 어깨를 비벼대며 꼼짝 않는 레오가 응시했다.

새는 참으로 오래도록 찾아오지 않았다. 나와 동생과 레오는 덫을 축으로 한 느릿하고 뿌리 깊은 시간의 회전에 말려 들어가, 나도 동생도 하품을 하고는 눈에 눈물이 가득 고였고 개는 끊임없이 귀를 쫑긋거렸다. 나는 조금씩, 이젠 일상적이 되어버린 불안과 졸음에 몸이 잠기기 시작했다.

"아아." 동생 입에서 탄식이 새어 나왔다.

"무슨 일이야?" 나는 주먹을 꽉 쥐고 말했다.

"커다란 새가 나뭇가지에서 날아 내려왔나 했어." 동생은 졸린 앳된 얼굴에 상냥한 미소를 띠며 말했다. "작은 쐐기 같은 나뭇잎이 바로 내 눈앞에 떨어졌거든."

나는 일어서서 동생에게 재빨리 말했다. "난 잠깐 아래에 내려갔다 올게."

"그 비둘기 같은 여자애한테?" 동생은 교활한 주름을 눈가에 모으며 말했다.

"응. 레오 일을 사과하고 올게."

나는 발로 눈을 흩트리며 경사면을 달렸다. 내 허리에 닿아 메마른 장미과의 관목 나뭇가지가 뚝뚝 부러졌고, 아주 잠시 나를 쫓아온 레오가 그 가지 하나를 입에 물고 동생 있는 곳으로 되돌아갔다.

흙광 안은 차가웠고 땅바닥과 민꽃식물, 나무껍질 냄새가 훅 끼쳤다. 나는 판자문을 열어젖힌 채 눈이 어둠에 익숙해질 때까지 잠시 그렇게 있었다. 문밖은 햇빛과 눈의 난반사로 너무나 밝았기 때문에 아무래도 긴 시간이 필요할 것 같았다. 그리고 나서 마루방에서 얇은 이불을 목 언저리에 둘둘 감은, 열에 들떠 불그레한 귀부터 뺨에 이르는 짙은 솜털이 금빛으로 빛나는 소녀의 자그마한 얼굴이 떠올랐다. 새끼 동물 같은 그녀의 눈을 되받아 보며 나는 천천히 판자문을 닫았다.

"춥지?" 나는 목쉰 소리로 말했다.

"응." 소녀는 눈썹을 찌푸리며 말했다.

하지만 나는 뛰어온 탓에 셔츠 아래 피부에 땀이 배어 있었다. 게다가 나는 달리면서 소녀의 흙광에서 무슨 일이 있길 바랐는지 막상 생각나지 않아 초조해졌다.

"병이 난 거야?" 나는 내 질문에 스스로 실망하면서 허둥지둥 말했다. 나는 소녀가 나를 바보로 여기지는 않을까 걱정했다.

"모르겠어." 소녀는 쌀쌀맞게 대답했고 나를 점점 더 부끄럽게 했다.

"무얼 도와줄까?"

"불을 피워줘."

나는 용기를 회복하고 민첩하게 몸을 움직여 토방에 만든 난로에 장작을 던져 넣고, 연기를 매워하면서 불을 지폈다. 주황색 환한 불빛 속에 소녀의 얼굴은 시들시들 생기가 없고 조금 머리가 나쁜 아이처럼 보였다. 그리고 입술 주변의 피부가 메말라 허연 줄이 여러 개 새겨져 있었다.

나는 불을 사이에 두고 마루방에 앉아 소녀를 지켜보았다. 불을 피워준 것이 아주 조금 내 마음을 편하게 했지만, 누군가가 판자문을 열고 들어온다면 나는 허겁지겁 도망칠 것 같기도 했다. 그리고 소녀에게 중요한 이야기를 할 필요가 있다고 생각했지만 목구멍이 바짝 말라버려 말이 나오지 않았다.

"나, 오줌이 마려워." 소녀가 갑자기 위엄 있게 말했다. "근데 잘 일어날 수가 없어."

"내가 일으켜 줄게." 얼굴에 잔뜩 피가 쏠린 내가 말했다. "어깨를 받쳐줄게."

소녀는 스스로 윗몸부터 이불을 벗겨내고, 내가 본 적 없는 빨간 플란넬 잠옷을 제대로 챙겨 입은 몸을 드러냈다. 나는 실룩실룩 움직이는 자그만 가슴을 내려다보고, 그리고 깜짝 놀랄 만큼 뜨거운 어깨를 끌어안아 소녀를 일으켜 세웠다. 우리는 아무 말 없이 판자 칸막이 건너편까지 행진했고, 그리고 나서 나는 몸을 돌려 숨죽인 채 기다렸다.

"이제 됐어." 소녀는 한층 위엄 있게 말했고 나는 다시 그녀를 부축해 되돌아왔다.

자리에 누워 이불을 가슴까지 끌어당기고 나서 소녀는 초조한 듯 얼굴을 찌푸리고 눈을 감아 나를 불안 속으로 몰아넣었다. 하지만 나는 그녀에게 말을 걸지 않는 게 좋을 듯하다.

"발이 차갑고 아파." 소녀가 눈을 감은 채 말했다. "너무 아파."

나는 주뼛거리며 이불자락으로 손을 넣어 소녀의 장딴지와 어린나무 옹이처럼 딱딱한 복사뼈를 문질렀다.

"이불을 걷어도 돼. 네 손을 난롯불에 덥히면서 문질러." 소녀가 명령했다.

빨간 잠옷은 짧고 살짝 때가 끼어 있었지만, 훤히 드러난 매끈하고 보기 좋은 무릎은 피부에 작은 상처 하나 없었다. 나는 열심히 힘껏 문질렀다. 소녀의 장딴지에는 서서히 뜨거운 피가 돌아왔고, 희미한 소리를 내며 흐르기 시작하는 것 같았다. 나는 무수한 상처가 있는 데다 꺼칠꺼칠하고 두툼한 피부로 덮인 내 무릎을 생각하고, 허벅지 안쪽의 피부가 그대로 뻗어나간 것 같은 소녀의 무릎에 감탄했다. 소녀는 미동도 없이 내게 발을 맡기고는 입을 다문 채, 좀처럼 내게 작업을 중지하라는 말을 하지 않았다. 내 손바닥 안에서 소녀의 장딴지는 뜨거워졌고, 그것은 내게 리의 팔에 안기어 아직 따스하던 작은 새의 몸을 떠올리게 했다. 그리고 나는 불처럼 가슴을 태우는 고뇌에 몹시 당혹해하면서 내 페니스가 조용히 차츰 단단해지는 것을 느꼈다.

"네가 보고 싶다면," 소녀가 목구멍에 걸려 들뜨고 앳된 목소리로 말했다. "내 배를 봐도 좋아."

나는 거칠게 소녀의 발을 이불 속에 감싸 넣고 일어섰다. 나는 몹시 혼란스러웠다.

"나 갈게." 나는 나 자신과 소녀에게 화를 내면서 소리치고 흙광에서 뛰쳐나왔다.

그러나 동생이 장미과의 낙엽 관목 사이로 망보고 있는 숲속으로 달려가면서, 나는 뭉클뭉클 솟구치는 환희와 자부심에 미쳐버릴 것만 같았다. 나는 아무도 모르게 지금까지

와는 달리 멋지고 귀여운 애인을 가졌다. 나는 몇 번이나 눈에 자빠지고 헐떡거리면서 경사면을 올라 눈을 뒤집어쓴 수목들 사이를, 내 바로 뒤에서 털썩털썩 떨어지는 눈 소리를 들으며 나 자신의 남자다운 사냥을 하러 달려갔다.

나는 젖은 나뭇가지 사이로 머리를 내밀고 가쁜 숨을 하얗게 내뱉으면서 눈 위의 덫을 응시했다. 그러나 종려나무 그물코에는 새의 깃털조차 엉켜 있지 않았고, 낟알은 우리가 흩뿌린 그 장소에 고스란히 남아 있었다. 나는 끌끌 혀를 차고 관목 숲을 가로질러 동생의 덫이 있는 곳으로 가려던 참이었다. 그리고 나는 저 멀리 오른쪽 위 삼나무 숲에서 다급하고 힘차게 퍼덕이는 날갯짓 소리와 개 짖는 소리를 들었다. 나는 허겁지겁 뛰어 올라갔다.

삼나무 숲은 어둑하고 축축했고, 두툼한 공기가 그곳으로 숨어들려는 나를 거부했다. 개 짖는 소리와 날갯짓 소리는 삼나무 숲 건너편의 희미하게 밝은 곳에서 높아졌다. 나는 풀고사리에 발을 다치면서 그곳으로 나아갔다. 삼나무를 베어낸 일대에는 눈이 내려 쌓여 환했고, 나는 그곳에서 개와 동생이 쓰러져 발버둥 치고 있는 것을 보았다. 그리고 한층 드높은 날갯짓과 뒤집히는 동생의 몸.

냅다 달려간 나는 동생이 멋지고 화려한 꿩을 품에 안고 있는 걸 보았다.

"좋아, 해치워버려!" 내가 외쳤다.

개가 짖고 새의 목뼈가 으스러지는 소리가 굉장히 부드럽게 울리자, 똑바로 누운 동생의 가슴팍에 새가 힘없이 축 늘어졌다.

"네가," 하고 놀라움에 열띤 목소리로 내가 외쳤다. "네가, 이 녀석을!"

동생은 벌떡 일어나 꿩을 가슴에 꼭 안은 채 창백하게 떨리는 입술을 그대로 내보이며, 마치 발작을 일으키듯 눈을 휘둥그레 부릅뜨고는 내게 몸을 기댔다. 나는 동생의 어깨를 안고 등을 세게 쳤다. 동생은 부들부들 온몸을 떨면서 말이 되지 않는 신음 소리를 냈다.

"네가, 해냈어!" 나는 너무 기쁜 나머지 거의 오열하고픈 충동에 사로잡혀 외쳤다.

"응, 응." 동생은 목쉰 소리로 낮게 말하면서, 내 가슴에 얼굴을 밀어붙였다.

우리는 그렇게 잠시 서로 끌어안고 있었다. 레오는 짖어대며 우리 주변을 이리저리 뛰어다니다가 불쑥 뛰어올랐다. 동생이 나에게서 떨어져 꿩을 내던지고는 레오와 맞붙었다. 동생과 레오는 눈 위를 뒹굴었다. 그리고 그 격투에 내가 가담했다. 정말이지 우리 온몸의 모든 혈관이 광기에 휘둘렸다.

갑자기 동생이 털썩 맥없이 주저앉기에 나도 동생에게 팔짱을 낀 채 눈 위에 앉았다. 레오가 꿩에게 달려들어 그걸 동생의 무릎에 날랐다. 우리는 말없이 그것을 오래도록 응시했다. 동생의 손가락이 꿩의 머리 꼭대기에 있는 단단하고 불그스름하니 반들거리는 초록색 깃털을 살짝살짝 쓰다듬었다. 그리고 개의 침으로 젖은 어두운 제비꽃 빛깔의 목, 풍요로운 색상이 넘치는 등. 그것은 팽팽히 긴장해 있었고 운동감각이 넘쳐 아름다웠다.

나는 동생의 뺨에 눈물이 흐르는 걸 보고, 목덜미에 생긴 무수히 많은 할퀸 상처를 보았다.

"너, 당했구나. 엄청 당했어." 나는 동생의 몸에서 눈을 털어내며 말했다.

동생은 눈물에 반짝이는 눈으로 나를 쳐다보고는 짧게 끊어졌다 이어지는 새된 목소리로 웃었다. 그러고 나서 우리는 자리에서 일어나 비틀거리며 삼나무 숲을 빠져나가 잡목림을 내려갔다. 그러는 동안 줄곧 동생은 내게 두서없이 자신의 용감한 사냥에 대해 이야기하면서, 파열하기 직전까지 감정을 팽창시킨 사람의 웃음소리를 간헐적으로 토해내는가 하면, 마치 발작을 일으키듯 꿩을 와락 끌어안고 그 살집에 손톱을 세웠다.

동생이 관목 숲에서 덫을 망보고 있는 사이 레오가 눈에 둘러싸인 풀숲에서 꿩을 몰아냈고, 게다가 그 날개를 덥석 물고 늘어졌다. 동생은 레오에 가세하여 꿩을 뒤쫓았지만 삼나무 숲 앞에서 놓치고 말았다. 난 너무 분해서 울 뻔했어, 라고 동생은 거듭 말하며 강조했다. 동생이 우리 덫으로 돌아가려 했을 때 또다시 레오가 기세 좋게 뛰쳐나가 풀고사리 뒤에 숨어 있는, 이제 거의 날아오를 기력조차 없는 꿩을 몰아냈다. 동생은 거기에 덤벼들어 거대하고 힘센 날개에 얻어맞으며 마침내 승리했다.

"이것 봐," 동생이 얼굴을 흔들어대며 말했다. "오른쪽 눈을 엄청 다쳐서, 아직도 잘 안 보여."

정말이지 충혈된 눈은 너무 익어버린 살구 열매 같았다. 나는 동생의 머리를 잡아 흔들며 동생의 웃음소리를 흉내 내어 웃었다.

분교장 앞 광장에 나의 동료들이 리를 에워싸고 서서 자신들의 포획물을 서로 과시하고 있던 참에 우리는 소리를 지르며 달려갔다. 동생의 포획물이 순식간에 모든 어린 사냥꾼들의 경탄과 질투의 중심이 되었다. 꿩은 동료들이 저마다 탄성을 쏟아내는 가운데 부풀어 올라 금빛으로 빛났고 골짜기의 마을을 완전히 가득 채웠다. 동생은 짧고 흥분된 웃음소리에 몸부림치면서 자신의 모험담을 정신없이 되풀이했다. 그것은 거의 의미를 이해하기 힘든 신음 소리로 들릴 때조차 있었다.

"너, 대단한걸." 리가 우정 어린 눈길로 동생을 응시하며 말했다.

동생은 리에게 인정받아 너무나 기쁜 나머지 꿩을 눈 위에 내동댕이쳤다. 그리고 미나미가 아주 작은 동박새 한 마리를 잡아 돌아오자 우리는 조소를 퍼부었다. 미나미는 분한 기색이었으나 금빛과 주황색으로 타오르는 해 질 녘 빛 속에 고요히 광택을 띤 꿩 앞에서는, 그의 자그마한 초록빛 작은 새는 한 덩어리 진흙처럼 자칫 무너져 내릴 듯 보였고 그 자신도 그걸 인정했다.

미나미가 혀를 차면서 자신의 동박새를 눈 위에 내동댕이치자 다른 동료들도 따라 했다. 눈 위에 찬란한 꿩을 중심으로 회청색, 노랑, 검정, 초록, 희끗한 갈색에다 폭신폭신한 깃털에 싸인 덩어리의 정기 넘치는 물결이 일었다.

"우리 마을에선 꿩이 처음 잡힌 날에 축제를 해." 리가 말했다. "그건 우리의 사냥을 지키기 위해서야. 그런데 오늘 마을 사람은 한 사람도 없고 축제도 하지 않아. 우리가 그걸 하지 않으면, 사냥을 망치게 돼. 그리고 마을이 황폐해져."

"하자." 내가 말했다. "우리가 사냥을 지키는 거야. 마을을 위해."

"우리 마을이야?" 미나미가 입술을 삐죽거리며 말했다. "응? 우린 버림받았다고."

"우리 마을이야." 나는 미나미를 쩌려보며 말했다. "난 아무한테도 버림받지 않았어."

"뭐, 괜찮아." 미나미가 교활한 미소를 띠고 말했다. "나도 축제를 좋아해."

"넌 알고 있어? 어떻게 하는지." 내가 리에게 말했다. "축제를 하는 방법 말이야."

"여기서 새를 구워 다 같이 먹자." 리가 말했다. "노래하고 춤추는 게 다야. 축제는 그렇게만 하면 돼. 지금껏 그랬어."

"하자." 내가 말했고, 동료들은 환성을 올렸다. "우리의 축제를 열자."

"다들 장작하고 음식을 가져와. 내가 큼직한 냄비를 가져올게." 리가 말했다.

동료들은 크게 소리 지르며 자신들의 거주지로 뛰어 돌아갔고, 나도 장작을 나르기 위해 동생의 어깨를 잡고 비탈을 뛰어 올라갔다.

"축제의 노래를 가르쳐줄게." 리는 팔을 흔들며 외쳤다. "내일 아침까지 노래하자."

제8장
느닷없는 발병과 공황

도끼로 날카롭게 잘려 나간 자리에서 관능적인 달착지근함을 물씬 풍기는 생나무를 짜 맞추어 그걸 분교장의 널찍한 토방에 옮겨다 놓고, 천장에 갈고리를 매달아 큼직한 냄비를 걸자 축제의 중심축이 건설되었다. 거기에 우리는 장작을 던져 넣고 메마른 잔가지를 쑤셔 넣어 불을 지폈다. 냄비 안의, 뭉텅뭉텅 자른 굵다란 마른 생선이 떠 있는 기름진 물에서 금세 기포가 생기기 시작했다. 리의 끈질긴 요청으로 온 병사가 가느다란 팔을 걷어붙이고 냄비를 휘저었다.

우리는 작은 새의 깃털을 잡아 뽑고 배가 불룩한 수많은 외설스러운 알몸을 눈 위에 늘어놓았다. 리가 그걸 한 마리씩 불에 쬐어 부드러운 체모를 그슬리자, 희미한 고기 냄새가 우리의 콧구멍까지 실려 왔다. 새들 중에는 목을 조르는 그 순간 돌연 되살아나 몹시 몸부림치는 녀석이 있어 그것이 우리에게 뭉클뭉클 웃음을 부추겼다. 우리는 새의 목을 잡아 비틀고 항문에 손가락을 넣어 휘젓고는 소리 지르며 떠들고 장난쳤다.

리가 개똥지빠귀의 모이주머니를 예리한 나이프로 갈라서 잔돌이 섞인 참으로 조촐한 내용물을 손바닥에 쏟아 우리에게 보여주었다. 우리는 거기에서 흑갈색 곤충 대가리며 딱딱한 씨앗, 풀뿌리, 그리고 나무껍질까지도 보았다.

"지독한 걸 먹고 있군." 미나미가 감탄하며 말했다.

"굶주리고 있지." 리가 말했다.

"마을 바깥의 사람들은 굶주려 비틀거리고 있어. 그리고 우리들만 배가 불러."

우리는 왁자지껄하게 웃었고, 미나미는 의기양양해서 가슴이 열린 알몸의 개똥지빠귀를 휘두르며 뛰어 돌아다녔다. 마을 바깥에 있었을 때, 이런저런 절이며 학교, 농가의 별채 등을 전전한 우리의 오랜 집단 소개 생활 동안 우리는 일상적으로 굶주려 있었다. 우리 선발대에 합류하기 위해 교사에게 인솔되어 허기져서 빈혈을 일으키고, 부글거리는 위장을 피부 위에서 짓누르며 한눈도 팔지 않고 서둘러 올 동료들, 일찍이 우리가 지나온 어두운 밤길이며 도르래가 삐걱거리는 광차 위를 행진해 올 그들. 그들을 맞이하기 위해서라도 우리는 마을의 사냥을 지켜야만 하리라.

오돌토돌 딱딱하게 돋아난 피부가 검푸르게 변색되고 싹둑 잘린 목에서 기름기로 옅어진 피를 흘리는 모든 새들을 눈 위에 늘어놓고 보니 그것은 놀랍도록 빈약하고 뼈만 앙상했다. 그러나 동생의 꿩은 늠름하게 살 오른 허벅다리를 벌리고 노란 갈빗대를 내비치며 당당했다. 리는 작은 새들의 다리를 굵은 철사에 꿰어 고기를 둥근 원으로 만들고 그걸 불에 쬐었다. 그리고 꿩의 목에서 항문으로 뾰족한 떡갈나무 가지를 집어넣어 그 양끝을 잡은 동료들이 빙글빙글 돌리면서 그슬었다.

병사가 냄비에 채소를 썰어 넣고 쌀과 물을 쏟아부어 엄청난 양의 채소죽을 만드는 걸 어린 동료들은 신나게 소리 지르며 거들고 있었다. 동생은 불처럼 반짝거리는 꿩의 꽁지깃을 목 언저리에 휘감고 병사에게 갓 씻은 채소를 건네는 역할을 하고 있었으나, 가끔씩 뛰어와 온몸에서 황갈색 기름을 뚝뚝 떨어뜨리며 구워지는 자신의 포획물을 보고는 탄식했다.

해거름이 눈 위에 점점 내려앉고 달이 떠오르기 전의 불안정하고 묵직한 시간에 우리의 호화로운 만찬이 시작되었다. 우리는 불을 에워싸고 새고기와 연한 뼈를 오도독 씹으며 뜨거운 채소죽을 먹었다. 우리는 모두 자신의 몸 주변으로 후끈후끈한 정기를 내뿜고 소리를 내면서 음식을 삼켰다. 리가 밀조한 술병을 날라 왔다. 희뿌연 그 액체는 이루 말할 수 없이 시큼해서 우리는 다들 입에 한 모금 넣자마자 비명을 지르며 토해냈다. 술은 우리들 목구멍으로 흘러내리지 않았지만, 그럴 필요는 없었다. 우리는 다들 취기로 피가 펄펄 끓어올랐다.

리가 자신의 어머니 나라 말로 노래하기 시작했고, 우리는 곧장 그 단조로우면서 와락 마음을 사로잡는 노래를 익혀 리의 노래를 합창했다.

"이게 축제의 노래야?" 나는 모두의 노랫소리에 지지 않으려고 소리쳤다.

"아니야, 장례식 노래야." 리가 움찔움찔 움직이는 혀를 훤히 드러내고 웃으면서 되받아 소리쳤다. "아버지가 죽었으니까 배운 거야."

"축제의 노래지," 나는 만족해하며 말했다. "뭐든지 축제의 노래지."

우리는 오랫동안 노래했다. 그리고 급작스레 달이 떠올라 눈은 부드러운 빛으로 뒤덮였다. 우리는 다들 부르르 몸을 떨었고, 그리고는 막무가내로 소리를 지르면서 눈 속으로 뜀박질해 나가 엉터리 춤을 추었다.

이윽고 우리는 다시 공복을 느끼기 시작해 냄비 주변으로 돌아왔다. 그곳에는 병사가 기다란 무릎을 그러안고 이마를 떨군 채 불을 지키고 있었다. 우리는 다들 노래도 하지 않고 춤도 추지 않는 그를 바보라고 생각했다. 배가 잔뜩 부르자 졸음이 피로와 한데 뒤섞여 퍼져갔다. 나는 레오를 데리고 눈 속으로 다시 달려 나가는 동생과 동료들을 지켜보면서 불 옆에 남아 병사처럼 무릎을 그러안았다. 리와 미나미도 불에서 떨어지려고 하지 않았다. 우리 세 사람은 이제 더 이상 아이가 아닌 까닭이었다.

"마을 바깥에서 전쟁이 계속되고 있겠지, 지금도." 꿈꾸는 것 같은 목소리로 미나미가 말했다. "전쟁만 없었다면, 난 쭉 남방에, 틀림없이 바다 근처에 있을 텐데."

"전쟁은 이제 곧 끝나게 되어 있어." 병사가 말했다. "그리고 이기는 건 적의 군대야."

우리는 침묵했다. 그것은 우리에게 아무래도 좋은 일이었다. 하지만 병사는 우리의 무반응에 초조해져 자신의 의견을 고집했다.

"전쟁이 끝날 때까지 아주 잠깐 동안, 나는 숨어 있으면 돼." 탈주병의 목소리는 기도처럼 뜨거웠다. "나라가 항복하기만 하면 나는 자유야."

"당신은 지금도 자유잖아. 이 마을 안에서라면 무얼 해도 좋아. 어디에 드러누워 있건 누구 한 사람 당신을 붙잡지 않아." 내가 말했다. "엄청난 자유지?"

"나도 너희도, 아직 자유가 아니야." 병사가 말했다. "우리는 갇혀 있어."

"마을 바깥의 일을 생각하지 마, 입 다물고 있어." 나는 분노가 치밀어 말했다. "우린 이 마을 안에서 뭐든지 할 수 있어. 바깥의 그놈들에 대해 말하지 마."

병사는 입을 다물었고 우리도 아무 말이 없었다.

오직 불만이 부드럽게 터지는 소리를 내고 있었다. 집 바끝에서 눈 위를 뛰어 돌아다니는 동생들의 목소리. 그리고 개 짖는 소리가 들려왔다.

"전쟁에서 질 게 뻔해." 병사가 잠시 후 되풀이하고는, 갑자기 머리를 들더니 우리를 둘러보며 물었다.

"응? 너희는 잠자코 있는데, 지는 게 분하지도 않아?"

"그놈들이 하는 일이야. 바깥쪽에서 엽총을 들고 우리를 가둬놓은 놈들이 하는 일이야." 나는 냉정하게 말했다. "우리가 알 바 아니잖아?"

"전쟁에서 져도 태연하다니 비겁하군." 병사는 끈질기게 말했다.

"죽는 게 무서워서 도망쳐 온 건 당신이야." 내가 말했다. "비겁한 게 우리인가?"

"우린 탈주 따윈 하지 않으니까." 미나미가 심술궂은 미소에 입술을 삐죽거리며 급소를 찔렀다. "자기 생각이나 좀 해보셔."

병사는 분노로 이글거리며 우리를 노려보다가 축 늘어지면서 무릎에 이마를 파묻었다. 나는 그가 완전히 당하고선 치욕으로 허우적대고 있는 걸 느꼈지만 동정하지 않았다. 우리와 병사 사이에는 높은 장벽이 있어 그걸 넘을 수 없다. 병사는 벌벌 떨고 있는 주제에 마을 안으로 외부를 끌어 들여서는 여전히 거기에 집착하고 있었다. 막 어른이 되려는 녀석, 어른이 된 녀석, 이런 것들은 다루기가 쉽지 않지, 하고 나는 여유 만만하게 생각했다.

"우리가 비겁하다는데?" 미나미가 더없이 만족스러운 목소리로 말하면서 나와 리를 유심히 살폈다. 우리는 큰 소리로 웃었고 병사는 이마를 떨군 채 움직이지 않았다.

동생들이 몸에서 눈을 털어내면서 뜀박질해 왔을 때, 우리는 작아진 모닥불 주변에서 거의 꾸벅꾸벅 졸고 있었다. 동생들은 우리 앞에 나란히 서서 흥분으로 눈이 반짝거렸다. 반쯤 졸음에 잠겨 있는 내 머리는 그들이 제각기 늘어놓는 말을 제대로 알아들을 수 없었다.

"응? 똑똑히 말해봐." 병사가 몸을 엉거주춤 일으키면서 말했다. "아파?"

"응, 그 애가 엄청 아픈 것 같아." 동생이 열심히 말했다. "새빨개진 얼굴로 끙끙 앓으면서 누워 있어. 대답을 안 해."

나는 벌떡 몸을 일으켰다. 나는 흙광 안의 소녀를 까맣게 잊고 있었다는 후회 때문에 가슴이 조여왔다.

"너, 가봤어?" 나는 꿩의 깃털이 번쩍거릴 정도로 동생의 어깨를 흔들며 외쳤다.

"레오 일을 사과하러 갔더니," 하고 동생은 겁을 먹고는 말했다. "아무 말 없이 앓기만 했어."

우리는 달빛에 빛나는 눈길로 달려 나갔다.

흙광 바닥의 불은 거의 꺼져가고 있었다. 우리는 발소리를 죽이고, 누워 있는 소녀의 몸 주위를 에워쌌다. 희뿌옇게 떠오르는 소녀의 얼굴은 열 때문에 한층 작아 보였다. 그녀는 몸을 부들부들 떨었고, 벌어진 입술로 믿기 어려울 만큼 높은 소리를 내며 헐떡거리고 있었다. 나는 토방에 무릎을 꿇고 오르락내리락하는 소녀의 목덜미에 손가락을 갖다 댔다. 입술을 일그러뜨리고 잇몸을 훤히 드러낸 소녀가 거칠게 고개를 비틀어 내 손가락을 피했다. 나는 큼지막하고 묵직한 힘으로 등짝을 호되게 얻어맞은 염소처럼 얼떨떨했다. 소녀는 나직이 신음하며 입안에서 기다란 음절의 말을 되풀이했다. 나는 숨이 가빠졌다.

"너는 불을 피워." 미나미의 어깨를 세게 밀치며 병사가 말했다.

그의 목소리는 뜻밖에 연장자다운 무게와 냉정함을 지니고 있었다. 그것은 전쟁에 대한 논의를 고집하던 시시하고 연약한 목소리가 아니었다. 평소 병사를 조소해온 미나미가 순순히 발소리를 죽이며 마른 장작을 가지러 흙광 밖으로 나갔다.

"넌 얼음주머니를 찾아 눈하고 물을 넣어 와." 병사가 나를 똑바로 응시하고 말했다.

"얼음주머니." 나는 절망하며 말했다. 그런 물건이 어디 있담.

"얼음주머니라면," 숨을 가쁘게 쉬며 리가 말했다. "촌장

집에 있어."

"가져와." 병사는 소녀의 머리 위로 몸을 수그리면서 엄하게 말했다. "그리고 다른 사람들은 분교장의 모닥불 근처에서 기다려. 너희가 소란을 피우면 이 아이는 죽어. 그리고 너희에게 이 아이의 병이 전염될 거야."

나와 조선인 소년은 환한 눈빛 속으로 달려 나가 비탈을 뛰어 올라갔다.

"저 탈주병은," 리가 숨차게 내달리면서 말했다. "의사가 되는 공부도 조금 했어. 직접 그렇게 말했어. 난 그다지 신뢰하지 않았지만."

나는 그것이 진실이기를 간절히 기도했다. 그리고 그걸 굳게 믿으려고 노력했다.

촌장의 집은 흑과 백의 바둑판무늬 벽을 둘러쳐 어둡게 달빛을 차단하고 있었다. 나와 리는 나직한 문 앞에서 망설이다 서로 눈을 응시했다. 그 마을에서 유일하게 번듯하니 지어진 건물이 우리 앞에서 도덕적인 질서를 과시하고 있었다. 마을 사람들이 퇴거한 뒤에 진행된 우리의 약탈에서도 이 건물은 제외했다. 그리고 그 제외의 의미를 우리는 이제야 새삼스레 분명히 알 수 있었다.

"내가 이 집을 털면 우리 어머니는 마을 사람들에게 평생 괴롭힘을 당해. 나는 마을에서 쫓겨나." 리가 말했다. "살해될지도 몰라."

나는 짧은 분노의 발작으로 목구멍이 뜨거워졌지만 리의
눈에서는 조용하고 부드럽게 용기를 북돋우는 촉촉함이 배
어 나와 내게 말을 건네고 있었다.

"할 거야?" 내가 말했다.

"죽더라도 나는 해." 리가 말했다.

우리는 문을 타 넘고 민첩하게 안뜰을 내달려 폐쇄된 입
구의 판자문을 큼직한 돌덩이로 때려 부쉈다. 안쪽의 널찍
한 토방은 바깥보다도 훨씬 냉랭했고 곰팡이 냄새로 숨을
쉬기가 힘들 지경이었다. 리의 손바닥에 작은 성냥불이 켜
지자 유황 연기가 코를 찔렀다. 그는 방으로 오르는 곳의 까
만색 기둥에 걸린 나무 받침대가 있는 횃불에 불을 옮겼다.
실내는 묵직하고 막대한 시간의 퇴적을 지탱한 가구로 들어
차 있었다. 나는 광활하다고까지 느껴지는 토방을 둘러보고
높다란 마루 위, 빈틈없이 깔린 다다미 건너편의 호화로운
불단을 올려다보았다.

리가 신발을 신은 채 그곳으로 뛰어올라 불단 아래에 있
는 주홍빛 선반 장을 열어 두툼한 종이봉투를 꺼내고는 이
를 드러내어 웃으며 뛰어내려 왔다. 우리는 다시 문을 타 넘
었다.

"나와 어머니는 매달 저 토방에서 오랜 시간을 앉아 짚신
을 짰어. 그건 부역이야." 리가 내달리면서 말했다. "게으름
피우면 툇마루 위에서 영감님이 나와 어머니에게 침을 뱉었

어.”

리는 그 자신도 난폭하게 침을 뱉었다. 그는 촌장의 집에
신발을 신은 채 무단 침입한 일로 감정이 한껏 흥분되어 있
었고 목소리는 떨렸다.

“우린 저 집의 어디에 뭐가 있는지 속속들이 알고 있어.
아버지가 어렸을 때부터 저 집 놈들은 우리 일가를 부리고
온갖 일을 다 시켰지. 분뇨 구덩이 칠을 다시 할 때, 난 하루
종일 똥투성이로 그 안을 기어 다녔어.”

“넌 용기가 있구나.” 나는 우정에 울컥해져 이렇게 말하고
는 소녀의 말이 떠올라 눈 속에 털썩 고꾸라질 만큼, 큰 소리
로 울부짖고 싶을 만큼 슬픔에 사로잡혔다. 나는 입술을 꾹
깨물고 눈을 긁어모아 리가 종이봉투에서 꺼낸 구식 얼음주
머니에 눌러 담았고, 이미 얼어붙기 시작한 눈 녹은 물구덩
이에 시린 두 손을 넣어 물을 퍼 담았다.

“너도 용기가 있어.” 리가 얼음주머니의 주둥이를 묶으면
서 말했다.

병사는 흙광 입구에서 얼음주머니를 받아 들었다. 그러고
는 턱짓으로 우리에게 자리를 뜰 것을 재촉했다.

“저 아이, 죽지 않겠지? 살겠지?” 나는 매달리듯 말했다.

“난 몰라.” 병사는 냉담하게 말했다. “약도 아무것도 없어,
난 아무것도 할 수 없어.”

우리 앞에서 판자문을 닫으면서, 병사는 피부 안쪽에 두

176

꺼운 층이 굳어지기 시작한 듯 되레 차갑고 서먹서먹한 낯
을 하고 있었다.

나와 리는 서로 어깨를 바싹 붙이고 아무 말 없이 분교장
앞 광장으로 돌아왔다. 질퍽질퍽 물을 빨아들이는 해면처럼
피로감이 나의 내부에서 부풀어 올랐다.

동료들은 모닥불 주위에 머리를 떨구고 앉아 있었다. 나
는 동생이 레오를 안고 그들의 원에서 동떨어져 반항적으로
등을 돌리고 있는 걸 보고 불안에 사로잡혔다. 미나미가 자
리에서 일어나 우리에게 한 걸음 내딛고 나와 리의 눈을 들
여다보았다. 그의 입술은 씰룩씰룩 경련을 일으켰다. 침을
삼키고 미나미가 입을 열었을 때, 나는 그를 제지하고 싶은
충동에 휩싸였다. 하지만 너무 늦었다.

"그 여자애는, 병사의 진단으로는," 그는 서둘러 말했다.
"전염병인 모양이야."

전염병, 그 단어, 순식간에 어마어마하게 잎사귀를 펼치
고 뿌리를 쭉쭉 내뻗어 마을을 뒤덮고 태풍처럼 맹위를 떨
쳐 사람들을 무너뜨리는 단어가 아이들만 달랑 남겨진 마을
에서 비로소 현실감을 띠고 목구멍에서 터져 나왔다. 그것
이 불 주위에 앉아 있는 동료들의 동요를 불러일으키고 하
나의 돌발적인 공황을 일으키는 것을 나는 느꼈다.

"거짓말 마!" 나는 고함쳤다. "거짓말이야!"

"난 너희가 돌아올 때까지 아무 말 안 했어!" 미나미가 소

리쳤다. "병사가 나한테 분명히 말한 걸 난 맹세할 수 있어. 그 애는 물컹물컹한 피똥으로 엉덩이가 더러워. 난 봤어. 그 애는 전염병이야."

어린 동료가 갑작스러운 공황 발작을 일으키는 걸 나는 보았고, 미나미의 잘도 움직이는 목을 세게 한 방 먹였다. 미나미는 모닥불의 온기로 녹은 눈 위로 벌러덩 나자빠져 두 손으로 목을 붙잡고 신음했다. 잠시 호흡곤란에 빠진 그의 명치를 냅다 걷어차려는 나를 리가 뜯어말렸다. 리의 팔뚝은 우람하고 뜨거웠다. 나는 불 주위에 모여 서서 느닷없는 공황에 부들부들 떨고 있는 동료들을 응시했다.

"전염병이 아냐." 내가 말했다. 그러나 공황은 동료들 안으로 깊숙이 파고들어 그들은 나를 받아들이지 않았다.

"도망치자, 우리도 죽을 거야." 겁먹은 목소리가 말했다. "어서 우릴 데리고 도망가줘."

"전염병이 아니라고 하잖아. 흠씬 얻어맞고 싶은 녀석은 징징 우는 소리를 해봐." 나는 나 자신에게도 감염되기 시작한 공황을 덮어 감추기 위해 험악한 목소리로 소리쳤다. "전염병은 우리 안에 퍼지지 않았어."

"다 알고 있어." 또 다른 새된 목소리가 필사적으로 말했다. "개한테서 전염병이 옮은 거야."

나는 화들짝 놀라 동생과 레오를 보았다. 동생은 그 외침을 무시하려고 점점 더 우리에게서 등을 돌리고 레오의 목을 가슴에 바싹 갖다 붙였다.

"나도 알고 있어." 다른 소년들이 제각기 말했다.

"네 동생의 개 때문이니까 네가 숨기는 거야."

나는 처음으로 내게 반항하는 동료들 앞에서 어쩔 바를 몰랐다.

"개가 어떻게 된 거야?" 리가 매섭고 단호한 목소리로 말했다. "이봐, 무슨 일이야?"

"저 개가," 하고 울먹이는 목소리가 힘없이 말했다. "사체를 파헤쳤어. 그걸 네 동생이 흙을 뿌려 다시 묻었어. 우린 네 동생이 자기 손하고 개의 몸을 씻는 걸 봤어. 개는 그때부터 병이 났어. 그리고 오늘 아침, 그 애의 팔을 물어 병을 옮겼어. 그래서 전염병이 우리들 사이에 퍼지기 시작한 거야."

소년의 흐느끼는 울음소리에 말꼬리가 잦아들었다. 나는 몹시 곤혹스러워 완강하게 등을 돌리고 있는 동생을 부르는 것 말고는 아무것도 생각할 수가 없다.

"이봐, 개 이야기 정말이야? 응? 거짓말이지?"

일제히 쏠린 동료들의 시선 속에 돌아다보며, 동생은 입술을 달싹거리다가 아무 말 없이 고개를 떨구었다. 나는 신음했다. 동료들이 동생과 개를 에워쌌다. 개는 꼬리를 뒷다리 사이에 감고는 동생의 무릎에 어깨를 비비며 우리를 올려다보았다.

"이 녀석이 전염병에 걸렸어." 목쉰 소리로 미나미가 말했

다. "네가 얼버무리려고 해봤자, 이 녀석이 전염병을 그 애
한테 옮긴 건 확실해."

"달려들어 팔목을 무는 걸 모두 봤어." 동료 하나가 말했
다. "가만히 있었는데도 물었어. 미친 거야."

"미친 게 아니야!" 동생이 거세게 항의했다. 자신의 개를
감싸기 위해 필사적이었다. "레오는 전염병이 아니야!"

"너, 확실히 알아? 전염병에 대해 알아?" 미나미는 집요하
게 물고 늘어졌다. "전염병이 퍼지면 다 네 탓이야."

동생은 눈을 부릅뜨고 입술을 떨면서 참고 있었다. 그리
고 자신을 뒷걸음질 치게 하는 불안을 짓뭉개려는 노력을
드러내며 외쳤다.

"난 몰라. 하지만 레오는 전염병이 아니야!"

"거짓말쟁이," 하고 몇몇 목소리가 나무랐다. "네 개 때문
에 모두 죽는다고."

미나미는 힐난하는 무리에서 뛰쳐나가 냄비를 받쳐놓은
떡갈나무를 뽑아가지고 돌아왔다. 다들 동요했고 동료들이
에워싼 원이 커졌다.

"안 돼!" 동생이 공포에 질려 외쳤다. "레오를 때리면 가만
안 둬."

그러나 미나미는 서슴없이 나아가 날카롭게 휘파람을 불
었다. 휘파람에 끌린 개가 허둥대며 몸을 수그리는 동생의
손을 빠져나가 앞으로 나아갔다. 동생이 내게 애원하는 눈

길을 던지는 걸 보았지만 난들 어떻게 할 수 있겠는가. 기다란 혀를 쑥 빼고 볼품없이 서 있는 개가 내겐 마치 무시무시하게 번식하는 병균 덩어리인 것만 같다.

"리!" 동생이 소리쳤지만, 리는 꿈쩍도 하지 않았다.

떡갈나무가 휘둘리고 개는 소리를 내며 눈 위에 무너졌다. 모두가 잠자코 그걸 응시했다. 오열에 몸이 일렁거리고 이를 앙다문 채 눈물이 그렁그렁한 동생이 휘청휘청 앞으로 걸어 나갔다. 하지만 그는 귀 위쪽 털가죽에 시커먼 피를 조용히 내비치며 경련하는 개를 내려다볼 수가 없다. 동생은 분노와 슬픔에 짓눌리고 북받쳐서 말했다.

"레오가 전염병인 줄 누가 알아? 아아, 너희들, 누가 아냐고!"

동생은 고개를 떨구고 흐느껴 울면서 그대로 뛰쳐나갔다. 모두들 말없이 오열에 떨리는 그의 작은 어깨를 그저 보기만 했다. 나는 동생을 불러 세우기 위해 소리쳤지만 동생은 돌아오지 않았다. 나는 내가 동생을 배반했다고 생각했다. 어두운 곡물창고의 먼지 냄새 퀴퀴한 짚풀에 얼굴을 묻고 울면서 잠들 동생을 나는 어떻게 위로하면 좋단 말인가.

나는 동생을 뒤쫓아 가서 어깨를 끌어안고 위로해줘야 했는지도 모른다. 그것이 가장 좋은 방법인지도 몰랐다. 하지만 나는 어린 동료들을 사로잡고 있는 공황, 그들을 죽어라 발버둥 치는 규환 속으로 몰아넣을 공황을 막아 지켜내야만 했다. 그리고 그들이 몽둥이에 맞아 죽은 개를 앞에 두고 충격에 휩싸인 지금이 최상의, 그리고 어쩌면 남겨진 유일한 기회라고 나는 생각했다.

"너희들!" 내가 소리쳤다. "전염병이니 뭐니 하면서 훌쩍거리는 녀석은 개처럼 대가리를 박살 내줄 테다. 알았어? 내가 장담해. 전염병은 아무 데도 퍼지지 않았어."

동료들은 기가 죽어 잠자코 있었다. 그들은 내 목소리보다도 오히려 미나미의 손에 들린 피투성이 떡갈나무 몽둥이에 압도되어 순종했다. 나는 내가 성공한 걸 느끼면서 힘주어 반복했다.

"알겠지? 전염병이 아니야."

그리고 나서 나는 동생이 앉아 있던 장소에서 진흙과 눈에 더럽혀진 꿩 깃털 목걸이가 떨어져 있는 걸 주워 웃옷 주머니에 넣었다. 리와 미나미가 개의 사체를 모닥불 속으로 던져 넣고 그 위에다 장작을 쌓아 올렸다. 사그라든 불은 좀처럼 활활 불꽃을 피우지 못한 채, 한참 동안 개의 뒷다리가 장작 사이로 삐져나와 있었다.

"너희들 모두," 나는 어린 동료들에게 명령하는 말투로 말했다. "돌아가서 잠이나 자. 소란 피우는 녀석이 있으면 흠씬 패줄 테다."

미나미가 비웃는 듯한 눈길로 나를 응시했다. 그것이 내 비위에 거슬렸다.

"미나미, 너도 자러 돌아가."

"난 지시 같은 거 안 받아." 적의를 드러내면서 미나미가 말했다. 그는 개의 피와 털이 달라붙은 떡갈나무를 움켜쥐고 있었다.

"넌 돌아가는 게 좋겠어." 리가 미나미의 떡갈나무에 조심스레 대처하면서 말했다. "불만이 있다면 나도 상대해주지."

미나미는 얼굴을 일그러뜨리며 떡갈나무를 불 속으로 쑤셔 넣고는 동료들에게 고함쳤다. "개처럼 혼자 죽고 싶지 않은 녀석은 나 있는 데로 자러 와. 이 녀석들 옆에는 병균이 우글우글해."

미나미의 뒤를 따라 달려 나가는 불안에 휩싸인 동료들을 지켜보며, 나와 리는 아무 말 없이 불의 열기에 이마를 달구면서 우두커니 서 있었다. 처음에는 털가죽이 타는 메마른 소리가 어렴풋이 났다. 그러고는 기름이 녹아 흘러 지지직 소리를 내며 타오르고, 불똥이 튀었다 꺼지고, 고깃덩어리가 타는 농후한 냄새가 자욱하여 우리 주변의 공기를 끈적끈적하게 했다. 그것은 비둘기나 때까치, 꿩을 태울 때 피어오른 생생하고 정기로 가득 찬 냄새가 아니라 묵직한 죽음의 맛을 띠고 있었다. 나는 쭈그리고 앉아 채소 줄기, 쌀알, 새고기의 질긴 힘줄 따위를 조금 토했다. 손등으로 입술을 닦는 나를 리가 녹초가 되어 멍한 눈으로 보고 있었다. 거기서 피로가 홍수처럼 내 몸속으로 흘러 들어와 피부 밑에서 서로 다투었다. 나는 이미 몸을 쭉 펴는 게 곤란할 정도로 녹초가 되어 졸음에 휩싸여 있었다. 하지만 개를 태우는 냄새 속에 쭈그리고 앉아 있는 것도 참을 수 없었다. 나는 입술을 앙다물고 느릿느릿 몸을 일으켜 리에게 고개를 끄덕이고는 모닥불을 등졌다. 나는 짚 더미 속으로 기어 들어가 동생 곁에서 새끼 동물처럼 잠들고 싶었다. 동생은 녹초가 되어 눈물로 가슴팍을 흥건히 적신 나를 용서하리라. 이것은 설핏 감미로운 생각이었다. 달은 두꺼운 구름 저편에 숨어 진주 빛깔의 광택을 구름의 먼 가장자리에 내주고 있었다. 어두운 포장도로 위에서 눈은 또다시 얼어붙어 내 발바닥에 뿌지직거리는 소리를 전했다. 나는 추위로 뺨이 얼얼하게 무감각해지는 것을 느끼며 비탈을 올라갔다.

우리 곡물창고의 판자문이 조금 열려 그 건너편에 달아놓은 거적이 바람에 덜렁거리고 있었다. 나는 그곳에 어깨를 밀어 넣은 채 동생을 불렀다. 대답이 없었다. 토방에 불은 꺼지고 사람 냄새도 없었다. 나는 바지 주머니에서 성냥 꾸러미를 꺼내 구부린 등으로 바람막이를 하고 불을 붙였다. 동생의 잠자리는 비어 있었다. 그리고 나는 곡물 상자 위에 있던 동생의 휴대품 주머니가 없어진 것을, 그리고 그 대신 동생에게 빌려준 낙타 머리 모양의 병따개가 손잡이를 밑으로 해서 반듯이 세워져 있는 걸 보았다. 우리가 곡물창고를 새로운 주거지로 삼은 동안 짧은 일상의 먼지가 거기에 굳어

저, 전에 동생의 주머니가 놓여 있었던 부분이 또렷하게 검고 선명했다. 성냥불이 손끝을 태웠다. 나는 비명을 지르며 그걸 내던지고 문밖으로 뛰어나갔다.

비탈을 뛰어 내려가면서 나는 목청껏 동생을 불렀다. 그러나 추위와 건조한 공기에 칼칼해진 내 목구멍에서 나오는 소리는 어둠 속에서 힘없이 메아리쳤다. 어이, 어이, 돌아와! 어이, 어디 있어? 어이.

리는 모닥불에 눈썹을 태울 만큼 몸을 디밀고 시원찮게 타는 개의 몸통을 막대기로 들쑤시고 있었다. 배가 찢어져 타닥타닥 터지는 소리를 내면서 색색이 알록달록한 내장이 불에 타오르는 참이었다. 소장의 한 끄트머리가 손가락처럼 떨며 곧추서서 천천히 부풀다가 붉어졌다.

"내 동생 못 봤어?" 나는 바싹 침이 말라 잘 돌아가지 않는 혀로 말했다.

"응?" 리가 발갛게 달아올라 기름이 번들거리는 낯으로 뒤돌아보았다. 그가 개의 소각에 열중해 있는 게 나는 오히려 화가 치밀었다. "네 동생?"

"없어. 혹시 개를 보러 안 왔어?"

"안 왔어." 리는 말하고, 뿌직뿌직 난잡한 소리를 내며 파열하는 내장을 휘저었다. "난 몰라."

"아아." 나는 뜨거운 숨을 토했다. "그 녀석, 어디로 갔담?"

"이거 냄새가 지독해. 피는 불에 타기는 하지만." 리가 말했다. 그의 손 언저리에서 냄새가 훅 끼쳐왔다.

나는 마을의 좁다란 포장도로를 내달려 돌이 깔린 비탈길을 양쪽에서 좁혀드는 숲속으로 들어가, 폐쇄된 광차 궤도의 기점이 되는 골짜기를 내려다보는 받침돌 위에 섰다. 골짜기는 어둑하고, 세찬 물소리가 올라올 뿐이었다. 나는 소리쳤다. 어이, 어이, 돌아와! 어이, 아무 데도 가지 마! 어이, 어이.

아무도 대답하지 않았다. 등 뒤 숲의 새도 짐승들도 고요했다. 그들은 나무 밑이나 풀숲에 숨어, 마을을 엄습하는 불길한 재앙의 예감에 겁먹은 채 어린 사람의 외침에 귀를 기울이고 있었다. 나의 외침은 그들, 침묵한 자들의 움푹한 귀에 흡수될 뿐 도망치는 동생에게는 결코 닿지 않는다. 어이, 어이, 돌아와! 어이, 아무 데도 가지 마! 어이.

골짜기 저편 감시인이 있는 오두막에서 남자의 팔에 늘어뜨린 흔들리는 초롱 불빛이 조그맣게 나타나 짧은 거리를 움직였다. 그리고 느닷없이 위협하는 총소리가 골짜기에 울려 퍼졌다. 나는 분노로 이글거리며 다시 숲길을 지나 마을로 내려갔다. 나는 동생한테서 버림받았다고 생각했다. 내가 중학교 기숙사에서 상급생을 찌르고 처음 감화원에 보내졌을 때도, 그곳을 탈출해 완구 공장의 여공과 가난하고 초라한 동거 생활을 꾸린 걸 경찰과 아버지에게 발각당해 꾀죄죄한 옷가지와 나쁜 질병을 가지고 집으로 돌아왔을 때도, 그리고 또다시 감화원에 수용되었을 때도 동생은 나를 버리지 않았건만, 지금 그는 나를 버리고 있다.

나는 눈 위에 눈물을 뚝뚝 떨어뜨리며 짐승처럼 울부짖고 소리 내어 울면서 걸어갔다. 찢어진 구두 밑창으로 새어 들어오는 흙탕물이 동상으로 퉁퉁 부은 내 발가락을 적셔 미치도록 가려움이 밀려왔지만, 나는 복사뼈까지 빠지는 눈 속으로 구두를 난폭하게 쑤셔 넣을 뿐 쭈그리고 앉아 긁지는 않았다. 쭈그리고 앉았다간 도저히 다시 일어서서 걸음을 내디딜 수 없으리라.

흙광 앞에 멈춰 서서 나는 귀를 기울였다. 소녀의 고통스러운 신음 소리가 황량하게 닫힌 어두운 벽 저편에서 들려왔다. 나는 달려가서 판자문을 두드렸다.

"누구야?" 병사의 언짢은 목소리가 말했다.

"저 애, 살 수 있어?" 나는 눈물에 숨을 헐떡거리며 물었다. "근데, 전염병은 아니겠지?"

"너였군." 병사는 몸을 일으키는 소리에 뒤이어 말했다. "살 수 있을지 어떨지 난 몰라. 전염병인지 어떤지도 몰라."

"의사한테 보이면?" 나는 말했지만, 나의 간청을 우악스럽게 거절한 이웃 마을 의사를 생각하니 용기가 꺾였다. "아아, 어디선가 의사가 와준다면."

"얼음주머니에 넣을 눈을 모아줘." 역시나 지칠 대로 지쳐 께느른한 목소리로 안쪽에서 말했다.

나는 눈 위에 무릎을 꿇고 앉아 얼어서 감각이 없는 손가락으로 눈을 그러모으기 시작했다. 동생은 나를 버렸고, 첫 애인은 피 같은 배설물로 작은 엉덩이를 더럽힌 채 헐떡거리고 있다. 나는 전염병이 무서운 기세로 골짜기를 소나기처럼 온통 뒤덮고, 나를 꼼짝 못 하게 붙잡고, 우리 주변에 범람해 우리를 꼼짝달싹도 못 하게 하는 걸 느꼈다. 나는 완전히 막다른 곳에 내몰려 흐느껴 울면서, 어두운 밤길에 쭈그리고 앉아 지저분한 눈을 그러모으는 수밖에 없었다.

제9장
마을 사람들의 복귀와 병사의 도살

　밤사이 전염병이 만연해 흉포한 위력을 떨치며 버림받은 아이들을 철저히 때려눕히고 점령했다. 새벽녘은 어둑했고, 아침에서 이어지는 한낮도 지저분한 안개에 갇힌 채 골짜기 마을은 어두웠다. 두텁고 반투명한 공기층을 통과한 햇볕이 눈을 지저분하게 녹였고, 그 물이 질척거리며 흘러넘쳤다. 우리의 절망과 무기력, 밀집하는 병균, 순식간에 우리를 무의식 상태와 목구멍이 타들어가는 헛소리의 발작으로 내몰 미세한 병균의 거대한 집합, 이러한 것들이 소뼈나 가죽에서 정제된 담황색 젤라틴처럼 부글부글 끓어오르고 녹아내려 마을을 적시고 있었다.

　나의 동료들은 집 안 깊숙이 숨어 나오려 하지 않았다. 리도 돼지 냄새가 나는 좁은 거처에 틀어박혔다. 나 역시 곡물 창고 바닥에 눈을 감고 드러누워 이따금 속옷을 적시는 차가운 땀을 닦았다. 우리들 중 그 누구도 아직까지 발병한 사람은 없었지만, 그것은 아마도 난데없이 강력한 주먹에 한 방 얻어맞듯이 맹렬하게 덮쳐올 게 뻔했기 때문에 우리는 어둑한 집 깊숙이에서 저마다 그걸 기다리고 있었다. 그리고 그 불안한 대기를 우리에게 강제로 지시하고 또한 미나미까지 굴복시킬 만큼 권위를 가지고 지시한 병사만이 불면을 아랑곳 않고 먼저 소녀를 낚아챈 전염병과 싸우고 있었다. 불안한 나머지 토방을 뛰쳐나가 흙광의 닫힌 문을 두드리면 병사의 초조한 욕설이 튀어나온다. 그리고 그것은 불안에 짓눌린 사람을 다시 집으로 내쫓았다. 마을 여기저기서 흐느끼는 울음과 냅다 분노를 터뜨리는 고함이 허무하게 울려 퍼졌다.

나는 어둠 속에 똑바로 누워 인내하고 있었다. 소녀의 메마르고 매끌매끌한 여름 꽃 같은 성기, 오물로 더럽혀진 엉덩이, 열 탓에 자그맣고 빨개진 얼굴, 이러한 것들이 급속도로 다가왔다가 멀어져 갔다. 그것은 자주 되풀이되어 내 몸에 부끄럽기 짝이 없는 작은 발기를 지속시켰다. 나는 빈번히 동생의 부드러운 발소리를 들었다 여기고, 그걸 고집하고 믿으려 했다. 나는 어두운 토방의 가라앉은 공기 저편에 서 있는, 메마른 안개와 먼지를 손바닥으로 쓱쓱 문지르고 있는 동생을 거의 늘 느끼는데도 쑥스러운 미소를 짓는 동생은 그 이상 다가오지 않는다.

해거름에 나는 골짜기의 부드러운 흙과 관목이 있는 공동묘지로 누더기에 싸인 자그마한 것을 끌어안고 가는 병사와 그에게서 몇 미터 떨어져 따라가는 동료들을 보았다. 나는 달려 나가 동료들의 무리에 가담했고, 병사가 이따금 우리의 접근을 허락지 않는 험상궂은 시선을 던지면서 열심히 땅을 파헤쳐 누더기로 감싼 덩어리를 묻는 것을 눈물을 흘리면서 보았다.

그러고 나서 병사는 몸을 구부리고 비탈을 올라 흙광으로 돌아가서는 입을 꾹 다문 채 흙광 바닥에 섶나무 가지며 장작을 쌓아 올리기 시작했다. 이번엔 역시 입을 다문 채 우리도 도왔다. 작은 흙광이 자욱한 연기와 불꽃을 피우며 이윽고 높다란 불의 탑이 되어 타오르는 것을 지켜본 뒤에, 완전히 저문 마을의 집으로 우리는 다시 흩어져 갔다. 병사가 우리를 내쫓은 것이다.

나는 이미 불이 꺼진 흙광의 토방에 무릎을 그러안고 주저앉아 오랫동안 흐느껴 울었다. 머리가 쥐어짜듯이 아팠다. 그러고 나서 나는 어둑한 돌길로 나가 동생을 불렀다. 동생은 수줍어하는 미소를 띠며 나타나지는 않았다. 나는 비탈을 내려갔다.

불에 타 무너진 흙광 앞, 불의 열기로 녹아버린 눈의 지저분한 진창에 탈주병이 서 있었다. 그는 고개를 숙인 채 어깨를 떨면서 흐느껴 울고 있었다. 나는 그에게 다가갔다. 어둠 속에서 우리는 서로를 응시했다. 탈주병은 입을 꾹 다물고는 말문을 열려고 하지 않았다. 나도 그에게 건넬 말이 없었다. 나는 동생과 애인한테서 버림받은 것에 대해 이야기하고 싶었다. 하지만 나는 말을 모르는 아기처럼 안절부절못한 채 눈물을 글썽일 뿐이었다.

나는 단념하고 머리를 흔들고는 탈주병에게서 등을 돌려 곡물창고로 가는 돌길을 올라갔다. 눈이 다시 얼어붙어 단단해지기 시작했다. 문득 병사가 어두운 돌길을 뒤쫓아 왔다. 그리고 그는 내 어깨에 팔을 둘렀다. 우리는 서로 말도 주고받지 않고 곡물창고로 돌아가, 바닥에서 몸이 뒤엉킨 채 잤다. 나는 병사의 꾀죄죄하고 수염이 자란 빈약한 턱, 혈색이 안 좋고 야윈 뺨을 이제는 영웅적으로 아름답다고까지 느꼈다. 오열에 휩싸인 내 머리를 땀 냄새 나는 가슴팍으로 끌어당기면서 탈주병은 내게 완벽하게 상냥했다. 그러고 나서 잠시 동안, 우리는 전염병의 위협에 내몰리고 녹초가 되어 목구멍에서 말이 올라오지 못할 만큼 무기력하고 참담한 절망 속에서, 그러나 조촐하고 비참한 쾌락을 서로 맛보았다. 아무 말 없이, 서로 추위에 닭살이 돋고 초라하게 언 엉덩이를 드러낸 채, 음험한 손가락의 움직임에 한껏 열중해서.

동트기 전에 나는 억눌린 외침을 듣고 얕은 잠에서 눈을 떴고, 추위에 몸을 떨며 내 팔 안에 이미 병사가 없음을 발견했다. 새벽이었다. 나는 또다시 서로 부르는 낮은 목소리를 들었다고 생각했다. 동생의 다소곳하고 붙임성 있는 미소, 입술이 살짝 벌어진 사이로 반짝거리는 이. 나는 벌떡 일어나 유리의 자잘한 얼음 입자를 손끝으로 문질러 창밖을 보왔다. 짙은 젖빛 안개의 두꺼운 층 저편에 어렴풋이 장밋빛으로 환한 부분이 있고 그것은 차츰 부피를 더해갔다.

그리고 돌연, 급격한 태풍의 소멸처럼 작은 새들의 소리가 그쳤을 때, 안개의 흐름 속에 거뭇거뭇 우람한 남자들 몇 명, 짐승처럼 무표정하게 굳은 얼굴에 날카롭고 뾰족한 죽창을 가진 마을 사람들이 아무 말 없이 서서 나를 응시하고 있었다. 우리는 순식간에 하얗게 얼어붙는 유리창을 사이에 두고 잠시 동안 진기한 짐승을 보듯 서로를 물끄러미 응시했다. 나는 얼떨떨한 놀라움에 숨이 가빠졌고, 그 밑바닥에서 따뜻한 물처럼 여유로운 안도의 감정이 솟구쳐 오르는 것을 받아들였다. 마을 어른들이 돌아왔다……

남자들 등 뒤로 흐르는 안개 너머에서 튼튼한 턱을 지닌 키 작은 남자가 머리를 들이밀고, 나와 내 등 뒤를 살폈다. 대장장이다, 하고 나는 알아차렸고, 그가 짧은 쇠몽둥이를 단단히 쥐고서 그걸 무기 삼아 판자문을 밀어젖힌 틈으로 어깨를 내밀었을 때는 반갑기까지 했다. 그러나 그는 뚱하니 두툼한 입술을 다물고 험상궂은 표정으로 나를 재빨리 훑어보고는 사람과 사람 사이라기보다 사람과 짐승 사이에 오가는 눈길을 내게 던졌다. 내가 흉기를 감추고 있는지 어떤지를 살피고 있군, 하고 나는 나의 무방비한 상태에 대해 의미도 없이 허둥거리며 생각했다.

"소란 피운들 소용없어." 민첩하게 달려든 대장장이가 내 팔을 붙잡고 말했다. "우릴 따라와."

나는 거의 포로 취급을 당했다. 하지만 나는 목장갑을 낀 대장장이의 큼직하고 튼튼한 손바닥에 팔을 꽉 붙잡힌 채 소란을 피울 생각은 없었다. 어른들이 돌아왔다, 필시 우리는 전염병의 위협에서 구제받을 수 있으리라. 드디어 마을 사람들이 돌아왔다……

"소란 피우지 말고 우릴 따라와." 대장장이가 말했다. "훨씬 패줄 테다."

"따라갈게요." 나는 목쉰 소리로 말했다. "내 짐을 가져가고 싶어. 소란은 안 피워요."

"저거냐?" 대장장이가 어둠 속에 가라앉아 있는 곡물 상자 위의 휴대품 주머니를 쇠몽둥이로 가리켰다. "가져와."

나는 동생이 남기고 간 낙타 병따개를 휴대품 주머니에 밀어 넣고 주머니 끈을 어깨에 둘둘 휘감았다. 그러는 동안 대장장이는 주의 깊게 의심 가득한 눈길로 나를 지켜보면서 기다렸다. 우리 감화원의 원생들이 얼마나 흉악한가에 대한 새로운 전설이 산간 마을의 구석구석까지 침투해 있음을 나는 짐작했다.

내게 어깨를 밀어붙인 대장장이와 나란히 문밖의 휘몰아치는 안개와 바람 속으로 나오자 남자들이 우리를 에워쌌다. 우리는 잠자코 비탈을 내려갔다. 눈에 발이 미끄러져 축 처진 내 어깨를 대장장이가 난폭하게 잡아 올렸고, 그는 그대로 내 어깨의 좁다란 근육을 놓지 않았다.

"도망 안 가요." 내가 말했지만 대장장이의 손가락에는 한 층 힘이 더해져 내 어깨의 근육을 아프게 했다. 나를 연행하는 짧은 거리를 남자들은 아무 말 없이 걸었고, 대장장이는 내 어깨를 움켜잡고 있었다. 새벽 추위에 얼어붙은 눈을 남자들은 죽창으로 소리 나게 찔렀다.

분교장 앞 광장의 꺼진 모닥불 주변에 동료들이 제각기 휴대품 주머니를 그러안기도 하고 혹은 무릎에 올려놓은 채 무리 지어 있는 게 안개 속에서 떠올랐다. 그들은 환성을 지르며 나를 맞이했다. 나는 분주히 시선을 움직여 동생을 찾았다. 그러나 대장장이에게 어깨를 쿡 질려 동료들 속으로 들어가 숯 냄새 나는 모닥불 주위의 안개 속에 웅크리고 앉았을 때, 나는 작은 기대를 배반당했다. 그리고 안개 속으로 잇따라 동료들이 끌려오는 걸 지켜보면서, 그때마다 나는 동생의 부드러운 어깨의 움직임과 자그마하고 잘생긴 머리를 기대했다가 연신 배반당했다.

하지만 나는 가벼운 감정의 흥분을 잃지는 않았다. 그리고 내 주변의 동료들도 급격히 전염병의 공포에서 해방되어 활기차고 광기 어린 흥분에 잠겨 있었다. 마을 어른들이 돌아왔어, 하고 우리는 생각했다. 전염병은 마지막 꽃처럼 우리에게서 소녀를 꺾을 수 있었을 뿐 급속히 쇠퇴했다고 조금씩 확고하게 믿기 시작했다. 그리고 그것이 우리들 무리에 희열의 감정을 심어주었고, 그중에는 서로 쿡쿡 찌르거나 음란한 몸짓을 보이고는 소리 내어 웃는 치도 있었다.

미나미는 달뜬 목소리로 쉴 새 없이 웃으면서 마을 사람 하나에게 팔을 붙잡힌 채 나타났다. 그는 뺨이 벌겋게 부어오른 채로 눈을 반짝거리며, 그러나 웃음을 작은 거품처럼 젖은 입술 사이로 터뜨리며 우리 안으로 들어왔다.

"내가 토방에 쭈그리고 앉아 아침 화장을 하고 있는데 저 녀석이 잡으러 왔단 말이지." 미나미가 떠들어댔다. "그리고 내 벌거숭이 엉덩이에 푹 빠져가지고선, 냄새가 구리다고 나를 후려치니까 엉망진창이 되지 않았겠어? 아침 화장이 한창 진행 중인데 말이야."

"아침 화장?" 불안에서 완전히 풀려난 어린 동료가 순진하게 질문을 해서 미나미를 우쭐거리게 했다.

"아침 화장, 엉덩이 말이야."

미나미 주변의 동료들이 앳된 목소리로 웃었고, 미나미는 의기양양하게 외설스러운 자세를 취해 보였다. 모두들 소풍 가기 전에 정렬해서 점호를 기다릴 때처럼 마음이 들떠 있었다.

안개가 서서히 걷히고 찌푸린 하늘이 아침의 촉촉한 빛을 띠고 나직하게 나타나, 진창과 뒤섞여 다시 얼어붙었던 지저분한 눈을 부드럽게 만들었다. 우리 동료들은 죄다 자신들의 임시 거처에서 끌려 나와 있었다. 그리고 무표정하게 굳은 얼굴에 죽창이나 엽총을 손에 든 수많은 마을 사람들이 점차 우리 주변을 에워쌌다. 그들의 침묵에 비해 내 동료들의 광적인 흥분은 부자연스럽게 도드라지는 것 같았다. 이윽고 완전히 안개가 개었을 때, 우리는 파출소 순경과 촌장이 과묵한 마을 사람들을 헤치고 앞으로 나오는 것을 보았다. 긴장이 우리들 사이에 애매한 핵을 만들며 굳어졌다.

"너희들, 함부로 못된 짓을 저질렀어." 잔잔하던 분노를 내뿜으면서 촌장이 소리쳤다. "남의 집에 멋대로 들어가고, 음식을 훔치고, 흙광을 태우고. 너희들은 어떻게 돼먹은 녀석들이냐!"

충격이 우리를 뒤흔들었다. 광적인 흥분은 순식간에 어두운 불안에 빠져들고 변질되었다.

"너희가 한 일은 전부 중앙에 보고할 테다. 못된 놈들, 식충이들."

"흙광을 태운 놈이 누구냐?" 순경이 물어뜯을 것 같은 목소리로 말했다. "어이, 정직하게 말해."

미나미가 반항적으로 어깨를 흔들면서 자신의 휴대품 주머니를 눈 위에 놓고 앉으려 했다. 곧바로 순경이 미나미에게 덤벼들어 그의 멱살을 붙잡아 일으켜 세우더니 턱에 주먹을 날렸다.

"네놈이지, 방화범은?" 순경은 증오가 철철 넘치는 목소리로 호통을 치면서 미나미를 쿡 질렀다.

"솔직히 다 불어. 이놈이 사람을 얕보고. 야! 네놈이 불을 질렀지?"

"내가 아냐." 미나미가 고통에 몸부림치며 외쳤다. "내가 아니야, 그건 해군 하사관 학교에서 도망쳐 온 군인이 저질렀어."

순경이 팔을 조금 풀고 미나미를 들여다보면서 입술을 부르르 떨자, 마을 사람들 사이에 동요가 일었다. 우리는 비난의 눈길로 미나미를 빽빽이 둘러쌌다.

"탈주병이 있었지? 그놈은 어디에 숨어 있나?"

"난 몰라." 미나미가 말했다.

"이 새끼!" 순경은 신음을 토하며 미나미를 때려 넘어뜨리고는 가슴팍을 마구 발로 찼다. "얕잡아 보고 말이야."

"군인은 어디 있나? 어서 다 털어놔." 촌장이 한 동료의 팔을 비틀며 말했다.

"네놈들은 뼛속까지 썩었어. 군인은 어디 있나?"

어린 동료가 아픔과 분노, 그리고 무엇보다도 두려움에 휩싸여 말했다. "산으로 도망쳤어. 다른 건 몰라."

"이놈들을 가둬!" 순경이 소리쳤다. "그리고 다들 모여."

대장장이와 사람들이 우리를 내몰았다. 우리는 급격히 묵직해진 발걸음으로, 새삼 생각나는 공복감에 불안이 증폭되어 등 뒤로 마을 사람들이 모여드는 낌새를 느끼면서 걸었다. 그리고 우리는 눈물이 핑 돌 정도로 흥분하고 실망에 휩싸이고 분노로 들끓으며 분교장 건물에 딸린 비좁은 헛간에 갇혔다. 바깥쪽에서 거칠게 빗장이 걸렸다.

순경의 호령과 죽창을 서로 부딪치며 뛰어나가는 발소리의 파도가 일었다. 산 사냥이군, 하고 나는 생각했다. 그 군인을 한곳으로 몰아 붙잡는다. 그 녀석은 나보다 빨리 마을 어른들의 복귀를 알아채고 도망쳤다. 하지만 소녀를 간병하느라 잠도 못 자고 지칠 대로 지친 그 녀석은 곧 붙잡히고 말겠지.

"저 새끼들," 미나미는 자신의 실책을 얼버무리기 위해 일부러 유쾌함을 가장하면서 자기 주변의 치들을 설득하고 있었다. "우리 모두가 죽었는지 어떤지를 보려고 정찰하러 돌아온 거야. 여자나 아이 들은 아직 돌아오지 않았잖아? 우리가 살아 있으니까 당황해서 쩔쩔매는 거라고. 게다가 아침 화장을 하고 있으니까 말이야."

그리고 미나미는 천박한 웃음소리를 냈다. 하지만 동료들에게서 처음의 유쾌하고 광적인 흥분은 완전히 사라졌다. 미나미의 부자연스러운 새된 웃음소리도 일상적인 무게를 지닌 끈적끈적하고 깊은 불안의 회복, 초조하게 대기하는 감정의 복귀 속으로 가라앉고 흡수되어, 반향의 어떤 미세한 파동조차 일으키지 않는다. 결국은 미나미도 웅크리고 앉아 손톱을 깨물며 언짢게 입을 다물어버렸다. 우리는 그대로 오랫동안 기다렸다.

그리고 참을 수 없이 오줌이 마려워진 동료가 문을 두드리며 애원해도 바깥에서는 아무 반응이 없었다. 그는 굴욕과 수치심에 창백해져 헛간 구석에서 오줌을 누어야만 했다. 비좁은 헛간은 순식간에 훅 끼치는 지린내로 가득 찼다.

동료들은 벽에 붙인 널빤지 틈으로 밖을 내다보고는 아주 사소한 발견을 다른 사람에게 전했다. 처음 얼마 동안 밖에서는 아무런 움직임도 없었다. 그러나 정오 무렵, 골짜기의 공동묘지가 내려다보이는 쪽의 널빤지에 코를 바싹 붙이고 있던 동료들이 중대한 발견을 했다. 그들이 알아들을 수 없는 기묘한 신음 소리를 내는 것을 듣고, 모두가 그들의 등에 올라타기도 하고 가랑이 사이로 엎드리기도 하면서 널빤지 틈을 엿보았다. 그리고 공통의 분노가, 공황으로 인해 뿔뿔이 흩어진 우리를 한 사람 한 사람 구출해내어 긴밀하게 연결시키고, 몸에서 몸으로 전파되었다.

골짜기의 공동묘지에서 마을 사람 다섯 명이 옅은 햇살을 등과 어깨에 받아, 아래로 수그린 얼굴에 그림자를 드리우고 괭이를 휘두르며 일하고 있었다. 그리고 그들은 우리가 소중한 구근처럼 정성껏 매장한 시신들을 파헤치고 그것을 눈이 희끗희끗 남아 있는 초원에 늘어놓았다. 우리는 그것들 중 어느 것이 예전의 우리 동료인지, 또한 어느 것이 우리가 느낀 공황의 첫번째 싹이 된 소녀의 새로운 시신인지 알 수 없었다. 그것들은 온통 진흙투성이가 되어 청색과 흙

빛의 신기한 혼합에 불과했다. 하지만 다시 파헤쳐진 공동 묘지에 장작을 늘어놓고, 그 위에 하나로 뭉뚱그려져 놓인 시신들이 불타는 작고 날카로운 불꽃이 오후의 가라앉은 공기를 들쑤시기 시작하자 우리의 분노는 확고하게 치달았다. 미나미조차 이를 앙다물고 눈물을 흘리고 있었다. 그것은 시신들, 이미 매장되어 있던 시신들까지 포함해서 마을의 온갖 존재가 또다시 마을 어른들의 지배 아래로 되돌아갔음을 어쩔 수 없이 인정하게 만드는 일종의 의식이었다. 어른들은 따분한 듯 대충 건성으로 그 일을 했고, 조금씩 사람들이 골짜기에 이르는 경사면에 모습을 보이기 시작했다. 돌아온 마을 여자와 아이 들까지도 그걸 무덤덤하게 지켜보고 있었다.

우린 마을을 지배하고 소유하고 있었어, 하고 나는 불쑥 몸을 부르르 떨며 생각했다. 마을 안에 감금되어 있었던 게 아니라 우리가 마을을 점령하고 있었다. 그런 우리의 영토를 우리는 저항 한번 못한 채 마을 어른들에게 고스란히 내어주고는 헛간에 갇혀버리고 말았다. 우리는 보기 좋게 당하고 말았다. 정말이지 멋들어지게 당했다.

나는 널빤지에 바싹 붙이고 있던 뺨을 떼고 반대쪽 구석으로 돌아갔다. 미나미가 눈물로 빨개진 가늘고 날카로운 눈길로 돌아다보며 내게 나직이 말했다.

"저 새끼들, 못된 짓거리를 하는군."

"응." 내가 말했다. "못된 짓거리를 하고 있어."

"닷새 동안이나 텅 빈 마을을 지켜온 건 우리잖아. 사냥을 위해 축제도 했어. 그런 우리를 가두다니. 못된 짓거리를 하는군."

"리는 어떻게 됐을까?" 동료 하나가 말했다. "그 녀석도 붙잡힐까?"

"리가 와서 우리를 여기서 나가게 해주었으면." 분노에 북받친 미나미가 소리쳤다. "그리고 우리에게 총이 있다면, 마을 농사꾼들을, 지저분한 새끼들을 내쫓아버릴 텐데."

나는 미나미에게 뜨겁게 솟구치는 우정을 느끼고 끄덕였다. 내게 총이 있다면, 나는 이놈 저놈 할 것 없이 모조리 쏴서 피를 토하게 해줄 테다. 그러나 리는 우리를 구하러 오지 않았다. 우리에게는 총도 없었다. 나는 무릎을 그러안고 널빤지 벽에 기대어 앉아 눈을 감았다. 그리고 미나미가 내 곁에 와서 어깨를 비비대고 앉았다. 눈을 감은 내 귀에 그는 뜨거운 목소리로 나직이 속삭였다.

"네 동생 일, 내가 사과할게."

하지만 나는 동생에 대한 생각에서 벗어나고 싶었다.

"네 동생은 재빠르고 다리가 튼튼해." 미나미가 말했다. "풀숲 같은 데 숨어서 우리가 붙잡히는 걸 보고 있었을지도 몰라. 정말로 너한테 사과할게."

느닷없이 등 뒤의 숲 깊숙이에서, 아마도 위협하기 위한 총성이 짧은 간격을 두고 두 번 들렸다. 우리는 모두 재빨리 몸을 일으켜 귀 기울였다. 하지만 총성은 더 이상 없었다. 새로운 불안의 동요가 우리를 가득 채웠다. 우리는 말없이 서로의 딱딱하게 굳은 얼굴 피부 위에 뭉글뭉글 꿈틀거리는 감정을 살피면서 기다렸다. 우리는 헛간 안의 공기가 완전히 거무스름해지고 짙어져 서로의 얼굴이 그저 희뿌연 윤곽에 불과해질 때까지 기다렸다.

그러고 나서 불현듯 마구 짖어대는 사냥개와 성마른 욕설, 어지러운 발소리, 그리고 마을 어른들이 숲에서 내려오는 것을, 우리는 널빤지 벽에 생긴 금빛으로 반짝이는 해거름 빛의 가느다란 줄무늬에 눈을 바싹 붙이고 맞이했다. 마을 사람들은 그들의 잔혹한 추적의 포획물을 에워싸고 있었다.

그들은 참으로 천천히 참을성 있게 걸어왔다. 다만 아이들이 그들의 행렬에 끼어들 것 같으면 험악한 목소리가 어지러이 튀어나왔다. 그들은 엽총과 죽창을 옆구리에 차고 수직으로 세운 채 이마를 숙이고 걸어왔다. 그리고 탈주병은 해거름의 윤기와 촉촉함으로 가득한 공기, 어렴풋이 눈과 잎사귀 냄새를 풍기는 바람에 몸이 방해받고 있기라도 하듯, 저항감 있는 걸음으로 상체를 부들부들 흔들면서 걸어왔다. 그는 지금 웃옷이 벗겨진 채, 여름 한복판에 있는 것처럼 소매를 걷어 올린 거친 천 셔츠만 입고 있었다. 그를 에워싼 행진이 헛간 앞을 지날 때 우리는 그의 자그맣고 빈약

한 얼굴에 흙이 달라붙은 채 메말라 점토 빛깔을 띠고 있는
것과, 허리가 위태로이 지탱되면서 부자연스럽게 유연한 움
직임을 되풀이하는 복부를 덮는 갈색 천이 찢어지고, 찢어
진 부분만 흑갈색으로 물들어 그 사이로 새롭고 신선하고
부드러운 것, 그늘진 빛을 받아 미끌미끌하고 선명한 빛깔
의 파동을 일으키는 게 늘어뜨려져 있는 걸 보았다. 그것은
보행에 따라 딜렁딜렁 흔들리고 그럴 때마다 강한 금빛을
되비추었다.

병사는 분교장 앞 광장에서 내리막길로 발을 내디디려다
비틀거리고, 기다란 팔을 서툴게 휘둘러 자신이 넘어지는
걸 막으려 애썼다. 그것은 너무나 안타깝고 미숙한 몸짓이
었기 때문에 우리에게 눈물을 흘리게 했다. 그러나 그 순간,
건장한 마을 사람 두 명이 그의 어깨를 그러안고 그대로 질
질 끌다시피 행진을 계속했다. 병사와 사람들의 행렬이 보
이지 않게 되자 태풍 뒤의 상쾌하고 세찬 바람처럼 여자들
과 노인들 그리고 솜을 넣어 불룩해진 옷을 목까지 올려 입
은 아이들이 그 뒤를 따라 뛰어갔다.

우리는 널빤지에서 눈을 돌리고 토방에 주저앉아 잠자코
자신의 발을 응시했다. 허옇게 말라 비늘처럼 피부가 벗겨
진 발, 새의 다리처럼 힘줄이 돋고 때에 절어 냄새가 고약한
작은 맨발, 그걸 감싸는 지저분하고 구멍투성이인 헝겊 신
발과 감화원의 소재지를 나타내는 호들갑스러운 기호. 우리

는 고개를 떨구고 눈물을 흘리며 아무 말 없이 겁먹은 채 오 랫동안 그렇게 있었다. 소년 하나가 자리에서 일어나 널빤지 벽 구석에서 오줌을 누었는데, 오열 때문에 떨리는 허리는 그의 뜨겁고 노란 오줌을 여기저기 마구 흩뿌리게 했다.

광장에서 허리에 찬 칼이 맞부딪치는 조급한 금속 소리가 나면서 질서 있고 정력이 넘치는 구둣발 소리가 가까이 다가왔다. 우리는 또다시 널빤지에 이마를 바짝 갖다 붙이고, 이미 환한 빛을 완전히 잃어 그저 푸르스름한 밤이 시작되는 공기를 통해 헌병 두 명과 촌장, 순경이 황급히 지나가는 걸 배웅했다. 순경은 병사의 웃옷을 팔에 감고 있었다. 그리고 그들 중 어느 한 사람도 우리가 수용되어 있는 헛간에는 주의를 기울이지 않고 비탈 아래로 모습을 감추고 말았다. 우리는 다시 주저앉아 축 늘어진 채 문밖을 향한 주의력을 죄다 이완시켰다.

"헌병이 그 녀석을 붙잡으러 왔으니까," 하고 미나미가 말했다. "마을 사람들이 마지못해 돌아온 거야."

"그 군인, 어떻게 될까?" 눈물의 여운이 들러붙어 있는 목소리가 물었다. "처형당하는 게 아닐까?"

"처형당한다고?" 미나미가 비웃으며 말했다. "너, 군인의 내장이 삐죽 나와 있는 걸 봤겠지? 죽창으로 배를 푹 찔린 녀석이 오랫동안 살아서 처형당할 때까지 기다린다고 생각하는 거야?"

"내장이 밖으로 나온 채 걸으면 아플 텐데." 다시 흐느껴 울면서 소년이 말했다. "죽창으로 찔리면 아플 텐데."

"엉엉 울지 좀 마." 미나미는 이렇게 말하고, 흐느껴 우는 소년의 물결치는 옆구리를 한 방 날려 신음하게 했다. "알겠어? 바로 이곳을 너도 푹 찔릴 거야, 마을의 미치광이 놈들한테."

피로로 묵직해지고 잠이 슬슬 스며드는 우리의 머리를, 병사의 복부에서 삐죽 나와 있던 내장이 조용히 부풀어 오르면서 가득 채웠다. 그것은 독처럼 우리를 침범했다. 침묵 속에서 이따금 발작처럼 흐느껴 우는 치도 있었고, 앉은 채 오줌을 지려서 자신의 엉덩이와 발 주변에 투명한 물웅덩이를 만드는 치도 있었다. 나는 동료들을 집어삼키는 깊고 격렬한 공포에서 나를 억지로 떼어놓고 싶다고 생각했다. 그리고 나는 공복의 감각, 필연적으로 나를 고통스럽게 만들고 있음에도 불구하고 결코 지금 내게 호소해오지 않는 공복감의 가벼운 징후라도 나의 내부에서 찾아내어 그것에 열중하고 싶다고 생각했다. 하지만 나는 공복도 추위도 느끼지 못하고, 목구멍까지 치밀어 오르는 구토와 입안의 화끈거림만이 내 안에서 움직인다.

"배가 고픈걸." 나는 목쉰 소리로 말했지만 말끝이 애매하게 사라져버려 몇 번이고 되풀이하지 않으면 다른 동료들에게 전달되지 않았다. "있잖아, 배가 고파."

"뭐?" 미나미가 깜짝 놀라 앳된 눈길로 나를 유심히 살폈다. "너, 배가 고파?"

"배가 고픈 것 같은 느낌이야." 나는 느릿느릿 말했고 그말이 주문처럼 내 내장의 감각을 유혹하기 시작하는 걸 느꼈다. 그리고 그것은 처음에는 미나미에게, 그리고 급속도로 다른 동료들에게 전염되어갔다.

"나도 엄청 배가 고파." 미나미가 들뜬 목소리로 말했다. "젠장, 새고기가 남아 있었으면."

나의 주문은 완전히 주효했다. 몇 분 뒤, 우리는 비좁은 헛간 속에 갇혀 기아에 허덕이는 절망적인 소년들이었다. 나자신은 눈이 어질어질할 정도로 굶주려 있었다. 그리고 우리는 헛간의 나무문이 열리고 흉포한 마을 어른들이 음식을 날라 오기를 거의 기대하지 않으면서도 간절히 바라고 있었다.

그러나 이윽고 바깥쪽에서 황급히 나무문이 열리고 그 좁다란 틈새로 난폭하게 들이밀어진 것은 음식이 아니라 온몸이 흙이며 피, 정체를 알 수 없는 오물투성이로 뒤덮인 리였다. 우리는 어둑한 헛간 안에 서서 분노로 입술을 떨고 있는 리를 기겁한 채 올려다보았는데, 너무나 **환기된** 굶주림에 시달리고 있었기 때문에 누구 한 사람 소리를 내려고 하지 않았고 몸을 일으키지도 않았다.

리는 선 채 눈썹을 찌푸리면서 눈을 짐짓 가늘게 떠 우리를 둘러보고, 그러고 나서 서로의 옆구리가 맞부딪칠 만큼

가까이 앉으러 왔다. 리의 몸에서는 새로운 피와 나무의 새
순 내음이 물씬 피어오르고 있었다. 그의 늠름한 목덜미에
서 뺨, 귀 언저리에 걸쳐 피가 말라 들러붙은 수많은 긁힌 상
처가 있었고, 그의 눈은 숲에 사는 짐승의 그것처럼 깊숙이
이글이글 타오르는 정력을 띠고 있었다. 그가 숲에 숨어 관
목 사이를 헤치면서 도망쳐 다닌 몇 시간 남짓 동안 가득했
을 위험이 내게 흠뻑 전달되어왔다. 그리고 리가 상처를 입
고 피를 흘리고 게다가 의기양양하게 분노하는 것이 내게
위로가 되었다.

"난 네가 멋지게 도망친 줄 알았는데." 나는 입술을 실룩
거리면서 잠자코 있는 리에게 말했다. "운이 나빴구나."

"운이 나빠." 리가 말했다. "난 기분 잡쳤어."

"너뿐만이 아냐." 미나미가 말했다.

리는 미나미를 응시하고, 그러고는 나를 응시하고서 머뭇
거렸다. 그는 그걸 뿌리치려고 애쓰고 있었다. 그의 지나치
게 미끈둥한 얼굴의 피부가 예기치 않은 부분에서 실룩실룩
떨렸다. 리는 내게 말하고 싶어 했다.

"뭐야, 응?" 내가 말했다.

"난 골짜기로 내려갔었어." 리가 조급하게 대답했다. "마
을 사람들이 돌아오면 된통 당할 거라 생각했으니까, 이것
저것 다 버리고 골짜기로 내려갔어. 강기슭을 따라 도망칠
작정이었지. 광차의 받침 기둥에 밧줄을 걸어 내려갔어."

"아침에?" 미나미가 말했다. "나도 너를 따라갔을 텐데, 깨웠다면 말이야."

"골짜기의 바위 사이를 걸어가다가," 리는 미나미의 의견을 무시한 채 나를 응시하고는 단숨에 말했다. "네 동생의 휴대품 주머니가 떨어져 있는 걸 발견했어. 홍수가 조금 잦아들어 수위가 낮아진 곳에, 네 동생의 주머니가 나무며 죽은 고양이와 함께 걸려 있는 걸 발견했어. 그래서 나는,"

나는 말을 그친 리의 어깨를 붙잡고 흔들었다. 내 머리에 어둡고 큼직한 함몰이 일어나, 그곳으로 나의 모든 게 빨려들어가는 것 같은 느낌이다. 그리고 나는 소리를 지를 수가 없다.

"나는," 리는 나의 떨리는 팔에 꽉 붙잡혀 괴로워하며 애원하는 눈빛이었다. "막대기로 그걸 주워서 너한테 갖다줄 생각에 숲속으로 다시 돌아온 거야."

나는 급격한 오열, 내 몸속을 헤집으며 어마어마하게 부풀어 올라 목구멍과 가슴 깊숙한 곳을 태우는 오열의 발작에 휘말려 리의 어깨를 놓아주고는 널빤지 벽에 이마를 대고 소리 내어 울었다.

"너, 그 주머니는 어떻게 했어?" 미나미가 내 슬픔의 분출을 방해하지 않도록 목소리를 낮추어 거듭 묻고 있었다. "응? 가지고 왔어? 어째서 저 녀석한테 갖다주지 않은 거야?"

"숲속에서 마을 놈들한테 들켜 쫓겼으니까." 리는 몹시 곤혹스러운 듯 말했다. "난 훔친 걸로 오해받는 게 싫어서 관목들 속에 내던져 두었어. 그런 다음 갑자기 눈앞에서 다른 놈들이 죽창을 들고 가로막았어. 도망칠 길이 없잖아."

"짐을 버린 곳으로 우리를 안내할 거지?" 미나미가 연달아 말했다. "없어졌으면 가만 안 둘 거야. 저 녀석 동생의 유품을."

나는 홱 고개를 돌려 미나미에게 덤벼들려다가 새처럼 날카로운 미나미의 눈이 눈물로 그렁한 것을 보았다. 내 몸에서 근육의 긴장과 분노가 녹고 슬픔이 그 뒤로 퍼져갔다. 나는 머리를 흔들고, 그대로 팔로 그러안은 무릎에 이마를 파묻고 신음했다.

오랜 시간이 지나 밤이 깊었을 때 느닷없이 멀리서 울부짖으며 고통을 호소하는 소리가 일고는 순식간에 짓눌리고 말았는데, 골짜기 언저리에서 짧은 울림이 돌아왔다. 나의 동료들은 제각기 거북스러운 수면 자세에서 몸을 일으켜 불안에 시달리는 눈길을 서로 더듬었다.

"골짜기 건너편에 헌병대 자동차가 와 있었어." 리가 말했다. "그 군인이 죽기 전에 데려가고 싶은 거지. 틀림없이 광차에 단단히 묶어서 건너편으로 넘겨주는 거겠지."

"내장을 배 밖으로 내놓은 채." 미나미가 말했다. "그렇게 하는 건, 죽이는 거나 마찬가지야."

"저놈들은 서로를 죽여." 리가 증오에 가득 차서 말했다. "우린 숨겨주었는데 똑같은 일본 사람끼리 서로를 죽여. 산으로 도망친 녀석을, 헌병과 순경이, 죽창을 가진 농민들이, 수많은 사람들이 막다른 곳으로 내몰아 찔러 죽여. 저놈들이 하는 짓거리는 도통 알 수가 없어."

또다시 혼절하기 직전의 목구멍에서 토해지는, 발버둥 치는 비명 소리가 일고, 그것은 분명히 골짜기를 건너가는 울림을 잠시 전하고는 곧장 짓눌린 채 끊어졌다. 그리고 그것은 우리의 두툼한 기대를 물리치면서 더 이상 우리 귀에 요란한 소리를 전하지 않았다. 나는 입을 꾹 다물고 귀 기울이고 있는 리가 어둡고 투명한 눈, 참으로 민족적인 조선인의 눈을 하고 있는 걸 보았다. 리 또한 눈물이 마르기 시작한 내 눈을 응시하고 있었다.

그러고 나서 수많은 사람들의 어지러운 발소리가 분교장 앞 광장으로 되돌아오고, 헛간의 나무문을 막은 가로대를 빼내는 둔중한 소리가 울려 퍼지기까지는 짧은 간격밖에 없었다. 마을 사람들은 굵다란 다발로 된 횃불을 치켜들고 있었고, 그 흔들리는 짙은 빛깔의 불빛 속에서 맨 먼저 촌장이 헛간으로 들어왔다. 그리고 순식간에 그를 뒤따라 수많은 마을 사람들이 헛간을 가득 채웠다. 우리는 우리의 지린내가 풍기는 헛간 구석으로 내몰렸다.

제10장
심판과 추방

가장 어린 동료가 갑자기 훌쩍거리더니 턱을 쑥 내밀고 잔뜩 겁을 집어먹은 채 주저앉았다. 토방에 나란히 놓인 그의 두 무릎 사이로 후끈한 지린내를 풍기는 오줌이 기세 좋게 번져 나오는 것을 우리도 마을 사람들도 보았다. 그리고 우리는 모두 그 소년이 느닷없이 격렬하게 겁을 집어먹은 원인을 알고 있었다. 촌장 바로 등 뒤에 서 있는 깡마르고 키 큰 남자의 오른손에 단단히 쥐어진 죽창의 갓 잘라낸 뾰족한 끝에 적갈색의 끈적끈적한 게 덕지덕지 묻어 있고, 그 움푹 팬 곳에는 분명히 사람의 내장 일부가 끼어 있었다. 그것은 우리의 시선을 잡아끌었다. 그리고 구토를 참기가 힘들다. 동료들 중 몇 명이 토하기 위해 등을 구부리고 목구멍을 쥐어짜는 소리를 냈다. 마을 사람들은 잠자코 그걸 지켜보고 있었다.

"전부 있나?" 촌장이 우리에게 험악한 눈길을 던지고 나서 돌아보며 물었다.

아무도 대답하지 않았다. 헛간에는 침묵과 토하는 신음

소리만이 가득 차 공기를 묵직하고 진하게 만들고 있었다.

"도망친 놈은 몇이지?" 촌장이 되풀이했다.

"이놈들이 마을에 들어왔을 때부터라면," 죽창을 나직한 대들보에 간간이 문질러대던 남자가 말했다. "두 명 줄었는데, 한 명은 그 전에 죽었으니까 한 명 더 있어."

그 전에, 라고 말할 때, 남자는 목소리를 낮추고 모음을 강하게 울렸다. 그것은 그들 마을 사람들이 **사건**은 이미 완결되어, 전설적인 하나의 이야기, 지나가 버린 천재지변 이야기가 되어버렸다고 확신하기 시작했음을 나타내고 있었다. 하지만 우리는 지금이야말로, 그 **사건**을 현실의 시간 속에 살아가고자 했다. 우리는 그것에 질질 끌려들어 발목을 붙잡힌 채, 그것과 계속 싸워나가야 하리라.

"이놈들이 파묻은 시신은 다시 파헤쳐 화장을 마쳤는데," 하고 다른 남자가 말했다. "어린애 시신은 그것 말고는 마을 여자아이뿐이었어. 산속으로라도 도망쳤겠지."

"너희들 말이야," 촌장이 몸을 쑥 내밀며 말했다. "그놈은 어디에 숨어 있나? 너희가 입을 다물면 우린 사냥개를 풀어 찾을 테다. 붙잡혔을 땐, 이미 그놈 모가지는 물어뜯겨 있을 게 뻔해. 그래도 좋으냐?"

나는 입술을 꼭 깨물고 고개를 떨구었다. 분노가 나를 급격하게 회복되는 슬픔 속으로 가라앉히고, 슬픔이 다시 분노와 서로 녹아들어 피어올랐다. 리의 뼈마디가 붉어지고 억센 손이 내 허벅지를 쭈뼛쭈뼛 어루만졌다. 그것은 나를 위로했지만 쓰디쓴 눈물 막이 눈동자를 휘감아버린 탓에 리의 손가락 하나 볼 수가 없었다.

"너, 알고 있지?" 촌장이 어린 동료, 잔뜩 겁먹어 입술을 실룩실룩 떨고 있는 소년에게 말했다.

"몰라요." 소년이 헐떡거리며 대답했다. "어제 낮에도 쭉 없었어요. 난 정말 몰라요."

"이 구질구질한 감화원 새끼들!" 촌장이 다짜고짜 미친 듯 분노하며 소리쳤다. "너희는 무엇 하나 정직하게 자백을 안 해. 우리를 얕잡아 볼 셈이냐? 우린 너희들의 말라빠진 모가지를 단숨에 비틀어 박살을 내버릴 수도 있어. 흠씬 두들겨 패 죽일 수도 있다고."

우리는 그 흉포한 마을 사람들을 결코 얕잡아 보지는 않았다. 우리는 공포에 질려 아랫배에서 겨드랑이까지 식은땀을 흠뻑 쏟아내고 있었다. 피와 기름으로 더러워진 죽창을 손에 움켜잡은 남자가 몸을 움찔거리거나 발 위치를 바꿀 때마다 우리의 심장 박동은 드높아지고 이완되었다.

"우리가 없는 동안에 너희가 한 짓, 그거 하나만으로도 너희는 맞아 죽을 만해." 촌장은 흉포하게 축축이 젖어 번들거리는 험상궂은 입술을 벌려 우리를 고발했다. "너희는 마을 집에 침입해 식량을 훔쳤어. 더구나 멋대로 머물면서 집 안을 온통 오줌과 똥투성이로 만들었어. 가재도구를 망가뜨린 녀석도 있지. 그리고 마지막에 너희는 흙광에 불을 질렀어."

촌장은 앞으로 걸어 나와 피부가 두툼하고 단단한 손등으로 내 동료들의 겁에 질린 뺨을 닥치는 대로 때렸고, 아이들의 분노와 두려움과 굴욕의 눈물이 그 뺨을 적셨다.

"어느 놈이야? 응? 어떤 새끼가 우리 집의 불단을 더럽혔어? 이 매춘부 새끼들, 짐승 같은 놈들. 응? 어느 놈이야?"

나는 촌장의 우람한 허벅다리의 움직임이 가까이 다가올 때마다 흠칫흠칫 겁먹었으나 그럼에도 이마는 곧추세운 채 그의 등 뒤에서 주시하는 마을 사람들의 시선을 견디고 있었다. 마을 사람들의 분노로 가득 찬 눈길도, 긴장감으로 침이 흥건히 고여 벌어진 입술도, 우리를 몹시 힐난하고 있었다. 누구냐, 내 식량을 훔친 놈이 누구냐. 우리 집 토방에서 불을 피운 놈이 누구냐. 우리 집 벽, 거실 천장에 음란한 낙서를 한 놈이 누구냐.

"우리가 너희들의 처분에 대해 오랫동안 고심하고 또 고심해왔다는 걸 너희가 알아? 이 못된 놈들. 무엇 하나 자백하지 않는 너희를 우리가 어떻게 할 작정인지 도대체 알기나 해?"

촌장에게 어깨를 쿡 질린 동료 하나가 몸을 일으켰다. 그는 떨고 있었다.

"난 아무 짓도 안 했어요." 그가 힘없이 말했다. "용서해주세요."

그가 한 대 얻어맞고 토방에 쓰러지자, 그다음 사냥감인 어린 양이 자리에서 일어나 무기력한 변명을 되풀이했다.

"용서해주세요. 우리는 어떻게 해야 할지 몰랐으니까."

우리 동료들은 한 사람씩 일어나서 애원했고, 밀쳐져 넘어지거나 발길질을 당하기도 했다. 그러나 누구 한 사람 저항하는 이는 없었다. 우리는 완전히 압도당해 굴복하고 말았고 오직 촌장만이 참으로 오래도록 계속 고함치고 미쳐 날뛰었다.

그러고 나서 촌장은 느닷없이 분노의 고성을 중단하고, 크게 휘둘러대던 팔의 움직임을 멈추어 탄탄한 허리에 받쳤다. 그는 우리를 응시하더니 머리를 흔들고는 마을 사람들을 헤치고 밖으로 나갔다. 우리의 몸이 굳어졌다. 마을 사람들 또한 몸을 긴장시키고 촌장이 돌아오기를 기대하는 것 같았다. 그러고 나서 바깥에서 부르는 소리에 따라 마을 사람 몇 명이 나가고, 그다음에 좁다란 입구에 한 무리의 새로운 얼굴이 나타나자 리가 한층 몸을 움츠렸다. 새로운 얼굴들은 마을 사람들보다 묘하게 하얗고 매끈매끈한 뺨을 갖고 있었다. 그들은 우리에게 애매한 무기력으로 가득 찬 눈길을 던졌고 우리를 나무라지는 않았다.

"네 동료야?" 나는 리의 귀에 입을 바싹 붙이고 말했으나 그는 대답하지 않았다.

나는 리의 귀 안쪽에 피가 엉겨 붙어 덩어리져 있는 걸 보았다. 그리고 오랜 침묵, 그 속에서 앳된 목구멍에 걸린 깨끗하고 따뜻한 침을 삼키는 소리와 마을 사람들의 묵직한 몸놀림. 그것은 헛간 바깥에 빼곡히 모여 안쪽의 회의를 들여다보려고 끈기 있게 노력하는 이들에게 무거운 파동을 전해 갔다.

우리는 녹초가 되어 쏟아지는 졸음에 휩싸인 채, 마을 사람들의 시선에 둘러싸여 꼼짝하지 않았다. 우리는 기다렸다.

한참이 지나 다시 촌장과 사람들이 돌아왔다. 우리는 촌장의 눈과 입술에서 이글거리는 분노가 사라진 것을 올려다보았다.

"너희들, 잘 생각해봤어?" 촌장이 말했다. "너희들이 저지른 엄청난 짓을 잘 생각해봤어?"

촌장은 잠자코 있는 우리를 둘러보고 나서 주의 깊고 교활한 목소리로 거의 속삭이듯 나직이 말했다. "너희가 이미 저지른 일은 이제 어떻게 할 수가 없겠지. 우리는 그걸 용서해주겠다."

기묘한 불쾌감으로 끈적거리는 안도감, 어색하게 껄끄러운 응어리를 남긴 미성숙한 안도감이 우리들 안으로 침입하려 했다. 그런 다음에야 비로소 경악하고 말았다. 우리는 완전히 어안이 벙벙해졌다. 내 동료 중에는 신경질적으로 흐느껴 울다가 이완된 울음소리로 빠져드는 치도 있었다. 더욱이 그는 야무지게 작은 턱을 추켜올리고 꾀죄죄하고 좁은 미간을 찌푸린 채 미소까지 떠올리고 있었다.

"내일 아침, 너희들 감화원의 교관이 나머지 원생들을 데리고 도착한다. 그리고 정식으로 소개 생활이 시작된다." 촌장이 우리에게 딱딱한 눈길을 꽂으면서, 그러나 온화한 목소리로 말했다. "우리는 교관에게 너희들의 악행을 통보하지 않겠다. 그 대신 너희에게도 할 말이 있다. 너희는 마을에 도착하고 나서 아주 평범한 생활을 한 걸로 해. 마을에 전염병은 유행하지 않았다. 마을 사람들은 피난하지 않았다. 이렇게 하는 거야. 이러는 편이 성가신 일도 없고 좋아. 알았어?"

내 마음속에서 막 열리려던 뚜껑이 급속도로 굳게 닫혔다. 그리고 그것은 내 몸 주위로 전염되어 동료들 모두가 촌장에게 꽂꽂이 대항하는 태도, 빈틈없는 자세를 되찾았다. 우리는 자칫하면 보기 좋게 걸려들 뻔했다. 그리고 **걸려드는** 것만큼 굴욕적이고 굼벵이 같고 꼴사나운 일도 없다. 그것은 되게 쩨쩨하고 시시한 남색하는 녀석들조차 치욕에 몸이 발개지는 일이다.

"응? 알겠지? 그렇게 말해." 우리의 무반응에 그 가장된 냉정함이 흐트러진 촌장이 우리를 둘러보며 말했을 때, 내 동료들은 온전히 태세를 만회하고 내부의 동지로서 단단한 결속을 되찾아, 촌장에 맞서 도전적으로 가슴을 내밀고 눈을 반짝거렸다.

"응? 너, 그렇게 말할 거지?" 촌장이 미나미에게 손가락을 쑥 내밀며 말했다.

"난 그런 건 사양하겠어." 미나미는 뺨에 경련을 일으키며 분명히 말했다. "우린 갇혀 있었어. 우리만 버림받고 전염병 속에 남겨졌어. 이게 다 사실이잖아?"

"맞아, 당신들은 우리를, 나 몰라라 내버려 두지 않았나?" 다른 동료가 말했다. 그러고는 그의 주변에 있던 모두가 그에 맞춰 저마다 고함쳤다.

"그런 거짓말은 하지 마!"

촌장은 우리의 반격에 당황하더니, 금세 미친 듯 격분해 또다시 분노로 몸을 가득 채웠다. 그는 팔을 휘두르고 벌어진 입속의 거뭇거뭇한 금박을 내보이며 마구 침을 튀겼다.

"너희들, 우리를 허투루 봤다간 가만 안 돼. 내가 말하는 대로 해. 그러지 않으면 맞아 죽어. 이봐, 너희를 꼼짝 못 하게 할 주먹이라면 넘치도록 많아. 너희들, 모르겠어?"

동료들이 잔뜩 겁을 집어먹고 후퇴하기 시작하는 걸 막기 위해 나는 촌장에게 대항해 소리쳐야만 했다. 나는 일어서서, 촌장과 그의 등 뒤에 있는 험상궂은 사람들에 대한 공포로 어질어질 빈혈을 일으키면서도 목구멍을 최대한 힘껏 열어 외쳤다.

"우린 속지 않아. 당신이 하는 말에 속아 넘어가 걸려들지 않을 거야. 당신이야말로 우릴 얕잡아 보지 마."

촌장은 입술을 벌려 나를 쏘아보고는 말을 토해내려 했지만 나는 그걸 받아들일 생각이 없었다. 그가 고함치기 전에 가능한 한 길게 내가 소리를 질러야만 한다.

"우리는 당신네 마을 사람들에게 버림을 받았어. 그리고 전염병이 유행할지도 모르는 마을에서 우리끼리만 지냈어. 그러고는 당신들이 돌아와 우리를 가두었지. 난 그걸 입 다물고 있진 않겠어. 우리가 당한 일, 우리가 보아온 걸 전부 말할 거야. 당신들은 군인을 찔러 죽였어. 그것도 그 군인의 부모와 형제에게 말할 거야. 당신들은 내가 질병을 조사하러 마을로 돌아와 달라고 부탁하러 갔을 때 내쫓았지. 전염병 속에 아이들만 떨어뜨려놓고 도와주지 않았어. 그걸 나는 말할 거야. 입 다물고 있진 않겠어."

마을 남자의 굵다란 죽창 자루가 내 가슴을 세게 옆으로 후려쳤고, 나는 널빤지 벽에 머리를 부딪치면서 쓰러져 신음했다. 호흡을 회복할 수가 없다. 그리고 입안의 쌉쌀한 피의 맛, 그리고 쏟아지는 코피. 나는 턱을 똑바로 들어 올리고 큰 소리로 신음하면서 다음 습격을 피해 널빤지 벽 귀퉁이로 무릎걸음을 쳐서 갔다. 코피는 뺨 옆으로 흘러 귀밑, 목덜미, 속옷 아래 피부를 더럽혔다. 얻어맞는 일에 익숙해진 내 코는 거의 순식간에 출혈을 멈추었지만, 아랫배에서 등으로 오싹오싹 엄습하는 공포와 응고되기 시작한 코피의 끈적거리는 막 위로 흐르는 눈물은 결코 멈출 줄을 몰랐다.

"알겠어? 너희들, 저런 꼴 당하고 싶지 않거든 얌전히 굴어." 촌장이 천천히 뜸을 들이고 나서 강압적으로 말했다. "아무 일도 일어나지 않은 걸, 아무것도 보지 않은 걸 인정해. 그리고 내일부터의 소개 생활에 고분고분 따라."

동료들은 가능한 한 몸을 움츠리고, 어두운 빛 아래서 어린 짐승들처럼 한마디 말이 없었다. 그들은 참으로 있는 힘껏 잠자코 있었다. 그것이 내게 전해져왔다. 하지만 그것이 오래 지속될 만한 게 못 된다는 것도 나는 알고 있었다.

"너희들, 마을의 생각에 반대하는 녀석은 그대로 앉아 있어." 촌장이 말했다. "마을의 말에 따르는 녀석은 일어나서 벽 옆으로 가. 주먹밥을 나눠주겠다."

작은 동요의 싹이 돋아나 급속도로 성장했다. 피로 더럽혀진 죽창을 가진 남자가 한 걸음 앞으로 나와 목쉰 소리로 외쳤다.

"촌장님의 말씀에 불복하는 녀석은 흠씬 패줄 테니 꿈쩍 말고 앉아 있어!"

튕겨지듯 소년 하나가 일어나 어깨로 크게 호흡하면서 반대편 벽 옆으로 걷더니 그대로 널빤지 벽에 이마를 대고 몸을 떨며 흐느껴 울었다. 그리고 다른 동료들이 느릿느릿 몸을 일으키고 치욕감에 가슴을 태우며 그 뒤를 따랐다. 짧은 시간 뒤 내 쪽에는 미나미와 고개를 떨군 채 연신 떨고 있는 리밖에 남지 않았다.

"어이, 너, 아직도 고집을 부리나?" 촌장이 호되게 꾸짖었고, 마을 남자의 죽창이 미나미의 뺨을 쿡 질렀다. "적당히 하는 게 어때? 보지 않았다, 버림받지 않았다고 말해."

미나미의 찢어진 입술 가장자리에서 천천히 피가 흘러내리고 심드렁하니 냉담한 비웃음이 그의 자그맣고 창백해진 얼굴을 가득 뒤덮어 일그러뜨렸다. 그는 또다시 얼굴을 겨냥해 다가오는 죽창을 피해 일어났다. 그는 나에게서 완강하게 얼굴을 돌리고는 벽 옆의 동료들 속으로 들어가면서 말했다.

"난 봤어. 버림을 받고 꽤 재미난 일도 있었어. 그걸 입 꾹 다물고 있는 것쯤 간단하지." 그리고 그는 고개를 숙인 채 떨고 있는 주위 소년들의 등을 난폭하게 후려쳤다. "어이, 너도 배가 고프지? 주먹밥이 먹고 싶지? 그렇지?"

"리," 하고 우쭐거리는 촌장의 목소리가 헛간을 짓눌렀다. "네가 나를 거스를 셈이냐?"

리는 흠칫흠칫하는 몸짓으로 얼굴을 아주 조금 쳐들고서 눈을 치떠 촌장을 올려다보았고, 더듬거리면서 열심히 매달리듯 말했다.

"나는," 하고 그는 몹시 비굴한 어감이 묻어나는 사투리를 썼다. "마을에 여럿이 남아서 마을을 지킬 작정이었어요. 처음엔 도망칠까도 싶었지만, 나중엔 마을을 지키고 싶다고 생각했어요. 우리끼리 사냥 축제도 했어요."

"그게 뭐 어떻다고?" 촌장이 가로막았다. "응? 어쨌다는 거냐?"

"난, 그래서……"

"네가 우리에게 대들면," 촌장은 리를 받아주지 않고 냉혹하게 말했다. "너희 부락이 어떻게 될지 생각해본 적 있나? 너희를 내쫓는 건 내일이라도 할 수 있어."

리는 견디고 있었다. 나는 어둑한 입구에 겹쳐진 얼굴 가운데 희고 펀펀한 사람들의 표정이 동요하는 걸 보았다. 그러나 그들은 소리를 내지 않았다.

"탈주병이 부락에 숨어 있었을지도 모른다고 경찰이 말했어. 그렇게 되면 부락 사람들 모두 끌려가. 우리의 도움 없이 너희들은 두 번 다시 돌아올 수 없다. 모르겠나?"

내 무릎에서 리의 손가락이 멀어졌다. 그러고 나서 갑자기 리는 몸을 일으키더니, 목구멍 깊숙이 오열하는 소리를 내면서 고개를 떨군 채 마을 사람들 사이를 헤치고 밖으로 나갔다. 나는 그와 그의 부락 사람들이 문밖으로 달아나고, 그 뒤로 다른 마을 사람들의 얼굴이 빼곡히 나타나는 것을 분노와 슬픔에 휩싸인 채 지켜보았다.

이제 나 혼자였다. 달려드는 나의 눈을 촌장은 천천히 되받았다. 우리는 말없이 서로 응시하고 있었다.

"이봐, 어때?" 촌장이 말했다. "너 혼자 시시한 일에 매달려서 뭐 어쩌자는 거냐? 마을 사람들이 며칠 딴 곳에 나가 있었다는 것뿐이잖아? 그러는 동안 못된 짓거리를 벌인 건 너희들이야. 그걸 그냥 눈감아주겠다는 건데.”

나는 뚱하니 잠자코 있었다. 마을 사람들의 수많은 눈이 내게로 덤벼들었다. 마을 여자들이 커다란 접시에 담은 주먹밥과 쇠냄비의 국을 날라 왔다. 그리고 나의 동료들은 주먹밥과 나무 그릇에 담긴 뜨거운 국을 받아서 먹기 시작했다. 그것은 분명 진정한 식사, 우리가 오랜 감화원 생활, 소개 여행, 아이들뿐인 생활에서 얻을 수 없었던, 인간적이고 풍성한 식사였다. 사랑이나 일상생활로부터 차단된 차갑고 기계적인 식사가 아니라 들과 밭, 거리를 자유로이 오가며 살아가는 여자들의 손바닥으로 뭉쳐진 밥, 일상적인 주부의 혀로 간을 맞춘 국이 거기에 있었다. 내 동료들은 그걸 볼이 미어지게 먹으면서 고집스레 내게 등을 돌리고 분명히 내게 창피해하고 있었다. 그러나 나는 스스로를, 내 입안에 솟는 침, 수축하는 위장, 그리고 몸 구석구석까지 피를 말리는 굶주림을 부끄러워하고 있었다.

촌장이 아무 말 없이 앞으로 나와서 내 코끝에 주먹밥 접시와 그릇을 내밀었을 때, 떨리는 내 팔이 그걸 내동댕이친 것도 어쩌면 그토록 가슴을 옥죄는 수치심 때문이었으리라. 그런데 촌장은 신음 소리를 내더니 내게 와락 덤벼들었고, 말려 올라간 입술을 씰룩대며 으르렁거렸다.

"까불지 마!" 촌장이 소리쳤다. "어이, 까불지 마. 이봐, 넌 자신을 뭐라고 생각하나? 너 같은 놈은 진짜 인간이 아니야. 나쁜 유전자를 퍼뜨릴 뿐인 칠푼이야. 커봤자 아무짝에도 못 써."

촌장은 내 멱살을 붙잡아 나를 거의 질식시키고는 자신도 분노에 숨을 헐떡거리고 있었다.

"알아? 너 같은 놈은 어릴 때 비틀어 죽이는 편이 나아. 칠 푼이는 어릴 때 해치워야 돼. 우린 농사꾼이야, 나쁜 싹은 애 당초 잡아 뽑아버려."

그는 햇볕에 그을린 피부에 땀이 맺혀 창백하게 고열의 발작으로 고통스러워하는 환자 같았다. 그리고 곪은 잇몸에서 풍기는 고약한 입김을 침과 함께 내 얼굴 가득 마구 토해내면서 그 자신도 떨고 있었다. 나는 내가 그를 공황 상태에 빠뜨렸다고 생각했지만, 그것은 내게 자부심을 느끼게 하는 대신 무시무시한 공포로 부들부들 떨게 했다.

"알겠어? 응? 우린 말이야," 하고 촌장이 고함쳤다. "너를 벼랑으로 밀어 떨어뜨릴 수도 있어. 널 죽인다 해도 누구 한 사람 그걸 탓할 놈은 없어."

그는 백발을 짧게 깎은 머리를 흔들면서 분노가 가득한 목소리로 외쳤다.

"너희들! 내가 이놈을 죽이면 그걸 순경한테 일러바칠 사람 있어?"

목을 꽉 졸려 몸이 뒤로 젖혀진 내 앞에서 동료들은 겁먹은 채 입을 꾹 다물어 나를 배반했다.

"알았나? 어이, 이제 알았나?"

나는 눈을 감고 쓰디쓴 눈물을 속눈썹에 걸친 채 끄덕였다. 나는 내가 마지막 막다른 길에서조차 버림을 받았다는 사실을 이해하고도 남을 만큼 충분히 이해했다. 내 멱살을 움켜잡고 있던 팔이 느슨해지고, 나는 깊이 숨을 쉬며 작은 기침을 하고 몸을 가누었다. 나는 내 눈 밑의 푸석한 피부 위에 바르르 떨면서 조금 달라붙어 있는 눈물을 나를 배반한 동료들에게 보이고 싶지 않았다.

"그럼, 너도 먹어." 촌장이 말했다.

나는 머리를 숙여 그걸 거부했다. 촌장은 내 어깨에 팔을 얹고 나를 응시하고 있었다. 그러고 나서 그는 허리를 펴고, 대장장이가 있는 데로 가서 나직이 서로 이야기했다. 내 휴대품 주머니가 무릎에 던져졌다.

"일어나." 촌장이 말했다.

나는 휴대품 주머니를 어깨에 걸치고 몸을 일으켰다. 대장장이와, 역시 그와 마찬가지로 이상스레 우락부락한 남자, 근육과 근육 사이에 벌겋게 탄 피부가 움푹 들어가고 땟국이 흐르는 남자가 나를 에워쌌다. 나는 그들에게 질질 끌려 마을 사람들 사이를 헤치고 분교장 앞 광장으로 나왔다. 거기서 나는 선 채 기다려야 했다. 마을 사람들이 헛간 앞에 무리를 지어 나를 보고 있었다. 나는 추위에 몸을 덜덜 떨었다. 눈은 꽁꽁 얼어붙었고, 사위는 어두웠다.

한참 뒤 헛간에서 촌장이 나왔다. 그는 성큼성큼 서둘러 걸어왔다. 나는 긴장한 채 그를 기다렸다.

"어이." 촌장이 말했다. "이봐, 어이."

나는 나쁜 예감에 몸을 떨었다.

"우린 너를 죽일 수도 있지만 살려주겠다." 촌장은 단숨에 말하며 어두운 빛이 감도는 눈길로 나를 들여다보았다. "넌 오늘 밤 안으로 마을에서 나가. 그리고 아주 멀리 도망쳐. 경찰에 신고해봤자 누구 한 사람 널 위해 증언할 놈이 없다는 사실을 기억해둬. 넌 감화원으로 되돌아가는 한, 탈주한 벌을 받게 된다는 걸 잊지 마."

촌장의 말은 여러 가지 걸리는 게 있어 나의 내부로 제대로 들어오지 않았다. 그러나 나는 입술을 꼭 깨물고 끄덕였다. 그리고 나는 대장장이와 또 한 남자에게 두 팔을 붙잡혀 거의 질질 끌려가다시피 돌길을 걸었다. 나와 그들은 아무 말 없이 골짜기 위까지 걸었다.

광차의 도르래를 조작하기 위해서는 한 사람이 남아서 광차의 시동이 걸리기까지 조작기 위에 말을 타듯 올라 있어야만 했다. 그래서 처음에는 나와 대장장이만이 무릎이 맞닿은 채 음울한 동물적인 침묵을 몸에 휘감고 광차의 비좁은 상자에 웅크리고 있었다. 그러고 나서 움직이기 시작한 도르래를 재빨리 조작한 남자가 침목 위를 소리도 없이 내달려 광차 안으로 들어왔다. 그가 자리를 잡고 앉으려다 눈이 덕지덕지 들러붙어 있는 구두로 내 손가락을 짓밟는 통에 나는 비명을 질렀다. 하지만 남자들은 두 사람 모두 불안에 떠는 밤 짐승으로 변해 입을 꾹 다문 채 나의 신음 소리에 반응을 보이지 않는다. 밧줄이 작게 팅기는 소리에 쫓기며 나는 더러워진 손가락을 입속에 쑤셔 넣고 눈과 진흙과 피의 맛을 혀에 느꼈다.

나는 갇혀 있던 막다른 구렁텅이에서 밖으로 추방당하는 참이었다. 그러나 바깥에서도 나는 여전히 갇혀 있을 테지. 끝까지 탈출하기란 결코 불가능하다. 안쪽에서도 바깥쪽에서도 나를 짓이기고 목을 조르기 위한 단단한 손가락, 우람한 팔은 끈질기게 기다리고 있다.

광차가 멈추자 무기를 잡은 채 대장장이가 내리고, 나는 그 뒤를 따랐다. 그리고 느닷없이 대장장이가 잇몸을 드러내며 덤벼들었다. 나는 몸을 앞으로 수그렸다. 대장장이의 쇠몽둥이가 내 뒤통수를 스치고 둔탁한 울림과 함께 허공을 쳤다. 나는 땅바닥에 닿은 무릎을 일으켜 쇠몽둥이가 반대쪽에서 되받아치기 전에 어둑한 관목 숲속으로 죽을힘을 다해 뛰어 올라갔다. 얼굴이 잎사귀에 부딪치고 덩굴에 발이 뒤엉키고, 어디 할 것 없이 피부가 찢어져 피를 흘리면서 어둠이 짙은 나무숲 속으로 연신 내달린 다음, 나는 기진맥진해 눈 속 깊이 풀고사리 속으로 쓰러졌다. 팔꿈치를 짚고 몸을 일으키는 것, 그리고 오열을 억누르려고 나무껍질이 젖어 차가운 관목에 목을 비비대는 것 말고 나는 아무것도 할 수가 없다. 하지만 나의 진흙투성이 입술에서는 오열이 끊임없이 넘쳐 나와 어둡고 축축한 공기 속으로 전해져가고, 아득한 저 아래에서 서로 소리치면서 나를 찾기 위해 광분하고 있는 대장장이들, 살의에 들끓는 마을 사람들까지 나의 은신처를 뒤지러 가버린다. 나는 오열하는 소리를 낮추기 위해 개처럼 입을 벌리고 헐떡거렸다. 나는 어두운 밤공기를 통해 마을 사람들의 습격을 망보고, 그리고 차갑게 언 주먹에는 돌덩이를 움켜쥐고 싸울 태세를 갖추고 있었다.

그러나 나는 흉포한 마을 사람들로부터 달아나 밤의 숲을 내달려서 나에게 가해지는 위험을 피하기 위해, 맨 먼저 무엇을 해야 좋을지 알 수 없었다. 나는 나에게 다시 내달릴 힘이 남아 있는지조차 알 수 없었다. 나는 녹초가 되어 미친 듯 분노하며 눈물을 흘리고 있는, 그리고 추위와 굶주림에 떨고 있는 어린아이에 불과했다. 불현듯 바람이 일고, 그것은 아주 가까이까지 다가온 마을 사람들의 발소리를 실어 왔다. 나는 이를 앙다물고 몸을 일으켜 한층 캄캄한 나뭇가지 사이, 한층 캄캄한 풀숲을 향해 뛰어들었다.

옮긴이의 말
소년은 내달렸다, 캄캄한 밤의 숲을 향해

　오에 겐자부로는 『설국』으로 잘 알려진 가와바타 야스나리에 이어 일본 작가로는 두번째로 1994년 노벨문학상을 수상한 작가이다. 떠들썩한 수상 소식과 함께 작가에 대한 관심이 증폭되면서 당시 국내에서 그의 작품이 대량으로 번역 출간되었다. 그러나 얼마 못 가 서점 한 귀퉁이에서 염가로 판매되던 정황을 나는 아직도 씁쓸하게 기억한다. 오에 겐자부로는 한국에서 과연 어떻게 수용되고 독자들은 그의 문학에서 어떤 공감대를 형성하고 있는 것일까.

　'일본의 양심적 지식인' '일본 사회의 중심에서 타자의 시선으로 자신의 사회를 바라볼 줄 아는 사람' '일본의 우경화 현상에 반기를 들고 있는 일본의 대표적 지성' 등의 평에서도 알 수 있듯이, 사실 작가 오에 겐자부로에 대한 우리의 관심은 그의 문학 자체라기보다는 사회·정치적 이슈에 대한 그의 발언 쪽에 한층 무게중심이 쏠려 있는 것 같다. 오에는 노벨상 수상 직후에, 그리고 그 뒤 서울에서 개최된 다양한 문학 행사에 참가하기 위해 수차례 방한했고 몇몇 대학에서는 강연을 하기도 했다. 그럴 때마다 크게 활자화되는 것은 일본의 움직임을 바라보는 작가의 비판적 입장이나 목소리가 아니었나 싶다.

일찍이 사르트르의 영향으로 사회 참여를 실천해온 작가 오에는 말한다. 젊었을 때부터 특정의 정치적 주장을 내건 시위나 집회에 자주 참가하긴 했지만, 자신의 정신과 육체를 온통 거기에 쏟아붓는 일은 한 번도 없었다고. 오키나와, 한국의 정치적 이슈를 계기로 열린 집회나 단식 투쟁 현장에서 옆에 앉은 활동가나 좌익 이론가들과 한두 마디 이야기를 나누다 보면, 어느새 자신 안에서 부풀어 오르기 시작하는 문학의 빵 효모와 대면하기 위해 주머니에서 책을 꺼내 들었노라고. (오에 겐자부로, 『'나'라는 소설가 만들기』)

일본 전후 세대를 대표하는 오에는 시코쿠四国의 에히메 현에 있는 오세에서 태어났다. 어릴 적부터 할머니와 어머니에게서 숲과 강으로 둘러싸인 골짜기 마을의 풍부한 신화적 영웅 이야기를 듣고 자란 오에에게 이곳은 사상적 모태이자 문학 형성의 원류로 자리 잡게 된다.

"빗방울에 / 풍경이 비치고 있다 / 물방울 속에 다른 세계가 있다." 소년 시절에 작가가 처음 쓴 시다.

언제나 잘 보지 않으면 아무것도 아닌 것, 죽은 것이나 마찬가지다. 유심히 보지 않으면 아무것도 보지 않는 것과 같다. 이러한 깨달음을 계기로 소년 오에는 세상과 사물에 대한 예리한 관찰을 통해 상상력을 키웠고, 이때부터 이미 작가 오에 겐자부로의 범상치 않은 시선이 준비되고 있었다고 하겠다.

불문학자 와타나베 가즈오의 번역 및 저서들을 접한 뒤 그가 재직하는 도쿄대학 불문과로 진로를 결정한 오에는 이후 그를 평생의 스승으로 모셨다. 또한 프랑스 실존주의를 대표하는 철학자이자 작가인 사르트르에 심취했으며 파리에서 그를 직접 만나기도 했다. 오에의 대학 졸업 논문은 「사르트르 소설에서의 이미지에 대해」이다. 작가의 현실 참여 또는 상상력이라는 단어를 자신의 문학 핵심에 놓고 문학적 사고를 전개해나간 오에의 문학 배경에는 대학 시절 "동면하는 곰이 손바닥의 소금 알갱이를 한결같이 핥아대듯" 오로지 사르트르에 몰입, 경도된 시간이 있었다.

아마도 일본 현대 작가 가운데 오에만큼 화려하게 성공적으로 문단에 데뷔한 작가도 찾기 힘들 것이다. 당대의 내로라하는 문학평론가들로부터 재능을 인정받으며 「사육飼育」으로 권위 있는 아쿠타가와 상을 수상했을 때 작가는 대학 재학 중이었다. 오에의 작품 중 가장 먼저 우리말로 옮겨진 「사육」은 일본의 한 시골 마을에 추락한 미국 흑인 비행사를 중심으로 벌어지는 이야기를 담고 있다.

단편 「사육」으로 신예 작가로서 자신의 존재를 알린 1958년

무렵, 오에는 본격적인 창작의 길로 접어들면서 1년이라는 짧은 기간에 첫 장편소설 『새싹 뽑기, 어린 짐승 쏘기』를 비롯해 두 권의 단편집 『죽은 자의 사치死者の奢り』 『보기 전에 뛰어라見るまえに跳べ』 등, 주목할 만한 작품들을 잇달아 분출하듯 발표했다. 일련의 초기 작품들에는 인간이 근본적으로 안고 있는 불안과 실존의 문제가 밑바탕에 깔려 있으며, 일본 전후 문학의 계승자로서 방향을 제시해나간 출발점을 확인시켜준다는 의미에서 중요성을 지닌다.

『새싹 뽑기, 어린 짐승 쏘기』에서 묘사되는 감금 상황, 무섭고 캄캄한 숲 이미지는 공포와 불안이 잠재된 인간 내면의 숲에 다름 아니다. 오에 문학의 초기 걸작으로 평가받는 이 소설은 탄탄한 문장을 읽는 재미를 선사하며, 지금도 여전히 많은 애독자를 확보하고 있다.

『새싹 뽑기, 어린 짐승 쏘기』에는 집단적인 광기와 살인의 시대인 태평양전쟁 말기에 일어난 감화원 소년들의 집단 소개 상황이 설정되어 있다. 주인공 '나'를 포함한 15명의 소년들은 깊은 산골짜기 벽촌으로 거의 감금되다시피 이주를 강요당한다. 그럼에도 소설의 첫 문장은 이렇게 시작된다. "한밤중에 동료들 가운데 소년 두 명이 탈주했기 때문에, 새벽녘이 되어서도 우리는 출발하지 않았다."

문학평론가 히라노 겐의 지적대로, 사실상 소년들은 출발을 지연당하여 '출발할 수 없는' 입장에 놓여 있었음에도 작가가 굳이 '우리는 출발하지 않았다'라고 쓴 문장에 주목할 필요가 있다. 출발하지 못한 것은 결코 그들의 자유의지가 아니었으나, 작가의 문장에서 이후 펼쳐질 소년들 간의 끈끈한 유대감을 확인할 수 있다.

갓 10대가 되었거나 10대 중반인 소년들은 세상과 사회, 이웃으로부터 철저히 소외되고 멸시당하는 이방인, 이질적 존재들이다. 이상한 전염병의 징후가 감도는 마을에 질병의 실험 대상인 양 내버려진 소년들은 유일한 탈출구도 막혀버린 채 살아갈 방도를 찾아야 한다. 출구 없는 벽 속의 인간. 굶주림, 절망, 공포, 두려움과 직면하면서도 소년들은 폐쇄된 그들만의 작은 세계 안에서 자유를 만끽하고 흥겨운 축제의 시간을 마련하기도 한다.

그런데 마을 사람들이 도망치듯 모두 떠나간 마을에 남겨진 건 소년들만이 아니었다. 어머니의 시신과 함께 남겨진 여자아이, 아버지를 잃고 홀로 남은 조선인 부락의 소년(일본 내에서 차별받고 억압당하는 사회적 약자로서 재일조선인을 등장시키고 작품의 상당 부분을 할애하고 있는 점은 특기할 만하다), 그 소년의 집에 몰래 숨어 있던 탈주병. 이들과 함께 어우러져 결실을 맺는 사랑과 우정, 해맑은 동심이 가득하고 동료들끼리 훈훈한 의리를 나누는 장면들 속에서 작가의 문체는 '벽 속에 갇힌' 존재들의 음울한 현실을 망각하게 할 만큼 생기가 넘치고 발랄하다. 이는 작가의 다음과 같은 말에서도 그대로 묻어난다.

"이 소설은 내게 있어 가장 행복한 작품이었다고 생각한다. 나는 소년 시절의 기억을 괴로운 것부터 감미로운 것까지 솔직한 형태로 이 소설의 이미지들 안에서 해방시킬 수 있었다. 그것은 쾌락적이기도 했다. 이제 소설을 쓰면서 쾌락을 동반한 해방을 느끼는 일은 없다."

소년들이 애써 일궈낸 그들만의 왕국에 마을 사람들이 다시 복귀하면서 자유로운 축제의 나날은 곧 파국을 맞이한다. 사랑이 움튼 여자아이의 죽음, 자신의 개가 죽임을 당하는 걸 목격하고 사라져버린 남동생, 마을 사람들의 협박과 굶주림에 못 이겨 결국 등을 돌리는 동료들의 배반, 이 모든 것을 소년 '나'는 홀로 감당해내려 안간힘을 쓴다. 촌장이 내미는 달콤한 회유에 고개를 내저으며 목숨이 위태로운 위험을 무릅쓰고 탈출을 시도하는 소년의 행동은 어른들의 규범 권력과 세상의 드높은 '벽'에 맞선 저항과 비판 의식으로 연결된다.

그러나 나는 흉포한 마을 사람들로부터 달아나 밤의 숲을 내달려서 나에게 가해지는 위험을 피하기 위해, 맨 먼저 무엇을 해야 좋을지 알 수 없었다. 나는 나에게 다시 내달릴 힘이 남아 있는지조차 알 수 없었다. 나는 녹초가 되어 미친 듯 분노하며 눈물을 흘리고 있는, 그리고 추위와 굶주림에 떨고 있는 어린아이에 불과했다. 불현듯 바람이 일고, 그것은 아주 가까이까지 다가온 마을 사람들의 발소리를 실어 왔다. 나는 이를 앙다물고 몸을 일으켜 한층 캄캄한 나뭇가지 사이, 한층 캄캄한 풀숲을 향해 뛰어들었다.(229쪽)

작가의 이전 작품들에서는 '갇힌 상황 속의 좌절'이라는 경향이 짙은 데 비해, 이 소설은 비록 패배할지라도 자유를 향해 목숨을 건 소년의 강렬한 의지로 매듭짓고 있다. 원래 소설의 초고에서는 소년이 처참하게 살해당하는 결말이었다는 점을 감안한다면, 어둠의 숲속을 내달려 '외부'로 탈출하려는 '나'의 의지에서 이후 오에 문학이 추구하는 의미 있는 신호를 읽을 수 있을 것이다. 가령 다음과 같은 소년의 당찬 목소리의 울림과 함께.

"우리는 당신네 마을 사람들에게 버림을 받았어. 그리고 전염병이 유행할지도 모르는 마을에서 우리끼리만 지냈어. 그러고는 당신들이 돌아와 우리를 가두었지. 난 그걸 입 다물고 있진 않겠어. 우리가 당한 일, 우리가 보아

236

온 걸 전부 말할 거야. 당신들은 군인을 찔러 죽였어. 그것도 그 군인의 부모와 형제에게 말할 거야. 당신들은 내가 질병을 조사하러 마을로 돌아와 달라고 부탁하러 갔을 때 내쫓았지. 전염병 속에 아이들만 떨어뜨려놓고 도와주지 않았어. 그걸 나는 말할 거야. 입 다물고 있진 않겠어."(220쪽)

오에는 1957년 『도쿄대학신문』에 게재된 단편 「기묘한 작업奇妙な仕事」이 호평을 받으면서 작가의 길에 들어섰다. 이후 어느덧 반세기가 훌쩍 넘은 지금도 그는 매일 원고지에 만년필로 글쓰기를 멈추지 않는 현역 작가이다. 그리고 문학 작품과 더불어 다소 특별해 보이는 개인적 삶의 도정을 통해서도 오에는 우리에게 깊은 감동을 안겨준다. 두개골 이상으로 지적 장애를 지닌 아들 히카리가 태어난 것이 1963년. 한밤중 화장실에 가는 아들을 위해 아들의 방과 가까운 식당에 앉아 일을 하고, 외국 여행을 나가 있을 때를 제외하고는 매일매일 아들의 침대 머리맡에서 담요를 덮어주는 일로 하루의 일과를 마감하며 살아왔다고 작가는 말한다.

장남 히카리와의 공생은 작가의 현실적 삶과 문학이 긴밀해지는 일대 전환점을 마련하게 된다. 예기치 않은 삶의 난국을 돌파하기 위한 젊은 작가의 행보는 히로시마의 원폭

피폭자들에게 향하고 그들의 아픔과 의연한 인간적 모습에 살아갈 힘을 얻는다. 그 후 작곡가로 성장해가는 아들과 함께 나누는 작가 오에의 개인적 체험은 단테에서부터 엘리엇, 오든, 예이츠, 블레이크, 발자크, 포크너, 도스토옙스키 등 시인과 소설가를 아우르는 방대하고 집중적인 독서 경험 속에서 영감을 얻는 문학적 상상력과 끊임없이 추구하는 새로운 소설 쓰기의 방법론 — 일본 문학 특유의 '사소설'로부터 거리 두기와 '낯설게 하기' — 을 통해 무한히 확장되면서 독자적인 문학 세계를 형성했다. 오에 문학을 떠받치는 상상력은 앞에서 언급한 작가의 고향 시코쿠의 숲, 장애를 지닌 장남, 그리고 독서에 의한 경험 등에 기인한다고 볼 수 있다.

"제2차 세계대전 이후의 일본의 모든 것은 오에 겐자부로라는 작가와 그의 작품 속에 고스란히 녹아 있다"라는 오자키 마리코(『요미우리 신문』 문예부 기자)의 말에는 어떤 의미가 담겨 있는가. 일본인들에게조차 난해하다는 평을 듣는 오에 문학 앞에서 호기심은 있으나 망설이는 독자가 있다면, 먼저 『새싹 뽑기, 어린 짐승 쏘기』의 일독을 권하고 싶다.

이 소설은 작가가 즐겨 쓰는 표현을 빌리자면 다소 '기묘한' 제목을 달고 있다. '새싹 뽑기, 어린 짐승 쏘기芽むしり仔撃ち'라는 제목은 본문에서 마을 사람이 소년을 향해 내뱉는 다음과 같은 독설, "알아? 너 같은 놈은 어릴 때 비틀어 죽이는 편이 나아. 칠푼이는 어릴 때 해치워야 돼. 우린 농사꾼이

야, 나쁜 싹은 애당초 잡아 뽑아버려"(225쪽)에서 따온 것으로 보인다.

독특한 제목 탓일까, 기존의 번역본을 살펴보면 원제를 그대로 우리말로 옮기는 대신 '짓밟히는 싹들'로 바꾼 게 눈에 띈다. 더러 국내의 일본 문학 연구서나 번역서에서 이 소설이 인용 또는 언급될 경우, 필자에 따라 이 타이틀을 차용하기도 하고 '아이 싹 훑기' '싹 솎기, 새끼 쏘기' 등으로 소개하고 있다. 아무튼 수월한 제목이 아닌 것만은 분명하다. 그런데 바로 이 '수월하지 않음'에 오에 문학의 매력이 있다고 나는 느낀다.

풍부한 문학적 상상력과 신선한 문체, 그리고 암유로써 자신만의 소설적 우주를 탄생시켜온 작가 오에 겐자부로. 웅숭깊고 따스한 인간적 신뢰로 우리를 끌어당기는 오에의 문학에 다가가는 첫 관문으로서 작가 자신도 여전히 좋아한다고 고백하는 이 소설이 새롭게 읽히기를!

『새싹 뽑기, 어린 짐승 쏘기』는 4년 전 단행본으로 처음 세상에 나왔고, 이번 시리즈 가운데 한 권으로 포함되어 다시 선을 보이게 되었다. 표지만 바뀐 게 아니다. 그리 긴 시간이 지난 건 아니지만 이참에 거듭 문장을 살피고 미흡한 부분을 메워 좀더 나은 책이 될 수 있도록 정성을 쏟았다. 문학과 지성사의 변함없는 애정과 관심에 고개 숙여 감사드린다.

작가 연보

1935 1월 31일 일본 시코쿠四国 에히메 현愛媛県 오세에서 출생.

1950 우치코 고등학교 입학. 이듬해 마쓰야마 히가시 고등
      학교로 전학. 일생의 친구가 된 이타미 주조伊丹十三를
      만남.

1954 도쿄대학 교양학부 입학.

1956 문학부 불문과 진학. 와타나베 가즈오渡辺一夫 교수에게
      사사.

1957 『도쿄대학신문東京大学新聞』에 게재된 「기묘한 작업奇妙
      な仕事」이 호평을 받음.
      『문학계文学界』에 「죽은 자의 사치死者の奢り」를 발표하며
      등단.

1958 단편집 『죽은 자의 사치死者の奢り』『보기 전에 뛰어라見
      るまえに跳べ』, 장편 『새싹 뽑기, 어린 짐승 쏘기芽むしり仔
      撃ち』 출간.
      「사육飼育」으로 아쿠타가와芥川龍之介 상 수상.

1959 대학 졸업. 졸업 논문은 「사르트르 소설에서의 이미지

에 대해」.

장편『우리들의 시대われらの時代』출간.

1960   이타미 주조의 동생 이타미 유카리伊丹ゆかり와 결혼.

젊은 문화인들과 '젊은 일본의 모임' 결성.

미일안전보장조약에 반대.

『고독한 청년의 휴가孤独な青年の休暇』『청년의 오명青年の
汚名』출간.

1961   「세븐틴セヴンティーン」「정치소년 죽다政治少年死す —— 세
븐틴 제2부」로 우익 단체의 협박을 받음.

유럽 여행 중 사르트르를 인터뷰함.

1963   지적 장애를 지닌 아들 히카리光 출생.

『절규叫び聲』출간.

1964   『개인적인 체험個人的な体験』으로 신초샤新潮社 문학상
수상.

『일상생활의 모험日常生活の冒険』출간.

1965   르포르타주『히로시마 노트ヒロシマ・ノート』출간.

1967   『만엔 원년의 풋볼万延元年のフットボール』로 다니자키 준
이치로谷崎潤一郎 상 수상.

1969   『우리들의 광기를 참고 견딜 길을 가르쳐달라われらの狂
氣を生き延びる道を教えよ』출간.

1970   강연집『핵 시대의 상상력核時代の想像力』, 르포르타주
『오키나와 노트沖縄ノート』출간.

1971	천황제를 비판하는 「손수 우리의 눈물을 닦아주시던 날みずから我が涙をぬぐいたまう日」 발표.
1973	『홍수는 나의 영혼에 이르러洪水はわが魂に及び』로 노마野間 문예상 수상.
1974	솔제니친 석방 탄원서에 서명. 『문학 노트文学ノート』 출간.
1975	김지하 시인 탄압에 항거해 도쿄 긴자 거리에서 48시간 단식 투쟁.
1976	『핀치러너 조서ピンチランナー調書』 출간.
1979	『동시대 게임同時代ゲーム』 출간.
1983	『'레인트리'를 듣는 여인들「雨の木」を聴く女たち』로 요미우리読売 문학상 수상. 『새로운 인간이여 눈을 떠라新しい人よ目覺めよ』로 오사라기 지로大佛次郞 상 수상.
1984	「하마에 물리다河馬に嚙まれる」로 가와바타 야스나리川端康成 상 수상.
1986	『M/T와 숲의 이상한 이야기M/Tと森のフシギの物語』 출간.
1987	『그리운 시절로 띄우는 편지懷かしい年への手紙』 출간.
1988	장편 『퀼프 군단キルプの軍團』, 평론집 『새로운 문학을 위하여新しい文学のために』 『최후의 소설最後の小説』 출간.
1990	『인생의 친척人生の親戚』으로 이토 세이伊藤整 문학상 수상.
1991	『치료탑 혹성治療塔惑星』 출간.

1993 『타오르는 푸른 나무燃えあがる緑の木』 연재 시작. 1부
　　　『'구세주'의 수난「救い主」が殴られるまで』 출간.

1994 노벨문학상 수상.
　　　일본 천황이 수여하는 문화훈장과 문화공로자상 수상
　　　거부.
　　　각 분야에서 국제적으로 공헌한 이에게 수여하는 아사
　　　히朝日 상 수상.
　　　『타오르는 푸른 나무』의 2부『흔들림揺れ動く(ヴァシレー
　　　ション)』 출간.

1995 『타오르는 푸른 나무』의 3부『위대한 세월大いなる日に』
　　　출간으로 완간.

1999 『공중제비 돌기宙返り』 출간.

2000 영화감독 이타미 주조의 자살을 계기로 집필한 '수상한
　　　2인조' 1부『체인지링取り替え子(チェンジリング)』 출간.

2002 프랑스 정부로부터 레지옹 도뇌르 훈장을 수여받음.
　　　에드워드 사이드와의 왕복 서간이『아사히신문朝日新聞』
　　　에 연재됨.
　　　'수상한 2인조' 2부『우울한 얼굴의 아이憂い顔の童子』 출간.

2003 『200년의 아이들二百年の子供』 출간.
　　　일본 자위대의 이라크 파병 비판.

2004 헌법 제9조의 개정을 막기 위해 '9조회' 결성 후 전국에
　　　서 강연.

2005 '수상한 2인조' 3부『책이여 안녕!さようなら私の本よ!』출간.

2006 오에 겐자부로 상 신설. 오에 1인 단독 심사로 운영하며, 상금 대신 수상작의 번역 출판 지원.

2007 등단 50주년 기념작『아름다운 에너벨 리 싸늘하게 죽다臈たしアナベル・リイ総毛立ちつ身まかりつ』발표.
『오에 겐자부로, 작가 자신을 말하다大江健三郎作家自身を語る』출간.

2009 『익사水死』출간.

2012 탈핵운동 주도.
프랑스 문화예술훈장을 수여받음.
『말의 정의定義集』출간.

2013 장편『만년 양식집晩年様式集イン・レイト・スタイル』출간.

2014 『오에 겐자부로 자선 단편집大江健三郎自選短篇』출간.
오에 겐자부로 상 종료.

2018 『오에 겐자부로 상 8년의 궤적大江健三郎賞8年の軌跡「文学の言葉」を恢復させる』출간.
고단샤講談社에서 오에 겐자부로 소설 전집 출간.

2023 3월 3일 노환으로 타계(향년 88세).